DAMIT BRÜCKEN NICHT BRENNEN

DETEKTIVIN LIZ MOORLAND
BUCH 2

PHILLIPA NEFRI CLARK

DAMIT BRÜCKEN NICHT BRENNEN

EINE KURZE NOTIZ

Die Detective Liz Moorland-Serie spielt in Australien und verwendet australische Terminologie und Referenzen für ein authentisches Leseerlebnis.

PROLOG

Maureen war mit derselben täglichen Routine zufrieden. Wenn es ihr Kind glücklich machte, war sie glücklich. Sie konnte in der Sonne sitzen, ohne alle zwei Minuten um Aufmerksamkeit angebettelt zu werden. Zumindest nicht so oft.

Eliza liebte den Park mit seinen Schaukeln, dem Sandkasten und der übergroßen Holzkletterfestung. Es gab eine Brücke über einem anderen Spielbereich und viele interessante Ecken. Sich selbst überlassen, würde sie eine Stunde lang spielen. Länger, wenn eines der anderen Kinder, mit denen sie sich angefreundet hatte, in der Nähe war.

Maureen ließ sich auf der Bank nahe dem Brunnen nieder und zog eine Zeitschrift aus ihrer großen Handtasche. Ein Beutel mit Bonbons fiel dabei heraus, sie hob ihn auf, riss eine Ecke ab und bediente sich mit einer ganzen Handvoll süßer Leckereien. Elizas übergroßer Rucksack mit ihrem Stoffeinhorn, Pullover, Saft, Wasser und einem Snackriegel lehnte an der Rückseite der Bank. Sie würde kommen und sich bedienen, wenn sie eine Pause brauchte.

„Mama?"

So viel zu ein paar Minuten Ruhe.

„Was gibt's, Schatz?", antwortete Maureen mit erhobener Stimme.

Eliza winkte von der Brücke. „Komm und binde meinen Schnürsenkel."

„Nein, versuch es erst einmal selbst. Wenn du nicht weiterkommst, dann komm her." Maureen blätterte durch die Zeitschrift und hielt bei einem Artikel über den neuesten Skandal um einen Quizshow-Moderator inne. Wie, um alles in der Welt, kamen diese prominenten Leute mit solch einem schlechten Benehmen davon? Ganz anders als in der realen Welt, wo gute Menschen – wie Elizas Vater – einen Fehler machten und im Gefängnis landeten. „Die Haftanstalten würden überquellen, wenn die echten Verbrecher gefasst würden."

Sie beendete das Lesen des Artikels, als Eliza über den Rasen hüpfte.

„Hast du deine Schnürsenkel selbst gebunden?"

Beide Schuhe waren perfekt gebunden. Aber nicht so, wie sie es machte, und Eliza lernte es gerade erst.

„Ich brauche etwas zu trinken, Mami."

„In deinem Rucksack. Du hast gesagt, dein Schnürsenkel wäre offen."

„Der Mann hat ihn gebunden."

Augenblicklich auf den Beinen, scannte Maureen den Spielplatz. In der Ferne warfen sich ein paar junge Teenager einen Ball zu. Sonst war niemand da. Es war vormittags, also waren keine Schulkinder da, außer den Teenagern.

„War es einer der Jungs dort drüben?"

Eliza – die einen winzigen Strohhalm in ein Fruchtgetränk gesteckt hatte – folgte Maureens ausgestrecktem Finger. „Nein. Ein netter Mann. Und er hat ein kleines Mädchen." Sie runzelte die Stirn. „Er sagte, er hatte einmal ein kleines Mädchen, das gestorben ist. Das ist so traurig, nicht wahr, Mami?"

„Ja, Schatz. Sehr traurig. Ist der Mann noch hier?"

„Er ist nach Hause gegangen. Ich werde meinen Rucksack

tragen." Eliza zippte ihn zu und setzte ihn auf, steckte den Strohhalm zurück in ihren Mund und saugte laut.

„Lass ihn hier. So kommt er dir nicht in die Quere, wenn du in den Tunneln und so spielst."

„Ich könnte hungrig werden und einen Snack brauchen."

Maureen küsste Elizas Stirn. „Na gut, geh noch eine halbe Stunde spielen."

„Und du bleibst genau hier Mami. Ich komme dich finden."

Damit drückte das kleine Mädchen Maureen die nun leere Saftbox in die Hand und hüpfte davon. Maureen fand einen Mülleimer. Sie würde das alles nächstes Jahr vermissen, wenn Eliza richtig in den Kindergarten gehen würde, aber zumindest hätte sie dann Zeit, sich mehr Arbeit zu suchen.

Sie setzte sich wieder, vertiefte sich in die Zeitschrift und summte dabei das Lied mit, das Eliza in der Ferne laut vor sich hin sang. Als das Singen aufhörte, blickte sie auf. Eliza war im Sandkasten. Maureen blätterte weiter, hielt bei einigen Rezepten an und las dann eine Kurzgeschichte. Die Sonne schien inzwischen ein bisschen zu warm und bald würden sie losgehen und sich ein Eis holen ...

„Gehört das Ihnen?"

Maureens Kopf schoss hoch.

Die beiden Teenager näherten sich. Einer von ihnen hielt den Fußball, mit dem sie herum gekickt hatten, der andere trug einen Rucksack. Rosa. Mit Einhornaufklebern. Viel zu groß, weil er bereits gebraucht war und sich Maureen damals nichts besseres leisten konnte.

„Der gehört meiner kleinen Tochter. Wo habt ihr ihn gefunden?"

Der Junge zeigte in eine Richtung. „Hinter der Festung."

Maureen nahm ihm den Rucksack ab und schaute hinein. Nur der Snackriegel war drin. Nicht der Pullover oder das Wasser, auch nicht das Einhornspielzeug.

„War Eliza dort?"

Der Junge schüttelte den Kopf.

„Wo ist sie dann?" Maureen warf die Zeitschrift und den Rest der Bonbons in ihre Tasche. „Sie hatte ihn auf dem Rücken."

Die Teenager tauschten einen Blick aus. „Wir helfen Ihnen, sie zu finden."

„Sie ist wahrscheinlich unter der Brücke. Sie mag es, dort Spiele mit ihrem Spielzeug zu erfinden. Würdet ihr beide in entgegengesetzte Richtungen gehen und nachsehen? Ihr Name ist Eliza."

Die Jungs teilten sich auf und rannten zu den entgegengesetzten Enden des Parks.

„Eliza! Schatz, wo bist du?"

Es war sicherlich ganz einfach: Eliza hatte ihre Sachen aus dem Rucksack genommen. Ihr war es im Schatten kalt geworden und sie hatte sich ihren Pullover angezogen. Kinder handelten manchmal verwirrend, oder? Zogen Pullover an, auch wenn es warm war!

Mit pochendem Herzen schaute Maureen unter der Brücke nach. Keine Eliza.

Dann die Festung, sie kletterte bis zur Spitze und nutzte die nun zusätzliche Höhe, um den Park besser zu überblicken.

„Eliza! Eliza, wo bist du?"

Doch es kam keinRuf: „Hier, Mami!", zurück. Überhaupt kein Geräusch.

Maureen kletterte, fiel halb, nach unten.

Einer der Teenager keuchte, als er sie erreichte. „Nicht am anderen Ende oder bei den Schaukeln. Hat sie ein Handy?"

„Handy? Nein. Sie ist ein kleines Kind. Kannst du in den Büschen vorne nachsehen?"

Er lief los.

Wo war sie?

Es waren doch nur ein paar Minuten gewesen!

Sie überprüfte den Rucksack erneut. Sogar die kleine Geldbörse, die sie in eine Innentasche, mit Elizas Adresse, Maureens Kontaktdaten und ein paar Geldmünzen gepackt hatte, war weg.

War Eliza nach Hause gelaufen? Warum sollte sie das tun?

Tränen rannen ihr aus den Augen und trübten ihr die Sicht, als sie zur Seite des Parks rannte, von der sie normalerweise vom Fußgängerüberweg herüber kamen. Ihre Wohnung war nur ein paar Blocks entfernt.

Maureen blieb stehen und schaute sich konzentriert um. Eliza war immer nervös wegen des Verkehrs. Sie würde nie, ohne Mamis Hand zu halten, die Straße überqueren. Niemals.

Den Kopf in den Nacken werfend, schrie sie zum Himmel: „Eliza!"

EINS

Es war eigentlich zu heiß, um mitten am Tag zu laufen.

Liz sprintete über den Beton und wich dabei Kinderwagen und Fußgängern aus, die beim Gehen nur auf ihre Handys starrten.

Die Nachtschicht war in letzter Zeit zu einem vertrauten Übel geworden.

Sie war sowieso noch nie gut im Schlafen gewesen. Seit Jahren nicht. Der Nachteil am Schlaf war das Risiko, zu träumen. Vor allem von Albträumen.

Der Asphalt-Gehweg zeigte sich unbarmherzig unter ihren teuren Laufschuhen. Sand war ihr bevorzugtes Medium, außer wenn sie für Halbmarathons trainierte, aber heute hatte sie nur eine Stunde Zeit, bis zu einer Besprechung bei der Arbeit. „Etwas Wichtiges!", hatte Terry gesagt.

Liz überquerte die Straße, wich geschickt fahrenden Autos aus und verlangsamte ihr Tempo kaum, als sie ihr Wohngebäude betrat. Schweiß lief ihr den Rücken entlang, als sie die Treppe mit zwei Stufen auf einmal nahm. Drei Stockwerke hoch. Der

Aufzug war sowieso unzuverlässig und das zusätzliche Cardio-training schadete nie.

Den Schlüssel im Schloss, hielt sie inne, als ihr Nachbar herüberrief.

„Am besten, du gehst gleich zur Arbeit, Liz. Heute ist etwas Schreckliches passiert. Etwas, das einen von uns betrifft."

Auf der gegenüberliegenden Seite des langen Hausflurs, ein paar Türen weiter, lehnte der langjährige Nachbar, Darryl Tomp-sett ,an der Wand vor seiner Wohnung. Er hatte ein Bier in der Hand. Wie üblich. Das Unterhemd, die Unterhose und die knie-hohen Socken bildeten auch keinen besseren Anblick.

„Was meinst du?"

Darryl zuckte mit den Schultern. „Kleines Kind, aus dem fünften Stock, ist im Park verschwunden. Einfach weg."

Liz drehte den Schlüssel herum, drängte sich in ihre Wohnung hinein und schlug die Tür hinter sich zu. Dann sank sie zu Boden. Ihre Arme bedeckten den Kopf, sie atmete stoß-weise und glaubte das Blut in ihren Adern laut pochen zu hören.

Das passiert nicht wirklich!

Ein anderes Geräusch. Ein Summen. Nerviges, dummes Summen.

Mit einem Keuchen senkte Liz die Arme und zog das Handy aus ihrem Laufgürtel. „Was?"

„Ich dich auch."

Detective Sergeant Pete McNamara! Manchmal Arbeitskol-lege. Immer ein Ärgernis.

„Ist etwas passiert? Etwas im Park?"

„Verdammt, woher weißt du das schon?"

Ihr Magen verkrampfte sich. „Nachbar! Sag's mir, Pete."

Liz rollte sich herum und legte das Handy auf den Boden, während sie ihren Rücken dehnte.

„Ich bin auf dem Weg zu dir. In zwanzig Minuten erzähle ich dir, was wir wissen."

„Pete …"

Aber er hatte aufgelegt.

Seine zwanzig Minuten bedeuteten fünfzehn, höchstens. Sie schwang sich auf die Füße und warf ihr Handy im Vorbeigehen auf die Küchentheke. Sie entledigte sich schnell ihrer Sportkleidung, die sie achtlos in den Wäschekorb warf und drehte die Dusche auf. Dann trat sie unter den Wasserstrahl. Eine volle Minute ließ sie das Wasser über ihren Kopf strömen und kämpfte dabei mit Tränen, die nicht kommen wollten.

Das alles sollte vorbei sein.

Es wird nie vorbei sein. Nicht bis ich dich finde, Ellen.

———

Liz war bereits draußen, als Pete genau fünfzehn Minuten nach seinem Anruf vorfuhr.

„Sag mir alles!", forderte sie.

„Du musst objektiv bleiben, wenn du bei diesem Fall dabei sein willst. Sie werden dich abziehen, sobald du irgendeine Schwäche zeigst, oder irgendeine -..."

„Um Himmels willen, Pete! Sag es mir."

Er ließ den Motor in der Halteverbot Zone laufen. „Ein fünfjähriges Mädchen wird vermisst. Zuletzt auf dem Spielplatz im Park gesehen - im selben verdammten Park, Liz. Es ist vor weniger als zwei Stunden passiert und wir haben schon einige Leute vor Ort. Uniformierte suchen. Ein Hundeteam kommt."

„Warum fahren wir dann nicht los?"

Pete starrte sie an. Sie hatten seit ein paar Jahren zusammengearbeitet, mal mehr, mal weniger. Die meisten Cops wollten sich nicht mit ihm zusammentun, aber er war gut in seinem Job. Nur nicht gut im Umgang mit Menschen. Es sei denn, er setzte seinen Charme ein, um Informationen zu bekommen, oder war sturzbetrunken. Letzten Winter hatte er etwas Gutes getan. Das Leben von jemandem gerettet, den sie mochte ,aber er verabscheute. Das war ein entscheidender Moment gewesen und hatte ihm ihren Respekt gebracht. Aber jetzt filterte er Fakten.

„Hör auf, mich hinzuhalten, Pete."

„Sie wohnt hier, Liz. Zwei Stockwerke über dir. Und du musst entscheiden, ob du das kannst, bevor wir losfahren. Terry wird dich wie ein Falke beobachten, ganz zu schweigen von den höheren Vorgesetzten."

„Dieses Kind ist nicht meine Nichte. Soweit wir wissen, versteckt sie sich irgendwo als Teil eines Spiels. Oder ist weggelaufen und wird gefunden, noch bevor es dunkel wird. Ich hab's im Griff, also können wir bitte losfahren?"

„Sicher." Trotzdem zögerte er, bevor er losfuhr, mit einem leisen: „Ich pass auf dich auf."

Liz wurde während der Fahrt auf den neuesten Wissensstand gebracht. Es waren nur ein paar Blocks bis zum Park, der rechteckig war und an allen vier Seiten von belebten Straßen, Geschäften und Wohnhäusern umgeben war. Ein Foto erschien auf ihrem Handybildschirm, sie zuckte leicht zurück. Eliza Sharney Singleton. Süß wie ein Knopf. Blaue Augen und freches Lächeln. Blonde Haare. Hellgold, genau wie Ellen. Sie ließ das Handy sinken. Eine klassische Geschichte! Abgelenkter Erwachsener. Ein vermisstes Kind.

Diesmal wird es anders sein. Du wirst gefunden werden.

„Was ist mit unserer Besprechung im Büro? Leitet Terry sie noch?"

Detective Senior Sergeant, Terry Hall, war ihr Chef. Ein anständiger Mann, der regelmäßig davon sprach, in den Ruhestand zu gehen, aber anscheinend nicht die Kraft im Herzen hatte, den Job zu verlassen, den er liebte.

„Verschoben. Er ist hier, bis die Vermisstenabteilung auftaucht." Pete parkte in einer Halteverbotszone im nächsten Block.

Abgesehen von ein paar Streifenwagen und uniformierten Beamten, die den Umkreis des Parks untersuchten, gab es nicht viel zu sehen. Keinerlei Anzeichen für ein Verbrechen. Und warum sollte es auch? Kinder verschwanden ständig und tauchten fast immer innerhalb von Stunden wieder auf.

„Kommst du?"

Wie war Pete aus dem Auto gestiegen, ohne dass sie es bemerkt hatte?

Reiß dich zusammen.

Sie folgte ihm wortlos.

Es war ein Zufall! Nicht mehr und nicht weniger! Eine müde Mutter. Ein Kind, das weggelaufen war. Sie würden bis zum Abendessen wieder vereint sein, wahrscheinlich begleitet von vielen Tränen und ein paar Schlägen. In welcher Reihenfolge auch immer.

Der Park war nicht eingezäunt. Büsche – irgendeine immergrüne Art, etwa zwei Meter hoch – dienten als Grenze, mit gelegentlichen Durchlässen an Eingängen. Das Grün schuf ein Gefühl von Ruhe und Privatsphäre, eine kleine Oase abseits des städtischen Chaos, das nur wenige Meter davon entfernt war. Wege führten zu ein paar Pavillons mit öffentlichen Grills. Es gab offene Flächen zum Cricket spielen oder Frisbee werfen. Bänke, ein Brunnen. Und ein weitläufiger Spielbereich für kleinere Kinder.

Direkt davor unterhielt sich Terry mit einem anderen Detective. Als er Liz und Pete bemerkte, brach er das Gespräch ab. Er war der beste Chef, für den sie je gearbeitet hatte, aber in diesem Moment wünschte sie, er wäre nicht hier. Seine Augen waren zu aufmerksam.

„Pete, ich brauche dich, um eine quadratmeterweise Durchsuchung des Parks zu koordinieren. Und postiere Leute an allen Zugängen, um neugierige Blicke und mögliche Kontaminationen zu verhindern."

Sobald Pete davonging, wandte sich Terry an Liz.

„Soll ich mit der Mutter sprechen?", fragte sie.

„Kommst du damit klar? Und sei ehrlich zu mir, Liz."

„Ich hätte fast gekotzt, als Pete es mir erzählt hat. Aber ihm kam einer meiner Nachbarn um ein paar Minuten zuvor."

„Was zum Teufel …?"

„Hat die Mutter ihr Handy benutzt?"

„Natürlich hat sie das. Der Anruf bei uns war nicht ihr erster.

Nicht mal ihr zehnter. Ihr Mann sitzt im Gefängnis, also ist sie kein Fan der Justiz", sagte Terry. „Soweit ich weiß, hat sie die Presse alarmiert. Und wir werden gleich überrannt ... Was mich zu meiner Frage zurückbringt."

„Was willst du, dass ich sage? Ich bin am Boden zerstört, Terry. Aber das hat nichts mit Ellens Verschwinden zu tun. Wir werden das Kind finden, jemanden für eine Überprüfung des Wohlergehens schicken und weitermachen. Also, kann ich jetzt meinen Job machen, oder willst du noch mehr Zeit damit verschwenden, mich zu verhören?"

„Zügeln Sie Ihre Einstellung, Kriminalkommissarin! Gehen Sie die Mutter finden! Und setzen Sie sie ein bisschen unter Druck!"

Liz hätte schwören können, dass Terry grinste, als er sein Handy herauszog, aber sie wartete nicht darauf, um sicher zu sein.

Ein mobiler Anhänger wurde von mehreren Polizeibeamten in den Park geschoben, um an Ort und Stelle eine Ermittlungszentrale einzurichten. Als Ellen verschwand, gab es nichts außer ein paar örtlichen Streifenpolizisten, die bei der Suche halfen. Hier würde es eine zentrale Einheit mit Computern und dediziertem Personal geben, um eingehende Informationen zu verwalten und zu koordinieren.

Wenn sie schon damals diese Ressourcen gehabt hätte ...

„Warum haben Sie sie noch nicht gefunden?"

Der Schrei war nah genug, um bis nach Liz durchzudringen, richtete sich aber an die Beamten, die den Anhänger schoben.

„Mrs. Singleton? Maureen!" Liz eilte hinüber.

Anfang dreißig. Einhundertfünfundfünfzig Zentimeter. Mehr oder weniger. Hübsches Gesicht. Bluse und Rock, beide etwas eng für ihre Statur. Sandalen. Keine Ringe. Kein Make-up. Geschwollene Augen.

„Ich bin Kriminalkommissarin Liz Moorland."

„Was tun Sie, um mein Baby zu finden?"

„Wie Sie sehen können, haben wir eine Reihe von Beamten,

die aktiv suchen. Und wir richten eine mobile Station ein, von der aus wir arbeiten werden. Mein Partner hat die Aufgabe, jeden Zentimeter des Parks zu durchsuchen, und er ist sehr gut in seinem Job. Eine Hundestaffel ist unterwegs. Können wir uns setzen und reden?"

„Ich habe genug geredet. Und gesucht. Wenn ich meine Tochter nicht finden kann, wie können Sie es dann? Die Polizei kümmert sich nicht genug um Leute wie mich."

„Wir kümmern uns sehr um ein vermisstes Kind." Liz starrte die andere Frau an. „Ich weiß, dass Sie sich schon wiederholt haben, aber nicht mir gegenüber. Gehen Sie mit mir alles durch, was heute passiert ist."

Maureen sackte in sich zusammen. „Ich saß auf einer Bank und las. Und dann kamen ein paar Teenager mit Elizas Rucksack und …"

„Lassen Sie uns in den Schatten gehen."

Ohne auf Maureen zu warten, begab sich Liz unter das kühlende Blätterdach und setzte sich auf eine der im Park verteilten Bänke. Einen Moment später ließ sich die andere Frau neben ihr auf den Sitz fallen. Ihr Gesicht war gerötet und ihre Augen schauten nervös.

„Haben Sie Wasser dabei?"

„Wasser?"

„Ich verstehe wie belastend das ist, aber Sie müssen hydriert bleiben. Es bringt nichts, wenn wir Eliza finden und ihre Mutter dann krank ist."

Das musste Sinn für sie ergeben. Maureen öffnete ihre große Handtasche und zog eine Wasserflasche heraus und hängte die Tasche über die Rückenlehne der Parkbank. Sie trank aus der Flasche, lange und mit geräuschvollen Schlucken, dann schloss sie den Deckel und hielt sie fest.

„Erzählen Sie mir vom bisherigen Tag, beginnend mit dem Aufstehen. War Eliza schon wach?"

„Nein. Sie hatte eine schlechte Nacht. Gestern war ihr Geburtstag… sie vermisst ihren Vater sehr. Vor allem an besonderen Tagen. Sie wollte bis spät aufbleiben und ich habe es ihr erlaubt, weil es ihr Geburtstag war. Als sie einschlief, wachte sie bald darauf, nach ihrem Vater weinend, wieder auf und es dauerte eine Weile, sie zu beruhigen. Also hatten wir beide eine schlechte Nacht."

„Also, Sie sind heute Morgen aufgestanden – ungefähr wann?"

„Acht, vielleicht."

„Und was ist dann passiert?"

„Nichts Außergewöhnliches. Ich habe gefrühstückt und kurz die sozialen Medien gecheckt. Dann stand Eliza auf, ich machte ihr Frühstück und versuchte dann eine Ladung Wäsche zu waschen. Ich habe keine Waschmaschine in der Wohnung, also muss ich den Flur runter und die öffentliche Maschine beladen. Aber ich schließe Eliza immer ein und bin nur fünf Minuten weg."

„Keine Waschmaschine in der Wohnung?"

„Kann mir keine größere Wohnung leisten. Versuche, mit dem bisschen Geld auszukommen, das ich neben der Betreuung von Eliza verdienen kann. Ich gebe mein Bestes." Maureen hob ihr Kinn, ihr Gesicht hart, aber ihre Augen schwammen in Panik.

„Fahren Sie fort. Ich kann sehen, wie sehr Sie Ihre Tochter lieben."

Die Frau versuchte zu lächeln, aber scheiterte. „Es gibt zwei Maschinen, aber eine ist seit Ewigkeiten außer Betrieb und die andere wurde gerade benutzt, also kam ich mit dem Korb zurück und wir entschieden, dass ein Spaziergang zum Park eine bessere Idee wäre." Ihre Stimme stockte. „Ich hätte... hätte zu Hause bleiben sollen."

Liz unterdrückte eine aufsteigende Welle von Übelkeit. Ihr Magen drehte sich um und der frühere Drang, zu erbrechen, kehrte mit Macht zurück. Sie grub ihre Fingernägel fest in ihre Handflächen und atmete langsam durch die Nase tief ein. Hier in der Öffentlichkeit die Kontrolle zu verlieren, würde sie auf der Stelle von den Ermittlungen ausschließen.

„Erinnern Sie sich, wann Sie von zu Hause weggegangen sind?"

„Zehn Uhr fünfzehn. Wir hielten an dem Kiosk an der Ecke, um eine Tüte Süßigkeiten zu kaufen, und ich sah dort eine Uhr."

„Was dann?"

Pete bellte, nicht weit entfernt, Anweisungen an einen armen Streifenpolizisten.

„Wir gingen hier herüber und ich setzte mich an meinen üblichen Platz. Eliza ging spielen. Wir kommen ein paarmal die Woche hierher und sie ist ein braves Mädchen. Bleibt immer in Sichtweite und kommt zu mir, wenn sie etwas trinken, naschen oder eine Pause machen will."

„Maureen, ich verstehe, dass Sie bereits einem der Beamten eine gute Beschreibung von Eliza und dem fehlenden Inhalt ihres Rucksacks gegeben haben. Das ist wirklich hilfreich. Und wir suchen auch nach den beiden Teenagern, die Ihnen bei der Suche geholfen haben, basierend auf den Informationen, an die Sie sich erinnern konnten. Ich möchte, dass Sie darüber nachdenken, was sonst noch los war, während Sie beide hier waren. Besonders während Eliza spielen war. Haben Sie andere Menschen gesehen? Gespräche gehört?"

Die Frau schüttelte den Kopf, keuchte dann aber und öffnete erschrocken den Mund.

„Schnürsenkel!", flüsterte sie.

In Liz' Ohren begann ein Klingeln.

„Was ist mit Schnürsenkeln?"

Als ob sie keine Worte finden könnte, gestikulierte Maureen in Richtung des Brunnens.

Liz nahm die Wasserflasche von der Frau, öffnete den Deckel und drückte sie ihr wieder in die Hände. „Nehmen Sie einen Schluck."

Stattdessen stand Maureen ruckartig auf und ließ die Flasche fallen. Wasser sickerte glucksend ins Gras.

„Eliza sagte, ein netter Mann hätte ihre Schnürsenkel gebunden. Sie kam zu mir, um es mir zu erzählen, und das war der Moment, als sie ihren Rucksack von der Bank nahm. Von dort."

Sie zeigte direkt auf die Bank in der Nähe des Brunnens.

Und diesmal war es zu viel für Liz.

Sie rannte hinter einen Baum und entleerte den Inhalt ihres Magens.

ZWEI

„Niemand hat was gesehen. In dem Moment, als du ins Gebüsch gesprungen bist, habe ich sie abgelenkt."

Pete stand Wache zwischen den Büschen und dem offenen Bereich des Parks, während Liz ihren Mund mit einer Flasche Wasser ausspülte, die er ihr gegeben hatte.

„Wie?"

„Wie ich sie abgelenkt habe? Tatsächlich hatte ich einen Fußball gefunden. Vielleicht von den Jungs die hier waren.Ich wollte warten, bis du mit der Mutter fertig bist, bevor ich was sage. Aber es schien ein guter Zeitpunkt zu sein, um mich zu melden, und die meisten Polizisten schauten in meine Richtung, statt in deine. Geht's dir jetzt besser?"

Liz nickte und trank das Wasser aus. Innere Leere ersetzte die Übelkeit.

„Dann komm und sieh selbst."

„Wo ist Maureen?", fragte Liz leise, während sie neben Pete herging. „Sie muss woanders richtig befragt werden. Sie erinnert sich an Dinge."

„Ein Beamter bringt sie nach Hause. Sie will sichergehen, dass das Kind nicht bereits dorthin gegangen ist."

„Ach du meine Güte. Eliza ist nicht dort. Sie wurde entführt."

„Moment mal, das wissen wir nicht", sagte Pete. „Wir behandeln es als verdächtig, aber wir haben kaum Anhaltspunkte."

„Weil keiner von euch am richtigen Ort sucht."

„Liz."

Er legte seine Hand auf ihren Arm, doch sie schüttelte sie ab.

Davon unbeeindruckt, legte er sie wieder dort hin. „Liz, halt mal kurz an. Bevor wir zu nah an den anderen sind."

Ich brauche dich nicht als Vermittler.

Trotzdem blieb sie stehen und wandte sich ihm zu. „Der Grund, warum ich die Kontrolle verloren habe? Maureen saß in der Nähe des Brunnens. Dort saß ich, als Ellen verschwand. Und weißt du, was noch? Ein Mann hat Elizas Schnürsenkel neu gebunden!"

Petes Stirn runzelte sich.

„Erinnerst du dich nicht?"

„Lizzie, ich kannte dich damals nicht und war gerade undercover. Es war Vince Carter, der in den Fall involviert war."

Vince. Ich muss mit ihm reden. Er wird sich erinnern.

„Okay. Dann lies die Akte. Bring dich auf den neuesten Stand, Pete. Eliza sieht Ellen zum Verwechseln ähnlich und ist im gleichen Alter wie meine Nichte damals. Beide verschwanden, nachdem ein Mann ihre Schnürsenkel neu gebunden hatte. Beide verschwanden, nachdem der Erwachsene, mit dem sie zusammen waren, auf derselben Bank saß. Und beide waren mit demselben Apartmenthaus verbunden."

„Und wie weit liegen die Entführungen auseinander? Fünfzehn Jahre? Zwanzig?"

Liz wusste genau, wie lange. Auf den Monat, den Tag, die Minute genau. Es war ihr im Gedächtnis eingebrannt. Der Tag, an dem sie ihre Nichte verloren hatte. So etwas Schreckliches vergisst man nicht.

Außer, du hast es versucht.

Gott, wie sehr sie es versucht hatte.

Ihr Leben war schließlich irgendwann zu scheinbarer Normalität zurückgekehrt. Der Job half dabei - und wenn die bezahlten Stunden vorbei waren, engagierte sie sich ehrenamtlich in der Gemeinde, um sich damit zu beschäftigen, für andere zu sorgen. Einige der Schützlinge waren dankbar dafür und bekamen dadurch ihr Leben in den Griff. Und wenn die ehrenamtliche Arbeit endete, begann sie zu laufen.

„Hör mir zu. Wenn du dir sicher bist, dass es eine Verbindung geben könnte, dann konzentriere dich, Liz. Verfalle nicht in Selbstmitleid, Trauer oder Schuldzuweisungen. Das bringt nichts." Pete drückte ihren Arm bis es schmerzte, sein Gesicht nur Zentimeter von ihrem entfernt. „Es bringt nichts, Lizzie."

Sie nickte und er sah sich um. Sie waren außer Hörweite von allen anderen. „Ich brauche dich, um mit mir einen Blick auf diese Bank und den Brunnen zu werfen."

„Lass einfach meinen Arm los, Pete. Die Leute werden reden."

„Als ob. Als würde irgendjemand denken, dass du und ich so was machen würden!" Mit einem Schütteln seiner schulterlangen Haare ging er los.

Liz hielt mit, ignorierte den Drang, ihren Arm zu reiben.

Sein Handy summte und er antwortete, ohne langsamer zu werden. Seine Unterhaltung war kurz und er änderte die Richtung, als er auflegte. „Der Chef will uns an der mobilen Zentrale sehen."

Terry fing Liz' Blick auf, als sie und Pete ankamen. Es standen bereits ein Dutzend Beamte herum, meist Detektive und einige Uniformierte. Ein Vordach erstreckte sich vom Wagen über die darunter aufgestellte Tische und eine große Wandtafel. Sie nickte grüßend und mit neutralem Gesichtsausdruck den Anwesenden zu. Wenn jemand, außer Pete, durch ihre aufgesetzte Fassade schauen und die brodelnde Verzweiflung dahinter sehen konnte, dann war es Terry.

„Also gut. Wir haben Leute, die den Park absperren. Verdammt großer Job."

Liz' Herz sank noch tiefer. Dies hier war in Terrys Augen ein Tatort. Er würde keine Ressourcen verschwenden, wenn er glaubte, es handele sich auch nur fünfzig zu fünfzig um ein herumirrendes Kind. Er nahm den Fall ernst.

Anders als die Person, die für Ellens Fall zuständig war.

„Die Mutter ist auf dem Weg zu einer weiteren Befragung. Es gab keine Spur von Eliza in ihrer Wohnung. Nur viele interessierte Bewohner. Ich habe mehr Uniformierte angefordert. Sie werden aufgeteilt, um in einem Umkreis von zwei Blocks von Tür zu Tür zu gehen, Geschäfte eingeschlossen. Die Vermisstenstelle ist nicht weit weg und wurde über jeden Schritt informiert. Die Hundestaffel wird jeden Moment eintreffen." Terry deutete auf die magnetische Tafel. Schon jetzt stand ein Farbfoto des Kindes im Mittelpunkt, mit einem Bild ihrer Mutter daneben. „Jeder kann lesen, was wir bisher wissen, sobald ich fertig bin, aber um es zusammenzufassen: Eliza Singleton verschwand spurlos aus dem Park, irgendwann zwischen zehn Uhr fünfundvierzig und elf Uhr heute Morgen. Es gibt zwei Teenager, die der Mutter bei der Suche geholfen haben. Wir müssen sie für Befragungen finden. Beide sind abgehauen, als sie uns rief. Wahrscheinlich Schulschwänzer. Jeder von euch wird die gleichen Informationen erhalten die wir haben, aktualisiert, sobald wir sie bekommen. Wir wollen Eliza heute noch finden. Unverletzt. Sie zu ihrer Mutter zurückbringen."

Zustimmendes Gemurmel umgab Liz. Geräte begannen zu klingeln, als die Daten durchkamen und die Beamten sich ihren Aufgaben zuwandten.

„Muss los." Pete joggte davon.

Terry deutete Liz an, ihm zu folgen, als er in Richtung der Brücke schritt.

Aus der Ferne näherte sich ein Hubschrauber.

Sie stiegen auf die Brücke und standen in deren Mitte. Es war ein ordentlich konstruierter Bogen, mit festungsartigen Türmen an beiden Enden, über einem Sandkasten und einem Sitzbereich. Liz blickte hinunter. Jedes Kind würde das Bauwerk, mit seinen interessanten Mustern und Holzblöcken verschiedener Größe, sowie Trittsteinen und einem trockenen Flussbett, lieben. Es war damals seiner Zeit voraus gewesen, als es gebaut wurde. Daran hatte sich nicht viel verändert.

„Sprich mit mir, Liz. Sag mir, was du denkst."

„Über das, was ich aus dem Gespräch mit der Mutter herausgefunden habe?"

„Du besitzt Einsichten, die sonst niemand hat, also erwarte ich, dass du Teil dieses Teams bist, es sei denn, du kannst es nicht bewältigen. Wenn du aussteigen willst, zu irgendeinem Zeitpunkt, sag es einfach. Ich werde dich nicht verurteilen, Liz."

„Ist das der Grund, warum wir hier sind, abseits neugieriger Blicke?"

Terry seufzte. „Es gibt eine Verbindung, oder? In der Minute, als ich das Foto des Kindes sah, wusste ich es. Fügt man den Wohnblock und die ähnliche Vorgehensweise hinzu, glaube ich zu wissen, was du denkst."

„Denkst du nicht dasselbe? Boss, wir haben kaum an der Oberfläche gekratzt, aber die Ähnlichkeit zu Ellens Verschwinden ist zu groß, um sie zu ignorieren. Gleiches Alter, gleicher Wohnblock, gleicher Park." Liz zwang ihre Stimme, nicht zu zittern, senkte sie und sprach langsamer. „Maureen saß auf derselben verdammten Bank."

Beide starrten über den Park zur Bank, nahe dem Brunnen.

„Von dort drüben ist diese Brücke nur gerade so sichtbar", sagte Liz. „Unter diesen großen Bäumen lässt der ständige Schatten das Holz irgendwie mit dem Hintergrund verschmelzen. Trotzdem können wir die Bank leicht sehen." Sie tippte auf ihr Handy. „Ich bitte Pete, sich auf die Bank zu setzen."

Terry griff nach seinem eigenen Handy und wählte. „Wir brauchen forensische Aufmerksamkeit an der Brücke, einschließlich der Rampen und der umliegenden Bereiche. So schnell wie möglich." Nachdem er aufgelegt hatte, zog er ein Paar Schuhüberzieher aus einer Tasche und streifte sie über seine Füße.

Liz tat es ihm gleich. „Was ist mit dem Wohnblock? Der wurde bei Ellen kaum berücksichtigt."

„Wir werden die Bewohner befragen."

Pete und ein uniformierter Beamter waren in ein angeregtes Gespräch vertieft, als sie in Sicht kamen. Er ließ sich auf die Bank plumpsen und schaute in ihre Richtung, dann nahm er seine Sonnenbrille ab und spähte mit der Hand über den Augen.

„Glasklar von dieser Seite.", sagte Terry.

Liz' Handy klingelte und sie legte den Anruf auf Lautsprecher. „Wir können dich sehen."

„Könnt ihr winken?"

Terry hob seinen Arm.

„Ich kann die Bewegung sehen, aber es ist ziemlich schwer, mehr als das zu erkennen. Noch etwas?"

„Gibt es Neuigkeiten über das Auffinden dieser Jungs?", fragte Terry.

„Nein. Ich werde nachprüfen, wo wir stehen, und mich bei euch melden."

Nachdem sie das Handy eingesteckt hatte, blickte Liz erneut auf den Bereich unter ihnen. „So viele Stellen, von denen sich jemand einem Kind nähern könnte. Ein Erwachsener könnte hier stehen und nach anderen Leuten Ausschau halten. Auf den richtigen Moment warten. Oder unten sein, wo das trockene Flussbett ist, auf einem Felsen oder so sitzen. Es war damals nicht so abgeschieden. Bei Ellen."

„Wir müssen wieder runter. Andy Montebello ist hier, und ich möchte, dass du an dem Gespräch teilnimmst.", sagte Terry.

Ihr Herz pochte, als sie ihm von der Brücke folgte, beide vorsichtig darauf bedacht, nichts zu berühren und auf ihre Schritte zu achten. Sie musste ihre Reaktionen kontrollieren. Eliza zu finden war heute alles, was zählte.

DREI

Detective Senior Sergeant Andy Montebello war darauf nicht vorbereitet.

Auf dem Papier war er qualifiziert. Jeder, der je mit ihm gearbeitet hatte, würde ihn als perfekt für den Job betrachten. Und obwohl sein Herz für die Mordkommission schlug, war er während seiner gesamten Zeit als Detektiv, bei der Vermisstenstelle eingesetzt und hatte dort einige unglaubliche Erfolge zu verzeichnen. Mit einem Alter, etwas über dreißig, hatte er sich einen Namen gemacht und war glücklich darüber, seinen Abschluss in Kriminologie und sein umgängliches Wesen, zu seinem Vorteil nutzen zu können. Als sich die Chance bot, eine der leitenden Positionen in der Vermisstenstelle zu übernehmen, wollte er nicht ablehnen.

Aber dieser Fall ist anders.

Die Hitze des Tages nahm weiter zu. Er hätte lieber am Strand gesessen, als im Anzug zu arbeiten. Niemand wollte hier sein … und das hatte nichts mit dem Job oder dem Wetter zu tun, sondern mit einem kleinen Kind, das wahrscheinlich zu Tode erschrocken war, wenn es überhaupt noch lebte.

Andy stand auf dem Gehweg. Überall war Absperrband, ein Uniformierter musterte ihn, als er seine Krawatte richtete und sein Jackett zuknöpfte. Er hatte heute nur eine Aufgabe und sein Verstand musste scharf bleiben.

Bevor er den Park betrat, drehte sich Andy langsam um, um ein Gefühl für seine Umgebung zu bekommen. Innerer Vorort mit niedrigem bis mittlerem Einkommen. Mix aus Kulturen, aber vorwiegend angelsächsisch geprägt. Belebte Straße mit Geschäften gegenüber dieser Seite des Parks, die meisten in Apartmenthäuser eingebaut. Die Straßenbahnlinie folgte der kreuzenden Straße, entlang der schmaleren Seite der Parkanlage. Menschen versammelten sich in kleinen Gruppen, neugierig auf die starke Polizeipräsenz. Ein Hubschrauber kreiste nicht weit entfernt.

„Wollen wir die zweifelhafte Szenerie bewundern oder loslegen, Boss?"

Er hatte nicht bemerkt, dass Meg hinter ihn getreten war. Mit leuchtend violettem Haar, das zu einer Seite geflochten war, im Gesicht eine winzige, runde, schwarz getönte Gläser einfassende Sonnenbrille, sah die forensische Analystin trotz ihrer zehn Jahre Vorsprung vor Andy, zu jung für ihre Erfahrung aus. Das täuschte manche Leute sosehr, dass sie während einer Ermittlung oder eines anschließenden Gerichtsverfahrens übersehen wurde. Täter. Journalisten. Verteidiger. Letztere verspeiste sie zum Frühstück. Sie gehörte eigentlich ursprünglich nicht zur Vermisstenstelle, war aber vor einem Jahr im Rahmen eines Projekts dazugekommen, das kürzlich verlängert wurde, da die Ergebnisse des Teams so vielversprechend waren.

Meg trug Laptoptaschen über beiden Schultern. „Ich hoffe, diese Läden werden gerade abgeklappert. Und wir müssen an die Aufnahmen der Straßenbahnen rankommen, die hier vorbeigefahren sind. Und Busse, Taxis, Uber und so'n Scheiß."

„Du sprichst mir aus der Seele. Abgesehen vom Scheiß. Brauchst du Hilfe?"

„Heb das Band an, Alter. Ich meine, Boss."

Sie grinste und duckte sich unter dem Band durch, als er es anhob.

„Hör auf mit dem Boss-Ding. Jetzt verstehe ich, warum Ben mich immer dafür gerügt hat, es zu benutzen." Andy folgte ihr.

Ben *war* der Boss. Schade, dass er an die Küste gezogen ist.

„Tut mir leid."

„Na ja, würdest du nicht auch lieber surfen gehen oder so, wie er es jetzt kann? Ich bin neidisch, wenn ich daran denke." Meg blieb ein paar Schritte weiter auf einem Weg stehen. „Ich würde es tun. Oder dachtest du, ich meinte, er wäre ein besserer Boss als du?" Es gelang ihr, trotz ihrer Taschen, einige Fotos mit ihrem Handy von der Szene vor ihnen zu machen. „Sei nicht so hart zu dir selbst. Du wirst dich mit ein paar Jahren Erfahrung verbessern."

Andy verschluckte sich fast. „Wie bitte?"

„Hab zu tun, Sonnenschein. Kommst du?" Der Seitenblick, den sie ihm zuwarf, war voller Humor, aber sie wartete nicht. Meg war darauf aus, schnell zum Polizeistützpunkt zu kommen, und er ließ sie gehen, um allen dort zu sagen, was zu tun sei.

Er würde bald früh genug zu ihr stoßen, wollte aber ein paar Minuten zum Beobachten nutzen. Etwas, das Ben Rossi – in dessen Rolle er getreten war – ihm beigebracht hatte, war, seine Sinne zu nutzen. Nach einem Verschwinden könnte es die kleinste Sache sein, die zu einer Wiederfindung führen könnte. Beobachten, zuhören. Die Luft riechen. Was ihm auffiel, war, wie ruhig der Park war, selbst mit so vielen Polizisten und Tatortermittlern vor Ort.

Und mit dem Verkehr so nah.

Die dichten Büsche zwischen ihm und der Straße dämpften die Geräusche.

Dies war ein Ort, an den die Leute kamen, um durchzuatmen. Die meisten Anwohner würden in kleineren Apartments wohnen, nicht in den riesigen, schicken - mit Dachterrassen-Pools und Gärten. Viele kleine Schachteln auf Schachteln, in eine Schachtel von Gebäude gequetscht. Und die Frau, die nun auf ihn zukam, lebte in einer dieser Schachteln.

„Detective, schön, Sie wiederzusehen." Liz streckte ihre Hand aus.

Sie war Terry ein paar Schritte voraus, der dasselbe tat. „Ich weiß, der leitende Senior Sergeant wird mit Ihnen sprechen wollen, aber es gibt viel Gebiet abzusuchen. Wir könnten Sie zuerst gebrauchen."

Obwohl Liz eine übergroße dunkle Sonnenbrille trug, war die Anspannung in ihrem Gesicht deutlich sichtbar. Er kannte sie flüchtig und ihre jeweiligen Ermittlungen überschnitten sich manchmal, aber sie waren nicht direkt befreundet. Was er wusste, war, dass ihre Nichte vor achtzehn Jahren spurlos verschwand. Dieser gegenwärtige Fall traf sie besonders hart.

„Sollen wir zur mobilen Einsatzzentrale gehen?", schlug Terry vor. „Haben Sie die Luftunterstützung organisiert?"

„Habe ich."

Sie überquerten etwa fünfzig Meter Gras, vorbei an einem Brunnen und einer Bank, die unter der Beobachtung eines Mitglieds der forensischen Spurensicherung standen. Meg hatte bereits beide Laptoptaschen geöffnet und richtete einen Arbeitsplatz im hinteren Teil der Station ein. Es standen ein halbes Dutzend Beamte dabei, drei davon an Computern und zwei an einem großen Whiteboard. Sie traten zur Seite, um Andy einen Blick darauf werfen zu lassen.

Liz nahm sich eine Wasserflaschen, die zu Dutzenden am Ende eines Tisches bereitgestellt waren und öffnete sie. Sie blieb ein Stück zurück und trank, während Andys Augen über die Notizen auf dem Whiteboard huschten. Terry telefonierte und entschuldigte sich dann, die anderen beiden Beamten wurden von Meg in Beschlag genommen. Der Hubschrauber dröhnte kurzzeitig über ihnen und zog dann weiter.

„Ich bin froh darüber ...", sagte Liz.

„Über den Hubschrauber?"

Sie nickte und nahm ihre Sonnenbrille ab. „Sie sind vielleicht nicht weit gekommen. Vielleicht hat er gewartet, bis die erste Panikwelle abgeebbt ist, bevor er sie weggebracht hat."

Die Chance dafür war gering. Der Hubschrauber war da, für den Fall, dass es einen Zeugen gab, der gesehen hatte, wer das Kind mitgenommen und in welche Richtung sie dann gegangen waren. Aber er nickte.

„Der Vater ist im Barwon-Gefängnis.", sagte Liz.

„Glauben Sie, es gibt eine Verbindung?"

„Nein. Ich denke, das wurde vor langer Zeit geplant. Ich denke auch, das war ein Gelegenheitsverbrechen, geübt in Geduld. Und ich glaube, wenn wir ihn finden, werden wir auch das Monster finden, das Ellen entführt hat."

Ihre Stimme hatte nicht gezittert. Ihre Körpersprache war ruhig und verriet nichts, nicht einmal ein Zittern der Hand, die die Flasche hielt. Aber Liz' Augen bohrten sich in Andys Seele. Sie litt sehr. Das sie sich so gut zusammenriss, zeugte von ihrer Stärke. Er hatte Ellens Akte im Laufe der Jahre mehr als einmal gelesen, und sie wäre beinahe zu den ungelösten Fällen gelegt worden – wäre es schon, wenn da nicht die Verbindung zu einer Polizistin stünde. Liz' Erfahrung machte sie mit ihrem spezifischen Wissen zu einem wertvollen Gut, falls dies als relevant eingestuft würde.

„Du hast mit der Mutter gesprochen ... Maureen?"

„Ja, und sie ist auf dem Weg zu einem offiziellen Verhör, nachdem sie darauf bestanden hat, ihre Wohnung zu überprüfen. Davor fing sie an, sich an kleine Details zu erinnern."

„Und du hast sie gehen lassen, bevor sie dir alles erzählt hat?"

Ein Anflug von Ärger huschte über ihr Gesicht. „Ja, ich habe sie gehen lassen."

„In Ordnung. Was *hat* sie dir erzählt?", fragte er und verschränkte die Arme. „Ich meine alles, was nicht auf dem Whiteboard steht."

Sie blickte an ihm vorbei und überflog die Informationen. „Nicht viel, was da nicht schon steht. Das Kind sprach mit einem ‚netten' Mann, der ihre Schnürsenkel band, und bevor du mir sagst, dass du das schon weißt, war das kurz bevor Eliza den

Rucksack holte. Sie zeigte ihrer Mutter, wie ordentlich sie gebunden waren. Du solltest einen Zeichner mit ihr arbeiten lassen und sehen, ob wir die Händigkeit und irgendwelche Besonderheiten herausfinden können. Übrigens, rate mal, wo Maureen saß. Das steht noch nicht auf dem Whiteboard. Sie saß auf der Bank beim Brunnen."

Seine Gedanken rasten zurück zu Ellens Akte. Es hatte eine handgezeichnete Karte mit dem Spielplatz, dem Brunnen und den Bänken gegeben. Die Bank neben dem Brunnen war eingekreist gewesen.

Scheiße.

„Dieselbe Bank, auf der du an jenem Tag …", sagte er.

„Immerhin kennst du den Fall. Andy, hör zu. Es ist dieselbe Person, die meine Nichte entführt hat. Wir müssen Eliza finden und dann müssen wir herausbekommen, was mit Ellen passiert ist."

Ein Serienentführer? Seine Brust wurde ihm eng, auch weil gleichzeitig ein Funke Interesse in seinem Gehirn aufflammte. Er würde diese Reaktion bei einem so kuriosen Fall nie unterdrücken können. Er starrte Liz an. Sie konnte unter solchem Druck unmöglich unparteiisch und unbeteiligt bleiben.

„Wäre es nicht besser, wenn du dich zurückziehst?"

„Keine Chance, Detective. Du brauchst mich. *Eliza* braucht mich."

Jemand rief. Pete McNamara. „Hast du mich gehört, Liz? Mögliche Sichtung, komm schon."

Liz lehnte sich so nah an Andy, dass er die Wärme ihrer Haut spüren konnte. Ihre Stimme war leise und intensiv. „Versuch gar nicht erst, mich aufzuhalten. Ich muss hier sein, Andy. Ich muss einfach!"

Und dann rannte sie ihrem Partner hinterher.

Andy fuhr sich mit der Hand durchs Haar und stieß die Luft aus.

VIER

„Ben hätte dasselbe gesagt, Liz. Die Vermisstenstelle hat jetzt die Zuständigkeit."

Ihre Sirene teilte den Verkehr und Pete verlangsamte das Auto an einer roten Ampel.

„Ja, aber er hätte es gesagt, um offiziell zu klingen und es dann zurückgenommen. Andy ist anders."

Und schlau für sein eigenes Wohl.

„Inwiefern anders?"

„Er will zur Mordkommission. Das weißt du doch. Und er wird alles tun um aufzufallen und das zu erreichen."

Pete gluckste und sie funkelte ihn an.

„Was denn? Schau, Liz, er ist ein Jungspund und eifrig. Aber er ist klug und gebildet und die Zukunft der Polizei. Bis du und ich in Rente gehen, werden alle Polizisten mehrere Abschlüsse haben."

Vielleicht. Aber das änderte nichts daran, dass sie mit einem ehrgeizigen Detektiv umgehen musste, der sie nicht gut genug kannte, um ihr zu vertrauen. Sie schob den Gedanken beiseite und las ein Ermittlungsupdate. „Okay, eine weitere Sichtung zwei Blocks voraus. Mann, Ende zwanzig, T-Shirt und Shorts.

Stieg aus einer Straßenbahn aus. Trägt ein kleines Mädchen, das schreit. Verdammt, das sind sie nicht."

„Und woher weißt du das?"

„Der Mann ist zu jung und zu leger gekleidet. Es wird ein Vater mit einem wütenden Kleinkind sein."

Es kam keine Antwort. Pete hatte alle Hände voll zu tun, um eine Straßenbahn zu umfahren, außerdem würde er es bald genug herausfinden. Liz beobachtete die Straße, ihre Hände trommelten gegen ihre Beine. Wie hatten sie diese Person überhaupt gefunden? Irgendetwas passte nicht zusammen.

„Da. Links, gleich hinter dem zweiten Haus." Liz zeigte darauf.

Ein junger Mann mit einem Rucksack und einem Kind auf den Schultern, blieb überrascht stehen, als Pete vor ihm in eine Einfahrt fuhr.

„Hab's dir gesagt.", sagte Liz. Sie stieg aus.

„Ist alles in Ordnung?"

Das Kind war höchstens drei, blond und kicherte über die blinkenden Lichter durch die offene Vordertür des Autos. Ihr Vater war vielleicht fünfundzwanzig und trug ein ‚Peace'-T-Shirt über schlampigen Shorts.

Liz setzte sich auf die niedrige Backsteinmauer des nächstgelegenen Hauses, während Enttäuschung in ihr aufstieg.

„Tut mir leid, dass wir Sie aufhalten, Kumpel. Wir haben einen Bericht über ein kleines Mädchen bekommen, das schreiend in eine Straßenbahn stieg.", sagte Pete.

„Sie hasst sie. Aber es ist zu heiß, um den ganzen Weg nach Hause zu laufen. Aber ansonsten ist sie ein glückliches Kind... habe ich etwas falsch gemacht?"

Pete schüttelte den Kopf. „Nichts. Falscher Alarm."

„Können wir Ihre Daten aufnehmen?", fragte Liz. „Nur um Sie von einer Untersuchung auszuschließen."

„Muss ich das? Ich würde sie gerne nach Hause bringen."

So schnell auf den Beinen, dass der Mann keine Chance hatte vorbeizugehen, nahm Liz ein Notizbuch heraus und stand nur

Zentimeter von dem jungen Vater entfernt. „Um Sie nicht zu beunruhigen, aber wir kommen gerade vom Tatort einer vermuteten Entführung. Ein kleines Mädchen, nicht viel älter als Ihres. Entführt, während ihre Mutter nur wenige Meter entfernt war. Also, damit die Öffentlichkeit uns nicht wieder hinter Ihnen herschickt, wenn die Nachricht rauskommt ..."

Sein Gesicht wurde blass und er hob das Kind von seinen Schultern, um es an seine Brust zu schmiegen. „Ja, natürlich. Wo?"

„Schauen Sie später die Nachrichten." Liz notierte seine Daten und gab ihn frei.

Zurück im Auto prüfte sie auf Updates, während Pete rückwärts aus der Einfahrt herausfuhr.

„Mensch, Liz."

„Halt die Klappe."

„Von jemandem, der ständig zu weit geht, war das ziemlich nah an der Grenze."

„Du färbst auf mich ab.", sagte Liz. „Ich habe nichts gesagt, was er nicht in einer Stunde wissen wird, sobald die Geier mit ihren Kameras einfallen."

„Du hast ihm einen Heidenschreck eingejagt. Wahrscheinlich wird er das Kind nie wieder irgendwo hinbringen."

Oder es zumindest nie aus den Augen lassen.

Liz steckte ihr Handy weg. „Wer hat den Hinweis gegeben? Der Tipp, der gerade unsere Zeit verschwendet hat."

Pete brauchte ein paar Sekunden, dann warf er ihr einen Blick zu. „Weil es noch nichts Offizielles da draußen gibt? Vielleicht die Mutter. Soweit wir wissen, hat sie es vielleicht in den sozialen Medien gepostet. Dinge wie ein vermisstes Kind können viral gehen und plötzlich spielt jeder Detektiv."

„Oder der echte Täter hat uns in die falsche Richtung geschickt."

Sie bogen auf die Straße zum Park ein. Mehrere Medienfahrzeuge säumten die Straßenseiten. Kamerateams und Reporter versammelten sich so nah am Park, wie die Polizei es zuließ.

Pete fuhr vorbei, bog um die Ecke und hielt auf dem Bürgersteig zwischen der Straßenbahnlinie und den Büschen.

„Du beschwerst dich über mich." Liz lachte kurz. Pete war der Letzte, der Ratschläge darüber geben sollte, sich an die Regeln zu halten, und das nicht nur in polizeilichen Angelegenheiten. Er hatte nichts dagegen, in seinem Privatleben in dunkle Ecken abzudriften. Wahrscheinlich machte ihn das so gut in seinem Job.

„Zwischen zehn Uhr fünfundvierzig und elf Uhr heute Morgen verließ Eliza Singleton den Park, entweder allein oder mit einer anderen Person ..."

„Gewaltsam, Terry? Ist dies eine Entführung?"

Terry ignorierte die Frage. Er hatte vereinbart, mit einer Reporterin zu sprechen, einer jungen Frau, die sich zuvor als ethisch im Umgang mit Informationen erwiesen hatte. Aber als ihr Team aufbaute, folgten ihr gleich ein gutes Dutzend anderer Reporter, wie Geier. Pete hatte angeboten, sie wegzuschicken, aber Terry ließ sich nicht aus der Ruhe bringen. Er hatte das schon zu oft gemacht, und es erinnerte Liz daran, warum er immer noch die Mordkommission leitete. Sie behielt die Menge außerhalb der Ecke des Parks, wo Terry die Ankündigung machte, aufmerksam im Auge.

Manchmal konnten Täter nicht anders und kehrten zum Tatort zurück.

Oder diejenigen, die ihnen helfen.

Sie hatte immer geglaubt, dass derjenige, der Ellen mitgenommen hatte, Hilfe gehabt haben musste. Das kleine Mädchen war nicht der Typ, der ruhig mit einem Fremden mitgegangen wäre.

„Elizas Beschreibung und ein aktuelles Foto werden in Kürze zur Verfügung gestellt. Ich appelliere an die Öffentlichkeit, wachsam zu sein. Wenn Sie ein Kind sehen, das dieser Beschreibung entspricht, oder wenn Sie Grund zu der Annahme haben, dass ein Kind Eliza ist, dann bitte ich Sie dringend, sich an die Polizei-Hotline oder Ihre örtliche Polizeidienststelle zu wenden."

Terry beendete das Interview kurz darauf, sprach noch mit der Reporterin und drehte dem Rest der Presseleute dann den Rücken zu. Liz und Pete gesellten sich zu ihm, um zum Wohnwagen zu gehen.

„Detective Hall! Einen Moment bitte."

Liz kannte die Stimme und offensichtlich Pete und Terry auch. Niemand drehte sich um.

„Teresa Scarcella von *At Six Tonight*. Ich kann Ihnen helfen, sie zu finden."

Jetzt blieben sie stehen. Die Frau schnaufte ein bisschen, als sie aufholte, doch irgendwie waren ihr Make-up und ihre Frisur makellos. „Ich habe nicht mal eine Kamera dabei, okay?"

„Sie haben eine Minute", sagte Terry und verschränkte die Arme. „Wie genau?"

„Meine Reichweite geht über das Fernsehen hinaus. Ich habe Live-Streaming über mehrere Social-Media-Kanäle und ein großes Publikum, das bereit ist, zuzuhören und nach Eliza zu suchen. Ich kann die Leute zum Handeln aufrufen, sie bitten, auf verdächtige Vorkommnisse zu achten, sogar eine Hotline für Sichtungen einrichten."

Teresa holte Luft und nickte Terry zu, als hätten sie einen Deal gemacht. Liz hatte keine hohe Meinung von der Presse und diese Frau bewegte sich am unteren Ende der Skala. Aber sie log nicht. *At Six Tonight* war riesig.

„Was Sie vorschlagen, klingt danach, als würden Sie unsere Ermittlungen behindern, ganz zu schweigen davon, dass Sie möglicherweise unschuldige Menschen in Gefahr bringen."

„In Gefahr durch wen genau? Haben Sie einen Verdächtigen?"

An seiner Körpersprache und seinem Tonfall merkte man deutlich, dass Terry es bereute, stehen geblieben zu sein. „Wir wissen nicht einmal, wie Eliza den Park verlassen hat, Frau Scarcella. Es gibt keine Beweise dafür, dass es mit einer anderen Person oder gar Personen war, aber wir untersuchen alle Möglichkeiten. Wenn Sie wirklich helfen wollen, dann verbreiten

Sie ihre Beschreibung, ihr Foto und die Gegend, in der sie zuletzt gesehen wurde. Und bringen Sie Ihr Publikum dazu, bei Crime Stoppers oder ihrer örtlichen Polizeidienststelle anzurufen, wenn sie irgendwelche Informationen haben."

Unbeeindruckt lehnte sich die Frau näher zu Terry und säuselte: „Ich möchte dieses arme Kind finden. Sie wollen sie finden. Warum sollten wir unsere Bemühungen nicht vereinen? Wir könnten uns bei einem Drink austauschen."

Hinter Teresa stand Pete und sah aus, als würde er gleich in lautes Gelächter ausbrechen.

„Ihre Minute ist um. Bitte befolgen Sie die Anweisungen, die an Ihren Redakteur geschickt werden, oder wie auch immer man die heutzutage nennt."

„Sicher, Schätzchen."

Mit einem Lächeln, das ihre Augen nicht erreichte, drehte sich Teresa um und stolzierte davon.

„Neue Freundin, Chef?", grinste Pete.

Terry murmelte etwas Unfreundliches und ging in die entgegengesetzte Richtung, Pete und Liz folgten ihm.

„Sie bedeutet Ärger!", sagte Liz. „Das ist nicht das erste Mal, dass sie versucht, die Tragödie von jemandem auszunutzen, um sich einen Namen zu machen."

„Ja, ich erinnere mich, dass sie den Bannerman-Fall fast sabotiert hätte. Aber das hier ist schlimmer, Liz. Niemand sollte von einem vermissten Kind profitieren. Niemand."

Liz warf Pete einen verstohlenen Blick zu. Sein Gesicht war grimmig und seine Hände waren zu Fäusten geballt. Sie kannte Pete schon lange und hatte ihn in seinen schlimmsten Momenten gesehen. Aber auch in seinen besten. Er war hart, aber sie wusste, wenn ihn etwas oder jemand berührte, würde er Himmel und Hölle in Bewegung setzen, um sie zu beschützen. Sie tippte ihm auf den Arm und er warf ihr einen dieser „Was?"-Blicke zu, an die sie gewöhnt war.

„Wir werden Eliza finden. Und dann werden wir Ellen finden. Okay?"

„Diese verdammte Reporterin-"

„Ist nicht das, worauf wir uns konzentrieren müssen. Pete, ich muss mit Vince reden. Und du und ich, wir brauchen einen Plan."

Er schnaubte. „Vince ist ein Nichtsnutz."

„Nun, wie du vorhin gesagt hast, warst du nicht da, als Ellen verschwand. Er schon. Sonst noch was zu sagen?"

„Erwarte nur nicht, dass ich mitkomme."

„Hast du Angst, dass er sich bei dir für die Rettung seines Lebens bedankt?"

Pete verdrehte die Augen.

FÜNF

Zwei Polizeihunde waren im Einsatz. Der Beamte, der zu Maureens Wohnung geschickt wurde, war mit etwas Kleidung aus dem Wäschekorb zurückgekehrt. So konnten die Hunde ohne Schwierigkeiten die Witterung des Mädchens aufnehmen.

Liz blieb in der Nähe, ohne im Weg zu stehen. Sie hatte ihre Jacke ins Auto geworfen und trug eine leichte Polizeiweste. Einer der Hunde witterte in Richtung unter der Brücke, wobei sein Interesse einem der Baumstümpfe galt. Ein Beamter der Spurensicherung richtete seine Aufmerksamkeit darauf und der Hundeführer wurde angewiesen, weiter der Spur zu folgen. Sein Hund zog ihn von der Brücke weg. Sie liefen über eine Rasenfläche zu einer Öffnung zwischen den Hecken.

Der Hund und sein Führer schlüpften hindurch, bogen links ab und folgten dem Fußweg. Dort befand sich die am wenigsten befahrene der vier umliegenden Straßen, mit Apartmentgebäuden gegenüber und Parkplätzen auf beiden Seiten. Keine Geschäfte oder Unternehmen und deutlich weniger Verkehr.

Nach etwa hundert Metern hielt der Hund an, witterte schnüffelnd in der Luft und am Boden, dann kehrte er um. Aber er hielt erneut an und winselte.

Sein Hundeführer versuchte ihn zu motivieren, aber es war offensichtlich, dass der Hund die Spur verloren hatte.

„Wir werden den anderen Hund hierher bringen. Aber ich würde sagen, das Kind wurde in ein Fahrzeug gesetzt." Der Hundeführer drehte sich um und sprach in sein Funkgerät.

Liz wählte Terrys Nummer. „Die Spur ist auf der Straße kalt geworden. Wir müssen Leute hierher bringen, um die Gegend abzusuchen und Videomaterial zu finden."

„Warte, bis Pete dort ist und komm dann zu mir."

Er legte auf, noch bevor sie fragen konnte, warum. Sein Tonfall klang seltsam.

Wenn Andy Probleme wegen mir macht...

Und wenn! Was könnte sie schon tun! Kriminalhauptkommissare machten nicht die Regeln. Wenn die Vorgesetzten ihr sagten, dass sie raus sei, hatte sie keine Möglichkeit, etwas dagegen zu unternehmen. Liz liebte ihren Job. Sie liebte ihn wirklich im Kern ihres Wesens. Außer in Zeiten wie diesen. Autonomie war nicht genau das, was sie wollte – Struktur war wichtig –, aber von dieser Ermittlung abgezogen zu werden ...? Hitze stieg in ihr auf, sie zog sich die Weste vom Körper und duckte sich unter einen tiefhängenden Zweig hindurch und trat in den Schatten eines Baumes. Es machte kaum einen Unterschied.

Der zweite Polizeihund führte seinen Begleiterr zur gleichen Stelle, schwenkte dann aber herum und zog in Richtung Straße. Liz rannte dazu, trat auf die Fahrbahn und hielt ihre Hand hoch, um ein herannahendes Auto zu stoppen, während der Hund um einige geparkte Fahrzeuge herum und zurück zum Bürgersteig witterte.

„Guter Junge, braver Kerl. Detective!" Der Hundeführer wartete mit seinem Hund unter einem Baum und zeigte auf etwas, das niemand bisher gesehen hatte.

Auf dem Asphalt zwischen zwei Autos lag ein Schuh. Ein Kinderschuh.

„Maureen hat bestätigt, dass er zu dem Paar passt, das Eliza trug."

Andy und Pete wurden von Liz angerufen und waren beide zur gleichen Zeit eingetroffen, dicht gefolgt von einem Beamten der Spurensicherung und mehreren Uniformierten. Terry stand nicht weit hinter ihnen. Die Medien wurden durch Absperrungen um den Bereich des Fundes auf Abstand gehalten.

„Ist sie sicher?" Liz war es. Die Größe sah richtig aus für ein durchschnittliches fünfjähriges Mädchen und hatte Einhörner an der Seite.

„Ohne mehr als einige Fotos zu sehen, ja." Andy bedeutete Liz, ihm zu folgen, bis sie nahe am Bordstein stehen blieben. „Das wird helfen."

„Die Schnürsenkel sind noch gebunden."

Ein Mitarbeiter machte Aufnahmen aus allen Winkeln, bevor der Schuh vorsichtig in einem Beweismittelbeutel gesichert wurde.

„Wie lange, Andy? Wann können wir ein Ergebnis der Spurenanalyse bekommen?"

„Wir beschleunigen es. Aber Liz, du weißt genauso, wie der Rückstau aussieht." Er fuhr sich mit der Hand durch sein perfekt geschnittenes Haar und glättete es dann. „Verdammt frustrierend."

„Zwei Mädchenleben könnten von einem Fingerabdruck abhängen. Oder einer Hautprobe." Das sie ihre Stimme unter Kontrolle hielt, war ihr ein Rätsel. Er mochte wegen der Forensik frustriert sein, aber alles, was Liz fast körperlich spüren konnte, war das Ticken der Uhr. „Zeit ist entscheidend."

„Das ist mir bewusst." Seine Antwort war kurz. Angespannt.

Kurz bevor sie ihm scharf darauf antwortete, entschuldigte sie sich. Er hatte ja recht.

Terry behielt sie trotzdem vom Eingang des Parks aus im

Auge. Wenn sie aus den Ermittlungen rausgeworfen würde, dann nicht, weil sie mit dazu beigetragen hatte.

„Chef, Sie wollten mich vorhin sehen?"

„Geh mit mir zurück zum Wohnwagen."

Es war surreal, hier zu sein. In den letzten Jahren war sie nur eine paar wenige Male in den Park gekommen. In den ersten Monaten nach Ellens Verschwinden und dem Ende der sogenannten Ermittlungen, hatte sie viel zu viel Zeit damit verbracht, stundenlang auf der Bank zu sitzen, bei sengender Hitze, wie kalten Regengüssen. Nur für den Fall, dass ihre Nichte zurückkehrte.

„Lizzie? Hältst du durch?"

Sie hielten am Brunnen an. Wasser sprudelte in der Mitte nach oben und floss über ein paar künstlerische Plattformen in ein flaches Becken. Viele Kinder und sogar Erwachsene planschten darin herum.

„Ellen liebte das …", sagte Liz. Selbst in ihren eigenen Ohren klang sie teilnahmslos. „Musste sie bei fast jedem Besuch da rausjagen."

„Sie hat bei dir gewohnt, wenn ihre Eltern weg waren?"

„Ja. Ließ sie Paarzeit haben. Den Funken am Leben erhalten und so. Viele kurze Ausflüge."

Sie fühlte sich damals fast wie eine Mutter. Etwas, das sie nie sein würde, außer indem sie sich das Kind ihrer Schwester auslieh. Brettspiele und Pyjamapartys für zwei. Eistüten im Sommer und Pizza essend auf dem Boden sitzend, beim Cartoons schauen im Winter. Fünfjährige waren gesprächig und lustig. Straßenbahnfahrten. Ellen lebte in einem der äußeren Vororte. Und im Gegensatz zu der kleinen Eliza, die Straßenbahnen hasste, quietschte sie vor Freude über die ikonischen Glocken und klappernden Räder. Und der Park. Immer der Park.

„Chef, wir müssen mit allen in meinem Apartmentgebäude sprechen."

Er hob beide Augenbrauen.

„Wie können zwei Kinder unter so ähnlichen Umständen

verschwinden, geschweige denn zwei Kinder im gleichen Alter und aus demselben Gebäude?"

„Als Ellen verschwand, gab es da eine Tür-zu-Tür-Befragung im Haus?"

Liz schnaubte. „Abgesehen von meiner Etage, wurde es mir überlassen."

„Du machst Witze."

„Ich habe mit jedem Bewohner gesprochen und mich bei vielen von ihnen noch unbeliebter gemacht. Ich versuche ohnehin, mich bedeckt zu halten."

„Warum zum Teufel wohnst du überhaupt noch dort? Es ist ein Drecksloch und du verdienst mehr als genug, um dein eigenes Reihenhaus oder so zu haben."

Terry hatte sie das in der Vergangenheit schon oft gefragt. Viele Leute hatten das. Die Antwort war einfach, aber sie war jetzt nicht in Mitteilungsstimmung.

„Also, können wir heute ein paar Uniformierte dorthin schicken?"

„Ich werde den Hauptkommissar fragen, aber Liz, wir sind dünn besetzt."

„Kann ich es dann machen?"

„Du hast gerade gesagt, du hältst dich dort bedeckt."

„Dann gib mir eine Aufgabe."

„Hat dein Gebäude Videoüberwachung?"

„Etwas. Draußen und in den Gemeinschaftsbereichen. Ich kann den Verwalter fragen, ob er mir Zugang gibt."

„Brauchst du Pete?"

„Braucht den irgendjemand?" Sie grinste und ging bereits rückwärts.

„Brauchst du keinen Durchsuchungsbefehl?"

Brian „Bing" Bisley war selbst in guten Zeiten nicht freundlich, es sei denn, es sprang etwas für ihn dabei heraus. Sein kurzärmeliges Hemd hatte einen großen Fleck von einer kürzlich verspeisten Fleischpastete oder Ähnlichem. Sein Schreibtisch war mit Kaffee-To-Go-Bechern übersät. Der Raum stank ekelhaft, wozu der überquellende Aschenbecher sicher nicht wenig beitrug.

„Ist das hier nicht ein rauchfreies Gebäude?", fragte Liz.

„Mein Büro, meine Regeln."

„In Ordnung." Sie zog ihr Handy heraus. „Ich rufe meinen Chef an, um diesen Durchsuchungsbefehl zu organisieren. Hast du eins von diesen Beschwerdeformularen, die du so gerne magst?"

Er runzelte die Stirn. „Wozu?"

„Damit ich mich über dieses Büro beschweren kann. Ist das nicht der Ort, an den sich die Bewohner wenden müssen, um Probleme zu melden? Ziemlich schlimm, wenn man Asthmatiker wäre. Oder schwanger. Oder ein Kind. Und ich glaube, eine der Waschmaschinen im fünften Stock ist seit einer Weile kaputt. Soll ich dafür auch ein Formular ausfüllen?"

Bisley richtete sich auf und kramte in einer Schublade. Er zog einen Schlüsselbund heraus. „Sie können sich die Aufnahmen ansehen. Aber ich brauche einen Durchsuchungsbefehl, wenn Sie die Bänder mitnehmen wollen."

Bänder? In der heutigen Zeit?

„Perfekt."

Liz war froh, aus dem widerlichen Büro herauszukommen und folgte Bisley den Flur entlang, vorbei an den Räumen für die Reinigungskräfte und die Schaltanlagen. Sie nahm sich vor, sich Zugang zu jedem dieser verschlossenen Räume und auch überall sonst zu verschaffen, wo sie noch nicht gewesen war.

Er schloss eine Tür auf und deutete in den Raum: „Muss ich Ihnen alles erklären?"

„Ich rufe, wenn ich Hilfe brauche."

Er schnaubte, zog den Schlüssel aus der Tür und schlurfte davon.

Nachdem sie die Tür hinter sich geschlossen hatte, betrachtete Liz das Durcheinander von Monitoren und lächerlich alten Überwachungsgeräten. Nichts davon war schwer zu bedienen, aber es fehlte an Funktionalität. Sie zog einen Stuhl heran, machte zuerst ein paar Fotos und spulte dann ein Band zurück ,auf acht Uhr heute Morgen, nachdem sie sichergestellt hatte, dass sie keine laufende Aufnahme störte.

Sie stellte es auf dreifache Geschwindigkeit und schrieb Pete eine Nachricht, während sie die Monitore im Auge behielt.

Sehe mir gerade Überwachungsvideos im Apartment-Gebäude an. Sag mir sofort Bescheid, wenn du irgendwelche Neuigkeiten hast. Egal welche.

Ihr Herz hatte heute so oft gerast. Der Adrenalinstoß würde sie später umhauen, aber sie würde das durchstehen. Sie erinnerte sich nicht an Eliza. Liz nahm nie den Aufzug, der sowieso die Hälfte der Zeit nicht funktionierte – noch ein Punkt, den sie bei Bisley ansprechen musste – und lebte auch so ohne großen Kontakt zu den Nachbarn. Es gab nur einen Grund, hier zu wohnen, was Terry netterweise als Drecksloch bezeichnete. Es war der einzige Ort, an den sich Ellen erinnern würde.

Dumm. Dumme, lächerliche Begründung.

Aber da war sie nun mal. Sie zwang sich, ihre Schultern zu entspannen, aber das tat mehr weh, als sie angespannt zu lassen. Also stand sie auf und streckte sich, während ihre Augen von einem Bildschirm zum anderen huschten, bis plötzlich ihr Handy piepste.

Bänder? Bist du in ein Zeitloch gefallen?

Die Monitore zeigten mehrere Bereiche. Die Vorderseite des Gebäudes, den Eingangsbereich vor dem Aufzug und der Treppe, das Dach, die Gasse hinter dem Gebäude und einen Flur, der durch seine Dunkelheit auffiel, sowie einen, den sie nicht erkannte. Gab es ein Kellergeschoss?

Die erste Stunde der Aufnahmen war voller Bewegung, und sie spulte mehrmals zurück, um alle Kamerabereiche auf den Monitoren zu überprüfen. Menschen, die zur Arbeit gingen. Einige der älteren Bewohner versammelten sich im Eingangsbereich und gingen gemeinsam los. Lieferungen kamen an. Die fehlende Videoüberwachung der Hauptetagen war frustrierend. Liz hatte keine Möglichkeit zu sehen, wohin die Lieferanten gingen, aber sie machte sich Notizen über Ankunfts- und Abfahrtszeiten der verschiedenen Lieferdienste, während die Aufnahmen weiterliefen.

Kurz vor neun öffnete sich eine Feuertür zur Gasse auf der Rückseite und eine Frau trug einen vollen Wäschekorb hinaus. Sie hatte den Rücken zur Kamera gewandt und kämpfte ein wenig mit dem Gewicht, als sie zu einem geparkten Auto ging. Der Kofferraum öffnete sich, sie schob den Korb hinein und schloss ihn wieder. Jemand streckte die Hand aus dem Wagenfenster mit einem Umschlag, den die Frau entgegennahm. Als das Auto wegfuhr, kehrte sie zur Feuertür zurück.

Liz pausierte das Band. „Hast einen Weg gefunden, eine Maschine zum Laufen zu bringen, was, Maureen?"

Sie spulte ein Stück zurück und machte dann ein Video mit ihrem Handy. Das schickte sie mit einem Kommentar an Terry.

Acht Uhr fünfundfünfzig heute Morgen.

Die Frau verdiente wahrscheinlich etwas Geld nebenbei, indem sie für andere die Wäsche machte. Kein Verbrechen. Die Einzigen, die sich dafür interessieren würden, wären diejenigen, von denen sie Sozialhilfe bekam und möglicherweise das Finanzamt. Aber es warf mehr Fragen auf.

Schicke einen der jungen Polizisten rüber, um zu übernehmen. Zeig ihm, was du brauchst, und sprich dann bitte mit Maureen Singleton.

„Bester Vorschlag des Tages.", murmelte sie und schrieb zurück.

Es gibt einen Haufen Wirtschaftsräume und ein Untergeschoss, das ich noch nie gesehen habe. Besteht die Möglichkeit, diese durchsuchen zu lassen?

Liz spulte das Video zu der Zeit vor, zu der Maureen sagte, sie seien weggegangen. Kein Zeichen von ihnen nach zehn Uhr morgens. Sie ging die ganze Zeit bis fast elf Uhr durch, dann zurück nach zehn und begann, das Band rückwärts laufen zu lassen.

„Ma'am?"

Der gleiche Beamte, der Maureen zurück zur Wohnung begleitet hatte, trat ein.

Liz pausierte die Aufnahme und stand auf. „Haben Sie schon mal so etwas gesehen? Constable …"

„Lou Barker." Der junge Beamte schüttelte den Kopf, seine Augen weit aufgerissen, und sie grinste.

„Okay Lou, zwei Minuten um dich einzuweisen, dann bin ich weg. Aber ich werde eine Liste mit dem erstellen, was ich brauche. Zuerst habe ich aber ein paar Fragen an dich."

SECHS

Der Schuh war ein guter Fund. Er stellte eine greifbare Verbindung zu dem Kind dar. Und wenn die Person, die ihre Schnürsenkel gebunden hatte, keine Handschuhe trug und nicht gerade Glück hatte, würden sich Spuren darauf befinden. Als der CSS-Wagen eingetroffen war, hatte er darum gebeten, den winzigen Schuh vorrangig zu behandeln.

In einer perfekten Welt würden die Spuren die Identität desjenigen preisgeben, der diese Schnürsenkel gebunden hatte.

In einer perfekten Welt würde niemand ein Kind entführen.

Der diensthabende Senior Sergeant musste wegen eines anderen schweren Verbrechens gehe. Meg hatte daher die Rolle übernommen, direkt mit dem Büro von Public Transport Victoria zu kommunizieren, das die Straßenbahnen in der Gegend überwachte. Sie hatte mehrere Feeds gleichzeitig auf den Monitoren laufen und ein Uniformierter beobachtete alles wie ein Habicht, während sie berechnete, wie weit Eliza unter verschiedenen Szenarien entfernt sein könnte.

„Sie könnte in einer der benachbarten Wohnungen oder schon halb aus dem Bundesstaat raus sein.", sagte Meg, die Augen auf ihren Bildschirm gerichtet. „Ich vertraue den Hunden, und beide zeigten, die Spur endete auf der Straße."

„Worauf können wir auf dieser Seite zugreifen? Oder können wir etwas von anderen Kameras aus sehen?", fragte Andy und schaute über ihre Schulter. Er verstand die Hälfte ihrer Berechnungen kaum, aber das musste er auch nicht. Den richtigen Leuten bei ihrer Arbeit zu vertrauen, war ein Kernpunkt der Polizeiarbeit, er vertraute Meg.

Sie drehte sich um und blickte zu ihm auf. „Es war ein cleverer Ort, den der Erwachsene mit Eliza gewählt hat. Nur zwei offensichtliche Sicherheitskameras zeigen in die allgemeine Richtung des Schuhs. Und ernsthaft, warum? Ich meine, heutzutage sollte jeder Technologie nutzen! Jedenfalls ist meine Empfehlung, dass wir uns auf das Klingeln an den Türen der gegenüberliegenden Apartmenthäuser konzentrieren und so viel Druck wie möglich ausüben."

„Druck?"

„Komm schon, Andy. Das ist keine polizeifreundliche Zone, also kommt niemand her und bietet Informationen an." Sie lächelte süß. „Wenn sie es nicht anbieten, müssen wir eben... fragen."

„Ich melde mich freiwillig, um Druck auszuüben", kommentierte der Beamte neben ihr.

„Ich würde es vorziehen, wenn du dich auf die Straßenbahnaufnahmen konzentrierst. Wenn es dir nichts ausmacht."

Wieder verbarg die Süße ihres Tonfalls das Herz aus Stahl, von dem Andy wusste, dass es Meg antrieb. Der Beamte grummelte, kehrte aber zu seiner Aufgabe zurück.

„Wo stehen wir damit, Boss?"

„Mit dem Klingeln an den Türen? Fast fertig auf der Straßenbahnseite."

„Wirklich? Aber da gibt es eine Menge Überwachung. Kannst du atmende Körper dorthin verlegen, wo ich vorgeschlagen habe? *Bitte*."

Damit war Meg wieder zurück an ihrer Tastatur, und Andy fühlte sich abgewiesen.

Atmende Körper.

Sie hatte so ihre eigene Art mit Worten, aber es war ihr brillanter Verstand, den er am meisten bewunderte. Und sie hatte Recht. Sie mussten die Suche jetzt ausweiten.

„Eine Minute, Andy?"

Pete tippte auf einem iPad, als er sich näherte. „Liz ist auf dem Weg, um der Mutter noch ein paar Fragen zu stellen, aber der Beamte, der sich das Filmmaterial des Apartmentgebäudes ansieht, hat mir gerade das hier geschickt."

„Warum macht sie das?"

„Terry hat ihr gesagt, sie soll es tun."

„Moment mal, warum …"

„Hör zu, du und Terry klärt, wer dafür zuständig ist, allen zu sagen, wohin sie gehen sollen. Aber in der Zwischenzeit werden wir anderen uns damit beschäftigen, dieses Kind zu finden." Pete starrte Andy an und drehte dann das iPad, um den Bildschirm zu zeigen. „Das ist heute um neun Uhr fünfundvierzig."

Das Video zeigte die Außenseite des Apartmentgebäudes. Maureen und Eliza gingen in die entgegengesetzte Richtung des Parks.

„Die Zeit auf dem Video stimmt?", fragte Andy.

„Ja."

„Also hat Maureen einen Fehler gemacht und lag eine halbe Stunde daneben."

„Sie sagte, sie wäre um zehn Uhr fünfzehn im Eckladen gewesen. Der Beamte geht jetzt dorthin, um zu fragen, ob er Aufnahmen sehen kann, aber wir brauchen vielleicht schnell einen Durchsuchungsbefehl, falls sie nicht kooperieren. Der Eckladen liegt in der anderen Richtung, also wohin sind sie und Eliza für eine halbe Stunde gegangen und warum hat Maureen das in mehreren Gesprächen nicht erwähnt?" Pete drehte den Bildschirm zurück. „Liz hat Aufnahmen entdeckt, wie sie heute Morgen einen Wäschekorb in ein Auto hinter dem Gebäude stellt und dafür bezahlt wird. Oder es sah zumindest so aus."

„Ah. Liz will wissen, wie lange Eliza allein war."

Pete wackelte mit dem Finger. „Jetzt hast du's kapiert. Ich

lass dich wissen, wenn wir diesen Durchsuchungsbefehl brauchen."

Ich hab keine Zeit für deinen Scheiß, McNamara.

Aber zumindest einer von ihnen konnte professionell sein. „Sonst noch was, Pete?"

„Ein Rat. Wenn ein Kind beteiligt ist, sind wir alle hinter demselben Ziel her. Jeder Polizist hier gibt sein Bestes. Ob du nun den Ruhm erntest oder jemand anderes... es spielt keine Rolle. Also siehst du, mit oder ohne deine Erlaubnis, Liz macht einfach ihren Job."

„Genau wie ich, Detective. Aber die Befehlskette ist wichtig."

„Wie gesagt, Liz macht einfach ihren Job."

„Und das kann sie auch. Solange sie nach Eliza sucht, nicht nach Ellen."

Pete drehte sich auf dem Absatz um und stapfte davon. Sein Mittelfinger schoss in die Höhe.

Aber der kleine Scheißer hatte teilweise recht, zumindest was das gemeinsame Ziel anging. Aber der Mangel an Respekt und die Art, wie der Mann sich präsentierte, war erbärmlich. Andy hatte die Geschichten über Pete McNamara gehört. Seine Mir-doch-egal-Einstellung und sein ungepflegtes Erscheinungsbild waren ein Überbleibsel aus den Achtzigern oder früher. Er hatte in Sonderkommissionen gearbeitet und war verdeckt im Einsatz gewesen, aber jetzt, als Mordermittler, sollte McNamara doch wirklich darauf achten, wie er auf andere wirkte.

Andy ignorierte die Stimme, die ihn wegen seines eigenen Scheiterns, in die Mordkommission zu kommen, verspottete.

Es würde mit der Zeit geschehen. Er musste sich nur beweisen.

Und Eliza Singleton zu finden, wird mir dabei helfen, dorthin zu kommen.

SIEBEN

„Alles was sie gesagt hat, stimmt mit dem überein, was du mir mitgeteilt hast. Und auch mit dem ursprünglichen Bericht, der einging, bevor Mrs. Singleton ankam." Oberkommissarin Annette Benski schüttelte den Kopf, während sie mit Liz im Flur der Polizeistation stand. „Ich verstehe, ihr habt einen Schuh gefunden. Wir arbeiten mit einem Künstler zusammen, um die Schnürsenkel richtig hinzubekommen."

„Die Hunde haben ihn gefunden. Er war noch zugebunden und die Spurensicherung hat ihn als oberste Priorität."

„Armes Kind. Muss schreckliche Angst haben.", sagte Annette.

„Es sei denn, sie kennt die Person, die sie mitgenommen hat."

„Du hast etwas Neues?"

„Eine Ahnung. Du kennst mich."

Liz und Annette kannten sich schon lange. Ihre Berufswege hatten sich oft gekreuzt und sie mochten einander, ohne jedoch eine richtige Freundschaft eingegangen zu sein.

Vielleicht wäre eine Freundin ganz nett.

„Ich werde mal mit ihr reden. Braucht sie einen Kaffee?"

Annette zuckte mit den Schultern. „Ich biete ihr ständig Kaffee, Tee, Wasser, alles an, aber sie ist am Boden zerstört."

„Danke. Ich finde dich, wenn ich fertig bin."

Die Frau brauchte Nahrung oder zumindest etwas zu trinken. Liz warf Münzen in ein paar Automaten.

Maureen hing in ihrem Stuhl, die Augen geschwollen, mit dunklen Ringen der Erschöpfung. Sie richtete sich sofort auf, als Liz eintrat und blickte sie erwartungsvoll an. „Habt ihr sie gefunden?"

„Es tut mir leid, nein, noch nicht. Aber wir werden sie finden, Maureen."

Eine Träne lief Maureens Wange hinunter, als die Hoffnung aus ihrem Gesicht wich.

„Du musst so müde sein. Und durstig. Ich habe eine Auswahl mitgebracht, weil ich selbst einen Kaffee brauchte." Liz breitete ihre kleine Automatenausbeute aus. „Es gibt zwei Kaffees, einen mit Milch und einen schwarz. Ich trinke beides, also nimm den, den du magst. Zwei Schokoriegel, ein paar Chips und da sind auch noch ein paar Brötchen. Keine Ahnung, was drauf ist. Wahrscheinlich Salat."

„Ich kann nicht."

Liz zog einen Stuhl heran und setzte sich. „Du musst, Maureen. Ich weiß, das ist größtenteils Junkfood, aber du bist erschöpft." Sie schob ein Brötchen über den Tisch. „Wenn wir eine Spur von Eliza finden, werden wir dich in der Nähe brauchen. Ihre Mutter dabei zu haben, wird den Unterschied machen, aber wenn du dich weigerst zu trinken und zu essen ..."

Maureens Kopf sank. „Wie soll ich das schaffen?"

So wie ich. Nur dass dein Kind nach Hause kommen wird.

„Ich verhungere. Iss mit mir und lass uns reden. Und dann bringe ich dich hier raus, wenn wir fertig sind, okay?"

„Ich bin also nicht verhaftet?"

„Gütiger Gott, nein. Wie kommst du darauf?" Liz wickelte eine lächerliche Menge Plastikfolie ab. „Deine Einblicke sind wichtig. Und mit jemandem wie Oberkommissarin Benski, haben wir die beste Chance, Informationen zusammenzutragen, auf die all unsere Beamten - und es sind wirklich viele, die gerade nach Eliza suchen - zugreifen können. Iss. Bitte."

Beide Salatbrötchen verschwanden zuerst. Sobald Maureen zu essen begann, schien sie nicht mehr aufhören zu können. Sie riss die Chips auf und dann die Verpackung des Schokoriegels. Zwischendurch trank sie schluckweise den Kaffee. Ihre Energie wurde höher, wahrscheinlich durch den Zuckerschub. Liz aß ihr eigenes Brötchen ohne Appetit, aber der Kaffee hielt zumindest ihre Kopfschmerzen durch sein Koffein in Schach. Sie trank nie Kaffee vor dem Laufen und wurde etwas unruhig. Sie las ein paar Nachrichten von Pete und sah sich das Video, das er geschickt hatte, noch einmal an.

Die Situation wurde nur noch verwirrender.

„Ich hoffe, das hat ein bisschen geholfen, Maureen.", sagte Liz. Sie legte ihr Handy auf den Tisch und warf die leeren Verpackungen in den Mülleimer.

„Können wir also gehen?"

„Erst noch ein paar Fragen. Du hast mir erzählt, dass du heute Morgen versucht hast, eine Ladung Wäsche zu waschen, irgendwann nachdem Eliza gefrühstückt hatte. Erinnerst du dich, wann das war?"

Maureen presste die Lippen zusammen und lehnte sich in ihrem Stuhl zurück. Ihre Blicke huschten im Raum umher. Überallhin, nur nicht zu Liz, die nachbohrte. „Du sagtest, du seiest gegen acht aufgestanden. Und du hast eine Weile in den sozialen Medien gestöbert und dann Frühstück gemacht, als Eliza aufwachte. Eine grobe Schätzung reicht."

„Vielleicht neun. Vielleicht etwas später. Ja, später. Denn als ich die Wäsche nicht waschen könnte, beschlossen wir, in den Park zu gehen. Wahrscheinlich halb zehn."

„Erzähl es mir genau."

„Was genau? Ich bin diese Fragen wirklich leid."

„Nicht mehr viele. Wie weit ist der Waschraum von deiner Wohnung entfernt?" Liz beobachtete Maureen genau. An welchem Punkt würde die Frau nicht mehr die Wahrheit sagen?

„Wir wohnen am einen Ende des Hauptflurs. Der Waschraum ist ganz am anderen Ende, gleich um die Ecke."

„Okay. Du bist zum Waschraum gegangen. Wie lange bist du dort geblieben?"

Maureen murmelte etwas unverständliches vor sich hin.

„Entschuldigung, kannst du das wiederholen?"

„Ich sagte, eine Minute."

„Du bliebst eine Minute. Es hat eine oder zwei Minuten gedauert, zur Wohnung zurückzugehen. Und kannst du dich daran erinnern, wann ihr in den Park gegangen seid?"

Mit einem Seufzer sah Maureen Liz an. „Ich habe dir gesagt, dass wir zuerst zum Eckladen gegangen sind und Wasser in Flaschen gekauft haben. Es war zehn Uhr fünfzehn, laut der Uhr hinter der Theke. Aber warum spielt das alles eine Rolle? Warum sucht ihr nicht nach Eliza?"

„Das habe ich getan. Teil der Suche war es, Überwachungsaufnahmen des Apartmentgebäudes durchzusehen, um nach ungewöhnlichen Personen oder Dingen zu suchen. Jemand, der dir folgt zum Beispiel. Oder der sich vorne herumtreibt. Oder hinten."

Maureens Gesicht und Hals wurden knallrot.

Liz nahm ihr Handy, suchte das zweite Video und drehte den Bildschirm, um es der anderen Frau zu zeigen. „Bitte schau dir das an. Es ist von heute früh. Da seid ihr, du und Eliza. Ihr biegt in die entgegengesetzte Richtung vom Eckladen und Park ab."

Tränen standen in Maureens Augen und ihre Schultern sackten herab. „Ich musste noch etwas erledigen. Ich habe es vergessen."

Liz nahm ihren Notizblock heraus und nickte. „Sag mir, wohin du gegangen bist und wen du getroffen hast."

„Ähm, äh, ich erinnere mich nicht."

„Es klopfen gerade Polizisten an jede Tür im Umkreis von zwei Blocks um den Park, Maureen. Wohnungen, Geschäfte - bei

jedem. Und andere Polizisten gehen Videoaufnahmen von Straßenbahnen und Bussen durch, also nehme ich an, du und Eliza
werdet auf mindestens einigen zu sehen sein. Wenn ihr an einer
Tankstelle vorbeigekommen seid oder eine Straße überquert habt
... verstehst du, worauf ich hinaus will? Hilft dir das, dich zu
erinnern?"

Tränen liefen über Maureens Gesicht, während sich ihr Mund
lautlos öffnete und schloss.

„Wir wollen Eliza finden. Wenn etwas in dem Zeitrahmen
fehlt, den du uns gegeben hast, dann erzähl es mir." Liz fiel nicht
auf die Emotionen herein, egal ob echt oder gespielt.

„Was willst du von mir? Ich habe mein Kind verloren. Mein
Mann ist im Gefängnis. Jeder will ein Stück von mir. Jeder."

„Wer?"

Die Stimme der Frau sank zu einem Flüstern. „Bitte zwing
mich nicht, es dir zu sagen. Ich brauche das zusätzliche Geld."

„Ich kann dir helfen. Ich kann Nothilfe organisieren. Aber
mein einziger Fokus liegt darauf, deine Tochter zu finden und
daran sollte ich arbeiten, anstatt dich bemuttern zu müssen."

Maureen keuchte auf.

Liz war das egal. „Sei ruhig beleidigt, wenn du musst. Ich
kenne viele Frauen, deren Männer inhaftiert sind. Einige sind
wie du, warten darauf, dass er rauskommt und überleben
gerade so. Andere gestalten sich ihre eigene Zukunft. Am Ende
liegt es an dir, wie du dein Leben lebst, aber wenn ein unschul-
diges Kind involviert ist ..."

„Bing."

Was?

„Ich mache Sachen für Bing. Brian Bisley. Er lässt mich
weniger Miete zahlen, wenn ich Botengänge mache ... und ich
frage nicht, was in den Paketen ist. Ich mach's einfach."
Maureens Stimme wurde heiser, während die Tränen weiter flos-
sen. „Ich kann ihn nicht ausstehen, aber ich war mit der Miete im
Rückstand und er sagte, er würde uns rauswerfen, wenn ich ihm
nicht einmal helfe. Und dann war es die ganze Zeit so. Und

weißt du was, Frau Klugscheißer-Detektivin? Ich werde alles tun, was nötig ist, um Eliza zu beschützen! Ich würde alles tun!"

Mit einem Schrei ließ sie ihren Kopf auf die verschränkten Arme auf dem Tisch fallen und schluchzte.

————

Auf dem Whiteboard in der Abteilung für Vermisste Personen zeugten bereits zahlreiche Fotos, Diagramme und Notizen vom augenblicklichen Stand der Ermittlungen, als Liz eine Stunde später dort eintraf. Pete empfing sie gleich am Eingang des Einsatzraumes, Andy und Terry standen in der Nähe und unterhielten sich leise, auch ein Dutzend Detektive suchten sich ihren Platz.

„Es bringt nichts, jetzt im Park zu sein. Der Einsatzwagen wurde näher an den Haupteingang verlegt und wir ermutigen inzwischen die Öffentlichkeit, ihn zu besuchen. Die Chefs werden gleich etwas verkünden.", sagte Pete.

„Sie müssen meine neuen Informationen hören."

„Terry weiß Bescheid."

„Nicht alles."

„Dürfen wir um eure Aufmerksamkeit bitten?", fragte Terry. „Liz, danke, dass du rechtzeitig zurück bist."

Sie setzte sich auf die Kante eines Schreibtischs hinten im Raum. Pete zog sich einen Stuhl heran und sie hätte schwören können, dass er stöhnte, als er sich setzte. Fast jedes Mal, wenn sie ihn heute gesehen hatte, war er irgendwohin gelaufen. Es lag ihr auf der Zunge zu fragen, ob er alt würde, aber ein Blick in sein erschöpftes Gesicht hielt sie davon ab und sie beschloss, dass Necken besser für ein anderes mal aufzuheben.

„Heute ist scheiße! Scheiße für die Mutter, für uns alle. Scheiße für Eliza. Aber mit Scheiße umzugehen ist das, was wir tun. Aber allein in diesem Raum sehe ich einige der besten Leute, die dieses kleine Mädchen nach Hause bringen können." Terrys Augen schweiften durch den Raum und blieben an Liz hängen. „Wir sind alle müde, aber wir haben ein paar anständige Spuren und ich glaube, wir werden Eliza lebend finden."

Er nickte Andy zu und setzte sich.

„Danke, Terry. Ich stimme allem zu, was du gesagt hast." Auch seine Augen strichen über die Anwesenden, verweilten kaum bei Liz und wandten sich dann der Tafel zu. „Diese Abteilung hat das Glück, eine forensische Analystin im Haus zu haben. Was einst als Versuch begann, hat sich glücklicherweise als hervorragende Entscheidung herausgestellt, und Meg ist eine unverzichtbare Bereicherung für uns. Sie analysiert in ihrem Büro mit Unterstützung eines eifrigen Jungspunds, der auch von Anfang an dabei war. Momentan arbeiten sie sich durch kuratiertes Filmmaterial - es ist zu viel für die beiden - also wird alles zuerst geprüft."

„Geprüft?", fragte einer der Detektive.

„Eingegrenzt. Alles ohne ein Kind wird zum Beispiel aussortiert."

„Das wird keinen Bösewicht finden.", sagte Pete. „Das Kind ist eine Sache, aber verdächtige Aktivitäten auszuschließen … ?"

„Hab ich das gesagt?"

„Hast du." Pete verschränkte die Arme und richtete, was Liz einmal seinen „Todesblick" genannt hatte, auf den anderen Mann.

Andy setzte an zu antworten, doch musste es sich anders überlegt haben und blickte stattdessen auf die Tafel, als gäbe er sich selbst dadurch Zeit.

Was ist los mit euch beiden?

Die Feindseligkeit im Raum knisterte und Terry schüttelte kaum merklich den Kopf.

„Wir beschleunigen die Untersuchung aller forensischen Beweise vom Spielplatz. Der Schuh ist unsere beste Spur und steht ganz oben auf der Liste, sowohl für Spuren als auch für die Art, wie die Schnürsenkel auf eine offenbar untypische Weise gebunden wurden. Dank des Fundorts des Schuhs konzentrieren sich unsere Haustür-Klopf-Teams jetzt auf dieser Seite des Parks und wir bekommen ein paar Treffer mit Überwachungskameras und dergleichen." Andy machte eine Pause und sein Blick ruhte nun auf Liz. „Die Medien verbreiten die Informationen, die wir dort draußen haben wollen, und es gibt bereits eine Hotline, die anscheinend glaubwürdige Anrufe erhält. Jeder Polizist im Staat weiß, was los ist, ebenso alle Stellen des öffentlichen Verkehrs und auch die Flughäfen."

„Häfen?"

Andy bemühte sich, nicht Pete anzusehen, um seine Frage zu beantworten, sondern behielt Liz weiterhin im Blick.

„Die Häfen auch. Dieses Maß an Sättigung ist sowohl hilfreich als auch problematisch, daher haben Terry und ich euch alle, handverlesen, für eine Taskforce ausgewählt."

Seine Aufmerksamkeit wandte sich wieder der Tafel zu.

„Was wir wissen, ist, dass Eliza den Park zwischen zehn Uhr fünfundvierzig und elf Uhr heute Morgen verlassen hat. Hoffentlich können wir das eingrenzen, sobald wir Zugang zu den Aufnahmen von der Straße haben, wo ihr Schuh gefunden wurde. Wir wissen auch, dass ihre Mutter nicht alle Informationen preisgegeben hat. Liz weiß das Neueste dazu. Würdest du nach vorne kommen und das Team informieren?"

Andy stellte sich zur anderen Seite der Tafel und Liz nahm seinen Platz ein. Die Detektive vor ihr waren Leute, die sie kannte. Das Team war solide.

„Ich komme gerade von einem Interview mit Maureen. Sie hatte einen langen Tag. Hat mit mehreren von uns gesprochen. Und ist bei der gleichen Geschichte geblieben. Aber während ich Aufnahmen in ihrem Wohnhaus auf Anzeichen überprüfte, dass sie und Eliza verfolgt wurden, habe ich sie bei einer Lüge erwischt. Bei mehreren Lügen."

Sie hatte die Aufmerksamkeit aller Anwesenden.

„Erstens: Sie macht nebenbei Wäsche für Bargeld und hat um acht Uhr fünfundfünfzig heute Morgen, eine Ladung in jemandes Auto gestellt, während sie uns erzählt hatte, sie sei in ihrer Wohnung gewesen. Wir haben das Kennzeichen des Fahrzeugs und es wird nachverfolgt. Zweitens: Maureen bestand darauf, dass sie und Eliza um zehn Uhr fünfzehn im Eckladen waren. Es sieht so aus, als ob das stimmt, aber sie behauptete auch, sie seien direkt dorthin gegangen, nachdem sie das Wohnhaus verlassen hatten. Stattdessen erledigte sie zuerst einen Botengang."

Andy tippte mit einem Stift gegen seine Finger. „Was, einkaufen?"

„Nein."

Warte nur darauf.

„Maureen hat eine Vereinbarung mit dem Verwalter des Wohnhauses. Sie bekommt billigere Miete, wer weiß was noch und im Gegenzug liefert sie Pakete in der Gegend für ihn aus."

Jetzt besaß sie wirklich die Aufmerksamkeit aller und sie warf einen verstohlenen Blick auf Andy. Er tippte nicht mehr mit seinem Stift, aber er runzelte die Stirn.

„Sie behauptet, nicht zu wissen, was in den Paketen ist. Aber dieser Verwalter ist schon länger dort als ich. Er ist ein Ekel. Und vielleicht ist er mehr als das. Vielleicht handelt er mit Kindern."

ACHT

„Chef? Wir haben was gefunden." Megs Kopf erschien im Türrahmen. „Kann ich mir Liz ausleihen?"

Pete war in Sekundenschnelle auf den Beinen.

„Klar, du kannst auch mitkommen.", grinste Meg.

„Eigentlich, McNamara … !"

„Bin gleich zurück, Andy." Pete wartete auf niemanden und sobald Liz ihn im Flur eingeholt hatte, verdrehte er die Augen. „Hab langsam die Schnauze voll von ihm."

„Ich lass euch beide für ein paar Stunden allein und schon bricht die Hölle los."

„Er hat angefangen."

„Scheiße!" Das war ihr zu blöd. Es war nicht die richtige Zeit, sich in Streitereien zu verstricken.

Meg arbeitete in einem langen und schmalen Büro, gefüllt mit Monitoren, Whiteboards und Tischen, letztere oft bedeckt mit Karten, Büchern oder was auch immer gerade untersucht wurde. Sie saß hinter zwei Tastaturen vor drei Monitoren und nickte ihnen zu, sich zu ihr zu gesellen.

„Ich hab den jungen Kerl losgeschickt, um Essen für uns beide zu holen. Er ist gut. Ich behalte ihn vielleicht." Meg sah nicht auf, sondern zeigte stattdessen auf einen der Bildschirme. „Behaltet den Gehweg im Auge."

Das Video zeigte Aufnahmen, die aus einiger Entfernung vom Park gemacht wurden, in Richtung der Seite, wo der Schuh gefunden wurde. Die Kamera zeigte nach unten auf die Straße, wahrscheinlich vom zweiten oder dritten Stock eines Gebäudes aus. Es war nicht das klarste, das Liz je gesehen hatte, aber sie konnte die Marke mehrerer schräg geparkter Autos erkennen und nahm an, dass Meg die Kennzeichen aus Standbildern herauslesen könnte.

Eine Gestalt in Shorts und Hoodie eilte den Gehweg entlang, weg von der Hauptstraße, schaute sich über die Schulter um und verschwand aus dem Blickfeld.

„Was sehen wir uns an?", fragte Pete.

„Schau weiter."

Innerhalb weniger Sekunden kehrte dieselbe Gestalt fast rennend zurück, in die Richtung, aus der sie gekommen war.

Meg bewegte den Cursor und wechselte zu einem anderen Blickwinkel, diesmal von der Hauptstraße aus und fast in einer Linie mit dem Gehweg. Die Gestalt tauchte aus der Parkecke auf und zwar definitiv durch eine Lücke in der Hecke. Der Rücken der Person war zwar zur Kamera gewandt, aber das nervöse Umherschauen war überdeutlich.

Liz' Haare an den Armen richteten sich wie elektrisiert auf, als er zwischen zwei Autos hindurch tauchte, sich hinunterbeugte und dann in Richtung Kamera rannte, wobei er die Kapuze zurückschob und die Hände in die Taschen seines Oberteils steckte.

„Scheiße! Scheiße, Scheiße, Scheiße!"

„Ich kenne ihn!", Pete beugte sich näher heran, als Meg das Video pausierte. „Warum kenne ich ihn?"

Liz ging ein paar Schritte zur Seite und fuhr sich nervös mit der Hand durchs Haar. Sie stand kurz vor dem Explodieren.

„Wer ist es, Lizzie?"

Es war nicht möglich. Wie konnte sie das übersehen haben?

Sie kehrte zu den Monitoren zurück. „Ich habe nicht einmal hinterfragt, woher er wusste, dass Eliza vermisst wird, aber er wusste es. Wir müssen herausfinden, wem Maureen im Apartmentgebäude Bescheid gesagt hat, bevor ich nach Hause kam."

Meg und Pete starrten sie beide fragend an.

„Das ist Darryl! Er wohnt auf derselben Etage wie ich."

———

Terry hatte ein Treffen in seinem Büro einberufen, hinter verschlossenen Türen. Er, Andy, Pete und Liz.

Nach den Enthüllungen von Meg hatte Liz das Bad aufgesucht, um einen Moment für sich zu haben, den Drang zu kontrollieren, Darryl ausfindig zu machen und ihn irgendwo in eine dunkle Gasse zu zerren. Wut brodelte in ihrem Körper, bereit, überzukochen. Aber das ging nicht. Sie spielte nach den Regeln und verließ sich darauf, dass sie sie durch schwierige Zeiten leiteten.

Hätte sie diese Regeln überschritten als Ellen verschwand, wäre das kleine Mädchen vielleicht innerhalb eines Tages zu Hause gewesen, anstatt immer noch vermisst und vermutlich tot zu sein. Und als sie sich nun im Spiegel anstarrte, schockierte sie die Härte in ihren Augen. Aber diesmal war es anders. Nichts war tabu.

„Darryl Allan Tompsett! Geboren 1973 in Melbourne. Als Rettungssanitäter ausgebildet und 1998 von einem Patienten verletzt. Erhielt eine angemessene Summe bei einem Schadensersatzanspruch. Hat seitdem keinen Tag mehr gearbeitet." Terry blickte von der Akte auf, die er hielt. „Drei Jahre später wegen Einbruchs verurteilt. Stellte sich heraus, dass es das Haus des Patienten war, der ihn angegriffen hatte. Und während Tompsett es schaffte, sein Entschädigungsgeld zu behalten, verbrachte er ein Jahr hinter Gittern wegen Körperverletzung. Was weißt du über ihn, Liz?"

Dass ich ihn an seinen Eiern aufhängen möchte.

„Er hat in derselben Wohnung gelebt, seit etwa so lange, wie ich in meiner wohne, was etwas über achtzehn Jahre sind. Als Nachbar ist er ruhig, es sei denn, er hat eine Sauftour, was ein- oder zweimal im Jahr vorkommt. Wird dann laut. Läuft den Flur entlang und hämmert an Türen auf der Suche nach seiner Frau."

„Frau?" Terry runzelte die Stirn, die Augen auf der Akte. „Hier steht nichts davon."

„Tina irgendwas. Lebensgefährtin, als er seinen Unfall hatte. Sie verließ ihn nach dem Angriff auf ihn und er hat ihr das nie verziehen."

„Pete, finde mir Tina", Terry kritzelte eine Notiz.

„Aber ist Andy nicht die bessere Wahl für vermisste Personen?", jammerte Pete.

„Und während du dabei bist, befrage die Person, die ihn angegriffen hat."

Pete hielt den Mund. Terry wusste genau, wie er mit ihm umgehen musste, und zum ersten Mal war Liz nicht in der Stimmung, sich einzumischen. Sie brauchte Pete in ihrer Nähe, und das Beste was er tun konnte, war, Befehlen zu folgen und es nicht schlimmer zu machen.

„Was noch, Liz? Hast du ihn je mit Kindern gesehen? Oder sich seltsam verhalten?"

„Wenn ja, hätte es vielleicht geklickt, dass mehr hinter ihm steckt als die vom Pech verfolgte Person, die er vorgibt zu sein. Er hat sich über sein Leben beschwert, seit ich eingezogen bin, aber soweit ich weiß, hat er nichts getan, um es zu ändern. Boss, ich muss Zugang zu allen Berichten haben, als Ellen verschwand."

Andy rutschte auf seinem Sitz herum, damit er ihr ins Gesicht sehen konnte. „Ihr Verschwinden wurde untersucht. Bewohner in deinem Apartmentblock wurden befragt und niemand erschien verdächtig."

„Wer hat Darryl befragt?"

„Du weißt es nicht?"

„Ich erinnere mich nicht, aber ich war es nicht. Darf ich bitte

Zugang haben? Sowie zu Tagebuchnotizen und allem, was abgelegt wurde. Vor achtzehn Jahren ist etwas mit dem ganzen verdammten System schiefgelaufen und meine Nichte wurde viel zu früh aufgegeben. Wenn es auch nur eine kleine Chance auf eine Verbindung gibt, muss es sich lohnen, dass ich es mir ansehe." Sie hielt inne, um Luft zu holen und war sich sehr wohl bewusst, wie wütend sie klang, versuchte also, ihre nächsten Worte zu filtern. „Du warst noch in der Akademie. Ben Rossi war nicht bei der Vermisstenabteilung. Ich beschuldige keinen von euch beiden. Aber ich wurde behandelt, als hätte ich meine eigene Nichte vernachlässigt."

Andy nickte. Er nahm es nicht als Angriff auf und das war eine Sache, die Liz an dem jungen Mann bewunderte. Ehrgeiz stand der Logik nicht im Weg.

Terry räusperte sich und alle Augen richteten sich auf ihn.

„Kumpel, besteht die Möglichkeit, dass Liz einen Blick darauf wirft? Könnte sich lohnen, wenn man bedenkt wo sie wohnt, dazu die Ähnlichkeiten. Und Liz... geh und sprich mit Vince Carter."

Pete schnaubte, behielt seine Gedanken aber klugerweise für sich.

Ohne darauf zu warten, dass jemand das Wort ergriff, fuhr Terry fort. „Tompsett wird für ein Gespräch herkommen, aber Liz, halt dich fern. Spiel die besorgte Nachbarin, die nicht versteht, warum er befragt werden sollte, denn das könnte sich langfristig auszahlen. Während er hier ist, werden wir uns seine Wohnung ansehen und schauen, wo er den zweiten Schuh versteckt hat. Sonst noch was für den Moment?"

Andy stand auf und die anderen folgten. „Ich gehe zu einer Besprechung, um mehr Leute zu bekommen. Und Liz, ich werde einen Anruf für dich tätigen." Er nickte Terry zu und ging, wobei er die Tür hinter sich schloss.

„Danke, Chef."

„Ich wünschte, ich könnte dir jemanden zur Unterstützung geben."

„Ich könnte mir vielleicht diesen jungen Beamten ausleihen. Der, der Meg hilft."

Pete grinste. „Besser du als ich, der versucht, jemanden von Meg wegzulocken. Denk dran, sie weiß, wie man eine Leiche versteckt."

———

„Maureen will ihren Mann sehen und ich kann es ihr nicht verübeln." Pete hatte gerade aufgelegt und sprintete, um Liz einzuholen, in Richtung seines geparkten Autos. „Ich bring dich nach Hause und hole sie gleichzeitig ab."

„*Du* fährst sie nach Barwon?"

„Ich werde bei dem Gespräch zwischen ihnen dabei sein. Das ist die einzige Möglichkeit, wie es unter den gegebenen Umständen stattfinden kann." Er schloss das Auto auf. „Ihr wurde gesagt, dass ich sie abhole."

Sobald sie den Parkplatz verlassen hatten und direkt in den späten Nachmittagsverkehr der Stadt gerieten, lehnte Liz ihren Kopf zurück und schloss die Augen. Niemand hatte in den letzten Stunden mehr als eine kurze Toilettenpause eingelegt. Wenn sie zu lange ruhte, würde sie die Konzentration verlieren. Sie zwang sich, ihre Augen wieder zu öffnen und richtete sich etwas auf.

„Das war kaum ein Powernap."

„Mir geht's gut."

„Ruf Vince einfach an. Fahr nicht den ganzen Weg dorthin, wenn du schon fertig bist, Liz. Bleib in der Nähe."

Er bekam im Stillen einen Punkt von ihr.

Bis sie die Akte über Ellen durchgegangen war – die sie wahrscheinlich erst morgen oder später bekommen würde – war sie auf ihre Erinnerung an die Ereignisse damals angewiesen. Vince könnte sich an mehr erinnern. Es war nicht so sehr die Fahrt, die ein Problem darstellte, sondern zu weit vom Apartmentgebäude und dem Park entfernt zu sein, falls es Neuigkeiten geben sollte.

„Vielleicht."

„Gut."

„Hast du irgendwelche Freunde, die es sich zu fragen lohnt?"

Pete grinste, wissend, was sie meinte. Verdeckte Operationen mochten in seiner Vergangenheit liegen, aber er hatte es geschafft, Verbindungen aufrechtzuerhalten und scheute sich nicht, sie zu nutzen.

„Halte deine Feinde nah und so weiter? Ja, ich hab jemanden kontaktiert. Ein paar Leute."

Es war ein eigenartiger Trost, das zu hören. Seine zwielichtigen Untergrundkontakte waren keine Leute, die mit ihr oder den meisten Polizisten sprechen würden, aber er hatte einen Draht zu ihnen. Mehr als zu seinen Kollegen.

„Was ist das Problem zwischen dir und Andy?"

„Könnte dich das Gleiche fragen, Liz."

„Er denkt, ich kann nicht objektiv sein. Terry denkt wahrscheinlich das Gleiche. Sagt es nur auf eine andere Art. Aber ihr beiden habt dieses Problem nicht."

Pete antwortete nicht.

„Es ist einfach nicht hilfreich, wenn ihr beiden euch gegenseitig ausstecht, Kumpel."

„Dann muss er aufhören... schau, es ist egal. Wir werden beide unseren Job machen, okay. Du musst aufpassen, was du zu ihm sagst und wie du es sagst, und bevor du mich zurechtweist, ich passe nur auf dich auf. Wenn dieses Kind eine Hoffnung haben soll, lebend gefunden zu werden, dann musst du deine Barrieren hochhalten, wenn es um Leute wie Montebello geht."

„Was ich tun muss, ist an diesem Fall zu arbeiten.", seufzte sie. „Ich bin verdammt erschöpft davon, mich davon abzuhalten, Darryl in eine dunkle Gasse zu zerren."

Der Blick, den Pete ihr zuwarf, war komisch. Er hatte sie selten ein Wort darüber sagen hören, außerhalb der Regeln zu treten. Das war sein Ding, das er jedoch heutzutage zügelte, aber sein Ruf und frühere Zusammenstöße mit Vorgesetzten hatten einmal den Punkt erreicht, an dem er riskiert hatte, seinen Job zu verlieren. Er hatte sich inzwischen gebessert, aber es würde nur etwas Ermutigung von ihr genügen, um bei Typen wie diesem Darryl, in alte Verhaltensmuster abzudriften. Und Brian Bisley!

Wenn es nach ihr ginge, würde das gesamte Apartmentgebäude von oben bis unten durchsucht werden.

Irgendjemand wusste, wo diese Kinder waren.

NEUN

Liz wollte nicht in der Wohnung sein. Schatten von Ellen, begleitet von ihrem süßen Lachen, erschienen und verblassten dann, bevor Liz sie festhalten konnte. Es war genau wie in den Tagen und Wochen nach dem Verschwinden und es würde sie in den Wahnsinn treiben, wenn sie nicht beschäftigt bliebe.

Die Absicht dahinter war, nur so lange hier zu sein, wie Sie für einen Anruf und einen Kleiderwechsel benötigte. Sie zog den Vorhang in ihrem Schlafzimmer auf und starrte auf die Straße hinunter. Terry hatte ihr keine Vermutung gegeben, wann ein Durchsuchungsbefehl für Darryls Wohnung kommen würde, aber sie nahm an, dass er nicht festgenommen werden würde, bis das geschah.

Auf der anderen Straßenseite stand ein Streifenpolizist, der die Vorderseite des Gebäudes im Auge behielt. Von hier aus konnte sie fast den Park sehen. Wenn ein Gebäude weniger im Weg wäre, hätte sie vielleicht freie Sicht darauf. Sie hatte keinen Zweifel daran, dass sich von einigen der höheren Stockwerke zumindest ein Teil des Parkssehen ließ.

Sie zog ihre Kleidung aus und stellte sich erneut an diesem Tag unter die Dusche. Sie wollte den getrockneten Schweiß loswerden und zumindest einen Moment lang etwas anderes spüren, als den unerbittlichen, ziehenden Kummer in ihrem Herzen. Wasserstrahlen strömten ihr über den Kopf und sie stellte sich vor, wie es den Schmerz mit sich nahm, während es an ihr herunterlief und im Abfluss verschwand.

Nach dem Ankleiden machte sie sich Kaffee, und noch während das Wasser kochte, überprüfte sie den Flur vor ihrer Wohnungstür. Es war ruhig. Sie ließ die Tür einen Spalt offen und rückte einen Stuhl von ihrem kleinen Esstisch dorthin, von wo sie jede Bewegung draußen sehen würde. Nach einem Schluck ihres Kaffees wählte sie Vinces Nummer.

Vince Carter war ihr erster Partner gewesen, als sie vor all den Jahren ihren Polizeidienst angefangen hatte, aber er war ebenso Mentor und Freund, nicht nur Arbeitskollege. Er stand mitten in seiner Karriere und war ein beliebter und respektierter Polizist... bis zu dem Tag, an dem sie einem Anzac-Day-Marsch zugeteilt wurden. Er hatte an jenem Morgen ihr Leben gerettet, zusammen mit dem, möglicherweise Dutzender anderer Menschen, aber zu Hause verlor seine Frau ihren Kampf gegen einen schweren Asthmaanfall. Er war danach nie mehr derselbe gewesen, da ihn Schuldgefühle und Reue überwältigten. Mit seiner kleinen Tochter, die er großziehen musste, hatte Vince sich verändert, verbrannte Brücken hinter sich, bis er ein paar Jahre später abrupt in den Ruhestand ging. Letztes Jahr hatte er seine Tochter verloren und die Geschichte wiederholte sich, als er sein Enkelkind großzog. Aber in letzter Zeit hatten sich die Dinge für ihn geändert und Vince war ein glücklicherer Mann.

„Lizzie. Wurde sie gefunden?"

Typisch Vince. Nicht einmal ein Hallo, obwohl sie seit Wochen nicht gesprochen hatten.

„Nein. Aber wir haben diesmal einige Spuren."

„Du denkst, es ist derselbe Täter?"

„Ja, das denke ich."

„Wie kann ich helfen?" Vinces raue Stimme war ruhig, beruhigend. Und er glaubte ihr.

„Ich habe Zugang zu allem über Ellen beantragt, aber es

könnte ein oder zwei Tage dauern. Mein Bauchgefühl sagt mir, dass wir schneller handeln müssen."

„Mein Tagebuch wird dort sein. In der Akte. Und deins ebenfalls, Liz. Achtzehn Jahre sind eine lange Zeit, um sich klar an Details zu erinnern, egal wie sehr du denkst, dass du es tust. Lies zuerst deine eigenen Notizen. Moment mal." Vince musste das Telefon ein wenig wegbewegt haben. „Sei vor Einbruch der Dunkelheit zurück, okay?"

„Es dauert doch nicht *so* lange, Apple von Lyndalls Koppel zurückzuführen." Die Stimme war jung – Melanie, die neun war.

„Lass dir von Lyndall helfen, wenn du dir nicht sicher bist."

„Apple liebt mich. Tschüss!"

„Tschüss." Seine Stimme war wieder näher und mit einer neuen Wärme. „Wer hätte gedacht, dass sie für das Pony verantwortlich sein wollen würde."

Jemand ging an Liz' Tür vorbei und sie ging nachsehen, aber es war nur ein Nachbar, der zur Treppe ging.

„Ich hatte nicht realisiert, dass du in das neue Haus gezogen bist."

„Letzte Woche. Der Bau wurde früher als erwartet fertig und Mel wollte unbedingt zu Hause sein. War zu lange."

Liz kicherte. „Ich hatte den Eindruck, dass Melanie sich wohl fühlte, oben am Hügel im Haus deiner Nachbarin. Ihr beide."

„Keine Ahnung, warum du das denken würdest, Elizabeth."

Ah... du hast also doch was für Lyndall übrig.

Er kehrte zum ursprünglichen Thema zurück. „Ich habe beobachtet, was seit der ersten Ausstrahlung inzwischen alles so als Journalismus durchgeht. Das kleine Mädchen... Eliza? Sie sieht Ellen ähnlich."

„Mehr als das, Vince. Fast im selben Alter. Beide aus demselben Apartmentgebäude. Ihre Mutter und ich saßen beide auf derselben Bank in demselben Park, während die Mädchen auf denselben Spielgeräten spielten. Klar, es könnte ein Nachahmer sein, aber es gibt all die Dinge, die nicht öffentlich gemacht wurden. Erinnerst du dich an irgendetwas über Ellens Verschwinden, insbesondere was ihre Kleidung betrifft?"

Sie wollte ihn nicht zu einem Schluss führen.

„Sie trug ein grünes T-Shirt und weiße Shorts. Grüne Socken mit Drachen darauf. Sonnenhut. Weiße Schuhe. Pferdeschwanz."

Verdammt, er war gut.

„Sonst noch was?"

Vince schwieg einen Moment.

Leute waren im Flur. Schwere Schritte. Mehr als einer.

„Ellen hat dir erzählt, dass ein Mann ihre Schnürsenkel gebunden hatte. Du hast gesucht und niemanden gefunden, aber die Schnürsenkel waren anders, als du sie am Morgen gebunden hattest. Du hast angenommen, es war jemand, der im Vorbeigehen den Park verlassen hatte."

„Und das ist wieder passiert, Vince, nur dass diesmal ein Schuh gefunden wurde. Elizas Schuh, auf eine bestimmte Art gebunden."

„Meine Güte."

„Ich muss los. Mein Nachbar wird gerade zur Befragung abgeholt und seine Wohnung durchsucht."

„Geh. Aber Liz, ruf mich später an. Egal wie spät."

Es gab einen Tumult im Flur, Liz legte auf und riss die Tür weit auf. Drei uniformierte Beamte und zwei Detectives standen vor Darryls Tür, die einen Spalt offen war.

„Wir haben einen Durchsuchungsbefehl, Mr. Tompsett, und anstatt dass wir die Sicherheitskette aufbrechen, wie wäre es, wenn Sie uns einfach öffnen!"

„Geht weg. Ich bin ein Opfer, kein Verbrecher."

Darryls Stimme war weinerlich und klang jämmerlich.

Liz fing den Blick des leitenden Detectives auf. „Darf ich?"

Alle traten weit genug zurück, um Liz für den Mann drinnen sichtbar zu machen.

„Darryl? Hier ist Liz. Hör zu Kumpel, ich habe keine Ahnung, was los ist, aber wenn die Polizei einen Durchsuchungsbefehl hat, ist es am besten, du lässt sie rein. Okay? Du kannst in meiner Wohnung sitzen, wenn du willst."

Lügnerin.

Der Detective runzelte die Stirn. Glaubte er ernsthaft, sie würde diesen Idioten in ihre Wohnung lassen?

„Liz? Verhaftest du mich?"

„Warum sollte ich das tun, Darryl? Komm schon, das ist wahrscheinlich nur eine Routineüberprüfung oder so, und ich werde es für dich herausfinden. Aber lass sie vorerst rein."

Eines seiner Augen spähte durch den schmalen Spalt zu ihr, dann schloss er die Tür und öffnete das Schloss. Sie ging wieder auf und er trat zurück. Der leitende Detective gab den anderen das Zeichen, einzutreten. „Darryl Tompsett, ich habe einen Durchsuchungsbefehl für diese Räumlichkeiten. Ich bitte Sie auch, zu einem Verhör mit mir zu kommen."

„Jetzt?"

„Jetzt."

„Aber warum?" Sein Gesicht war farblos geworden und seine Hände zitterten. „Was habe ich getan?"

„Routinefragen zum Verschwinden von Eliza Singleton."

„Aber ich weiß nichts darüber."

„Darryl, geh einfach und beantworte ein paar Fragen. Und wenn du zurückkommst, wird das alles vorbei sein", sagte Liz. „Viele Bewohner werden befragt. Nicht nur du."

„Bist du sicher?"

„Ja, bin ich."

„Kommst du mit mir?"

Nicht einmal in deinen kühnsten Träumen.

„Ich würde. Ich würde wirklich, Darryl, aber ich muss woanders hin. Bin nur nach Hause gekommen, um mich umzuziehen, bevor ich einigen Spuren zu dem kleinen Mädchen nachgehe. Aber diese Detectives werden sich gut um dich kümmern."

„Ich war es, der dir gesagt hat, dass sie vermisst wird, Liz. Das muss doch was zählen, weil ich geholfen habe. Oder?"

„Erinnerst du dich, wer dir davon erzählt hat?"

Sein Gesicht war ausdruckslos.

Liz ging zur Seite, als Darryl die Wohnung verließ. „Die Detectives werden sich um dich kümmern. Wir alle wollen Eliza finden, nicht wahr."

Er nickte, aber seine Augen schauten zurück durch die geöffnete Tür. „Werden sie meine Wohnung durcheinanderbringen? Besser nicht. Brauche ich meinen Anwalt?"

Der Detective übernahm und gab Liz mit einem Kopfnicken zu verstehen, dass sie gehen sollte. „Sie können jederzeit Ihren Anwalt hinzuziehen, Darryl, aber alles, was wir tun, ist zur Wache zu fahren und ein Gespräch zu führen. Müssen Sie Ihre Brieftasche und Ihr Handy holen?"

Sobald sie ihre Tür schloss, waren die Stimmen draußen im Gang zu gedämpft, um sie zu verstehen. Sie entspannte ihre Hände. Den Mann zu schlagen, bis er die Wahrheit sagte, half nicht, aber wenn er glaubte, sie stünde auf seiner Seite, dann würde sie später sein Vertrauen haben. Lass ihn glauben, dass sie sich als langjährige Nachbarin um ihn sorgte, vielleicht würde ihm dann etwas herausrutschen.

Sie kämmte sich ihr noch feuchtes Haar und füllte ihre Wasserflasche nach. Nachdem sie die Tür hinter sich abgeschlossen hatte, betrat Liz Darryls Wohnung. Die Beamten, welche die Durchsuchung durchführten, hatten die Tür geschlossen, um neugierige Blicke zu vermeiden. Sie schauten kurz auf, als Liz das Wohnzimmer betrat, forderten sie aber nicht auf zu gehen. Die Wohnung war ein Drecksloch. In einer Ecke türmte sich Müll, der wahrscheinlich der Grund für den widerlichen Geruch von etwas Verrottendem war. Der Teppich war verdreckt. Eine offene Bierflasche, halb ausgetrunken, stand auf einem Couchtisch, der mit Fast-Food-Verpackungen übersät war.

Die Küche war noch schlimmer, falls das überhaupt möglich war.

„Vorsicht. Der Boden klebt."

„Igitt." Das tat er. „Schon was gefunden?"

Die Beamtin schüttelte den Kopf. „Wir werden noch eine Weile brauchen."

Liz blieb nicht länger. Da Pete den Weg zum Barwon-Gefängnis machte, würde sie Darryls Ex aufsuchen. Sie hätte es vorgezogen, bei den Befragungen von Darryl und Bisley dabei zu sein, aber zumindest konnte sie etwas tun.

———

Tina Pollock lebte auf der anderen Seite der Stadt in einem Reihenhaus und kam gerade nach Hause, als Liz vorfuhr. Sie war Krankenschwester und trug ihre Arbeitskleidung, als sie die Tür aufschloss und Liz sofort einen Kaffee anbot, nachdem diese ihren Dienstausweis gezeigt hatte.

„Lassen Sie mich kurz aus diesen Sachen raus. Bitte setzen Sie sich."

Liz setzte sich auf einen Hocker an der Küchentheke, während die Kaffeemaschine aufheizte. Diese Räume waren das Gegenteil von Darryls Wohnung in Sauberkeit und Gemütlichkeit. Es war nur schwer vorstellbar, dass die beiden in der Vergangenheit zusammengelebt hatten.

„Tut mir leid deswegen.", sagte Tina, als sie eilig zurückkam. „Ich sehne mich danach, am Ende einer Schicht wieder in Jogginghosen zu sein. Schwarzer Kaffee ist okay? Ich habe keine Milch."

„Das ist perfekt, danke."

„Was hat Darryl angestellt?" Die Frau verlor keine Zeit. „Wurde er verhaftet?"

„Er wird befragt. Er ist mein Nachbar und es gab einen Vorfall, der eine der Familien in unserem Apartmenthaus betrifft. Er ist einer von mehreren Personen, die befragt werden." Liz nahm einen Schluck Kaffee, um sich einen Moment Zeit zu geben.

„Sie meinen nicht das kleine Mädchen, das heute verschwunden ist?"

„Leider doch."

„Aber er würde nie einem Kind schaden. Einem Erwachsenen? Nun, er hat bewiesen, dass er dazu fähig ist, aber nicht einem Kind. Sie verdächtigen ihn nicht, sie mitgenommen zu haben?"

„Nichts deutet darauf hin, dass er sie mitgenommen hat, nein."

Nur dass er demjenigen geholfen hat, der dahintersteckt.

Liz schaute Tina an. Sie hatte ein freundliches Gesicht. Sanfte Augen, die aber besorgt wirkten.

„Wie lange ist es her, dass Sie Darryl gesehen oder mit ihm gesprochen haben?", fragte Liz.

„Eine Weile. Ab und zu ruft er an und wir führen ein nettes Gespräch. Genau wie in alten Zeiten. Er verspricht, dass er die Vergangenheit hinter sich gelassen hat und einen Neuanfang machen will und Pläne hat, einen Job zu finden, und ich sage ihm, dass ich mich für ihn freue. Aber er ändert sich nicht. Sie sagten, Sie sind seine Nachbarin?"

„Schon lange. Achtzehn Jahre.", sagte Liz.

„Und er vergisst immer noch meistens, sich anzuziehen und gibt sein Geld für Alkohol und Fast Food aus?"

„Sie waren nicht bei ihm zu Besuch?"

Tina schüttelte den Kopf. „Ich war nur einmal dort, als er gerade eingezogen war, aber er hatte die Idee, ich würde bei ihm einziehen und war wütend, als ich klar machte, dass das nie passieren würde. Heutzutage beschränke ich mich auf Telefonanrufe. Er war ein guter Mann. Ist es wahrscheinlich immer noch, unter all dem Schmerz und dem Gefühl des Versagens." Sie seufzte tief. „Nach dem Angriff war er nie mehr derselbe. Er sagte ständig, ich würde ihn für jemand anderen verlassen, nur weil er ein paar Narben hatte. Er weigerte sich, Hilfe wegen seiner Wut darüber anzunehmen. Es gab nicht viel, das ich tun konnte."

„War er gewalttätig? Ihnen gegenüber?"

„Nach einem Tag voller Sauferei und Schmerzmittel hat er

mich geohrfeigt. Und ist dann erschöpft aufs Sofa gefallen. Als er aufwachte, hatte ich schon seine Sachen gepackt und sein Bruder wartete, um ihn zu sich nach Hause zu bringen. Er flehte und versprach, sich Hilfe zu holen, aber ich gebe keine zweiten Chancen, wenn es um mein Leben geht. Ich klinge wahrscheinlich herzlos."

„Nein, das klingt vernünftig."

Während sie den Rest ihres Kaffees trank, stellte Liz noch weitere Routinefragen, um sich ein Bild von Darryl zu machen, aber es gab wenig, was sie nicht schon wusste. „Noch eine Sache, und es wird sich seltsam anhören." Sie nahm ihr Handy heraus und suchte das Bild von der Vorderseite von Elizas Schuh, nur die Schnürsenkel. „Menschen haben oft ihre eigene Art, Schnürsenkel zu binden, und ich habe mich gefragt, ob Ihnen das hier bekannt vorkommt."

Tina sah lange hin und lehnte sich dann zurück. „Tut mir leid, überhaupt nicht. Sieht eng aus, oder? Und wie perfekt die Schleifen sind ... Aber wenn Sie denken, dass es von Darryl gebunden sein könnte, dann würde ich nein sagen. Sein Vater hat ihm beigebracht, diese Hasenohren-Schleifen zu machen und sie dann zu verdoppeln. Lustig, welch seltsame Dinge wir von unseren Eltern lernen."

Nachdem Liz sich von Tina verabschiedet hatte, saß sie in ihrem Auto und starrte auf das Bild von Elizas Schuh. Es gab eine Perfektion an den Schnürsenkeln - und eine entfernte Erinnerung zerrte an ihr, noch zu weit weg um sie zu erreichen. Vielleicht hatte Meg noch Standbilder, die sie ansehen konnte. Es steckte mehr hinter diesem verlorenen Schuh, als nur ein Hinweis darauf, wo Eliza in ein Auto gestiegen war.

ZEHN

„Ich habe es dir und dem anderen Detektiv schon gesagt. Ich bin nur spazieren gegangen."

Mit verschränkten Armen und zurückgelehnt in seinem Stuhl, ließ sich Darryl nicht aus der Ruhe bringen. Wenn überhaupt, wurde er mit jeder verstreichenden Minute selbstsicherer.

„Bevor ich Ihnen die Aufnahmen gezeigt habe, haben Sie behauptet, die Wohnung den ganzen Tag nicht verlassen zu haben." Andy hatte die Befragung von dem Detektiv übernommen, der Darryl hereingebracht hatte. Dank der Bemühungen des leitenden Polizeibeamten waren ein Dutzend weitere Beamte unterwegs, um bei der Tür-zu-Tür-Befragung zu helfen. Das stellte zwar nur die Hälfte der angeforderten Beamten dar, aber jede zusätzliche Hilfe war besser als nichts.

„Ich war verwirrt. Ich dachte, ich wurde gefragt, ob ich irgendwohin gegangen bin."

„Sie wurden gefragt, ob Sie heute das Apartmentgebäude verlassen haben und Sie haben mit Nein geantwortet."

„Nee. Was ich gehört habe, war, ob ich mich aus der Gegend entfernt habe. Einkaufen. Die Stadt besuchen. So was in der Art. Nicht ein Spaziergang um den Park, den ich jeden Tag mache."

Es war traurig zu sehen, wie ein ehemals produktives

Mitglied der Gesellschaft so tief gesunken war. Rettungssanitäter trugen die Hauptlast der Gewalt, mehr als einige andere Dienste, und zu viele gute Menschen verließen den Job, den sie liebten, aufgrund der Gefahren. Darryl hatte in einer besonders kriminellen Region gearbeitet. Trotz einer anständigen Abfindung, sowie Unterstützungsangeboten zur mentalen Hilfe und für einen neuen Job, hatte er so viel Wut in sich getragen, dass er selbst im Gefängnis gelandet war.

„Erzähl en Sie mir von einem typischen Tag in Ihrem Leben."

Nachdem er mit den Augen gerollt hatte, legte Darryl seine Arme auf den Tisch und lehnte sich vor. „Es ändert sich nicht viel, Kumpel. Ich lebe in einem Scheiß Apartment, mit Blick auf eine Gasse. Mein Rücken macht mir nach dem Angriff immer noch zu schaffen und ich verbringe einen Großteil meines Lebens mit Schmerzen. Ein paar Mal die Woche gehe ich abends in die Kneipe um die Ecke. Einmal pro Woche kaufe ich Lebensmittel ein. Den Rest der Zeit schaue ich fern. Und ich gehe jeden Tag um den Park herum, bei Regen oder Sonnenschein."

„Was ist heute passiert, als Sie Ihren üblichen Spaziergang gemacht haben?"

„Nichts. Ich bin spazieren gegangen. Bin nach Hause gekommen."

Grab dich nur weiter ein.

„Wo genau sind Sie spazieren gegangen? Bitte von dem Moment an, als Sie die Wohnung verlassen haben."

Zum ersten Mal huschten Darryls Augen hin und her und er sog Luft durch die Lippen ein. Andy blieb still. Er war gut darin, Menschen zu lesen, und Darryl war nervös. Wie er es auch sein sollte.

„Also gut. Ich habe einen Hoodie angezogen. Vom Fenster aus sah es draußen ziemlich kühl aus und ich bin kälteempfindlich. Habe meine Schlüssel genommen und das war's. Ich nehme weder Geldbörse noch Handy mit, falls ich überfallen werde. Die Treppen dauern runter und rauf eine Weile, weil es wehtut, und dieser faule Bastard, der das Gebäude verwaltet, tut nichts, um den Aufzug in Gang zu halten. Ich stand ein paar Minuten vor dem Gebäude, um mich zu erholen, dann ging ich zur Ecke und überquerte die Straße. Bin zum Park gelaufen. Bin um den Park gelaufen. Habe den Hoodie auf dem Rückweg ausgezogen, weil es doch zu heiß war. Das Ganze hat höchstens eine halbe Stunde gedauert."

Darryl war von sich selbst beeindruckt, nach dem Grinsen auf seinem Gesicht zu urteilen.

„Möchten Sie die Aufnahmen noch einmal ansehen? Es gibt heutzutage überall Kameras, auch auf der anderen Straßenseite am ruhigen Ende des Parks und direkt entlang des Fußwegs, den Sie genommen haben. Hier. Schauen Sie."

Andy schob sein iPad rüber und drückte auf Play. Alles war so eingestellt, dass Darryls Fortbewegungen aus beiden Blickwinkeln zu sehen waren, aber der Mann warf nicht einmal einen Blick auf den Bildschirm.

„Nein? Sie haben mir gerade erzählt, Sie wären um den Park gelaufen. Hier sieht man, wie Sie ein Stück an einem Ende entlanggehen, lange genug anhalten, um sich zwischen zwei geparkten Autos zu bücken, doch dann kehren Sie um und gehen den Weg zurück, den Sie gekommen sind. Ziemlich schnell. Und bevor Sie weitere Lügen erzählen, Darryl, unser forensischer Analyst hat die Aufnahmen aus allen Blickwinkeln um diese Zeit herum gesichtet und wir wissen, dass Sie nicht ein einziges mal um den Park herumgegangen sind. Also, was haben Sie gemacht?"

Mit versteinertem Gesicht schaute Daryl auf, aber antwortete nicht.

„Das ist, was ich denke:", fuhr Andy fort. „Du hast etwas aufgehoben."

„Ich habe mich gebückt, um mich zu dehnen. Schauen Sie es sich noch mal an. Ich hatte höllische Schmerzen, okay! Und ich wollte das nicht sagen und schwach klingen. Ich weiß, was Ihresgleichen von Männern hält, die im Gefängnis waren. Leute, die vom Pech verfolgt sind. Wir sind Freiwild. Und das ist es, was jetzt passiert, oder? Ihr müsst jemanden finden, dem ihr die Schuld geben könnt, dass dieses kleine Mädchen verschwunden ist und ich erfülle alle eure Kriterien." Als wolle er beweisen, wie sehr er litt, stand Darryl auf und lehnte sich gegen eine Wand.

Das Verhör drehte sich im Kreis. Andy nahm sein iPad zurück.

„Erzähl mir von deiner Beziehung zu Maureen Singleton. Und Eliza."

Andy war übergangslos zum `Du` übergegangen.

„Keine Beziehung. Seit meine Frau mich rausgeschmissen hat, habe ich den Frauen abgeschworen."

„Aber du kennst sie."

„Klar. Nur um Hallo zu sagen, wenn sich unsere Wege kreuzen."

„Und wo würde das passieren? Dass sich eure Wege kreuzen?", fragte Andy.

„Waschküche. Sie kam und benutzte die am Ende meiner Etage, weil ihre nur eine funktionierende Maschine hat."

Der Zustand von Darryls Kleidung ließ es unwahrscheinlich erscheinen, dass der Mann viel Zeit in der Nähe einer Waschmaschine verbrachte.

„Diese Waschküche ist also Teil ihres Wäschereibetriebs? Wer nutzt sie noch?"

Darryl verstummte und starrte an die Decke.

„Wo ist Eliza, während Maureen von Etage zu Etage geht und mehrere Waschküchen benutzt? Ich bezweifle, dass sie hinter ihr hertrotten würde."

„Frag sie. Ich habe sie nur ab und zu gesehen und habe keine Ahnung. Kann ich gehen?"

„Setz dich, Darryl. Neue Aufnahmen von Sicherheitskameras aus der Gegend zwischen dem Gebäude und dem Park kommen ständig rein, also ist es nur eine Frage der Zeit, bis wir sehen, was du getrieben hast. Warum hast du dort angehalten?"

Der andere Mann ließ sich mit einem Stöhnen wieder auf seinen Sitz fallen. „Hab's doch gesagt. Dehnen."

Andy beugte sich in einer plötzlichen Bewegung vor, die Darryl erschreckte. „Ein Kind wird vermisst. Ein kleines Mädchen, das in einem öffentlichen Park gespielt und erwartet hat, mit seiner Mutter nach Hause zu gehen, um Mittagessen zu bekommen. Zweifellos hat sie schreckliche Angst, und das gefällt mir nicht. Kein Kind verdient es, von einem Spielplatz weggenommen und in das Auto eines Fremden gebracht zu werden, weg von seiner Mutter und allem was es kennt. Aber wir wissen, dass der Schuh, der auf der Straße gefunden wurde, Elizas war. Und dann sehen wir dich, wie du eilig dort entlanggehst, über deine Schulter schaust, genau an der Stelle, und weißt du was noch, Kumpel? Du hast dich nicht gedehnt. Du hast etwas aufgehoben. Ich will wissen, wo der Schuh ist, den du mitgenommen hast!"

Darryl begann den Kopf zu schütteln.

„Hör auf damit. Du kannst die Sache für dich verbessern, Darryl. Sag mir, was passiert ist und gib mir etwas, das mir hilft, die kleine Eliza zu finden."

„Nee, ich hab nichts Falsches gemacht. Öffentlicher Fußweg, öffentliche Straße! Ich will einen Anwalt sehen!"

Verdammt noch mal.

Andy beendete das Verhör. An der Tür drehte er sich noch einmal um. „Denk gründlich darüber nach, Darryl. Und sag deinem Anwalt, was du getan hast, damit er dir helfen kann, uns zu helfen." Er schloss die Tür hinter sich. Ein Beamter blieb bei Darryl und er würde nicht weiter verhört werden, bis ein Rechtsbeistand mit ihm gesprochen hatte.

„Bist du sicher, dass du keinen Lufterfrischer mit reinnehmen musst, Chef?", fragte Meg viel zu vergnügt über Andys nächstes Verhör. Sie war im Beobachtungsraum mit ihrem Laptop und beobachtete auch den Monitor im Verhörraum.

„Von hier sieht er ganz in Ordnung aus. Fast geschäftsmäßig."

Sie schnaubte. „Ignorier meinen Rat ruhig. Ich bleibe einfach auf dieser Seite der Scheibe, wo es gut riecht und beobachte, während du leidest."

Andy zog sein Sakko an. Er hatte nach dem Gespräch mit Darryl eine kurze Pause eingelegt, gerade lang genug für Wasser und einen Proteinriegel. „Woher weißt du, wie er riecht?"

„Liz meinte, er raucht ununterbrochen in seinem Büro."

„Im Wohnhaus?"

„Jup."

„Toll. Gibt's was Neues über Darryl?" Andy blickte an Meg vorbei auf den Laptop. Der Bildschirm zeigte fortlaufend aktualisierte Textmeldungen, fast wie ein Nachrichtenforum. „Schon was von Liz gehört?"

„Nein und nein. Willst du, dass sie zu dir stößt, wenn sie zurück ist?"

„Noch nicht. Ich möchte lieber, dass unsere Besucher denken, Liz würde so weit wie möglich aus den Ermittlungen herausgehalten. Wünsch mir Glück."

„Das brauchst du nicht", sagte Meg. „Aber Lufterfrischer ..."

Andy betrat den Verhörraum und rümpfte angeekelt die Nase. Sie hatte recht gehabt, nicht dass er ihr das sagen würde. Er nickte dem uniformierten Beamten kurz zu: „Mach mal Pause." Der Mann sah dankbar aus und verließ den Raum eilig.

Brian Bisley grunzte, als er aufstand und Andy die Hand zur Begrüßung anbot. Seine Hand war feucht und der Gestank von Zigaretten durchdrang den kleinen Raum. „Brian. Aber nennen Sie mich Bing."

„Kriminalhauptkommissar Andy Montebello. Bitte nehmen Sie Platz. Ich gehöre zur Vermisstenstelle und schätze es, dass Sie heute hergekommen sind, um mit mir zu sprechen."

Bisleys Stuhl knarrte besorgniserregend, als er sich setzte. Er trug ein frisch gebügeltes weißes Hemd, Krawatte und eine Anzughose. Sein Haar war zur Seite, über eine kahle Stelle seines Kopfes, gekämmt. Mehrere Finger beider Hände waren mit dicken Ringen geschmückt und sein Handy, das mit dem Display nach unten auf dem Tisch lag, steckte in einer glitzernden goldenen Hülle.

Nachtclub- oder Hausverwalter?

„Könnte jetzt echt 'ne Kippe vertragen, Andy."

„Tut mir leid, rauchfreies Gebäude. Kann aber einen Kaffee organisieren, wenn Sie möchten?"

„Sollte nicht lange hier sein, oder? Schreckliche Sache, ein Kind aus den Augen zu verlieren, das in deiner Obhut ist."

Interessante Wortwahl.

„Wir tragen so viele Informationen wie möglich über die heutigen Ereignisse zusammen, da ist Ihnen sicher bekannt, dass wir begonnen haben, mit den Bewohnern des Hauses zu sprechen. Es gibt einige Leute, die wir gebeten haben herzukommen, wie Sie. Als Hausverwalter haben Sie ein einzigartiges Verständnis für den Wohnkomplex und die Menschen, die dort leben."

Andy war sich nicht zu schade dafür, Schmeichelei einzusetzen und die Mentalität eines Verdächtigen auszunutzen. Er hatte das kleine Aufblitzen von Stolz gesehen, als er Bisleys Position erwähnte. Der Mann plusterte sich fast ein wenig auf, aber in seinen stechenden Augen blitzten auch etwas. Er war schlau und wahrscheinlich misstrauisch.

„Es wäre hilfreich, Ihre Meinung zur Familie Singleton zu hören. Und ein bisschen was über ihren Hintergrund, seit sie eingezogen sind, wenn Sie uns dabei helfen möchten? Ich weiß, dass Sie verstehen, dass wir umso schneller handeln können, je schneller wir brauchbare Informationen haben. Und wir alle wollen doch nichts mehr, als Eliza wieder bei ihrer Mutter zu sehen."

„Sie glauben also, dass Sie sie finden werden?"

„Ja. Wir haben einige vielversprechende Spuren. Was können Sie mir über Maureen Singleton erzählen?"

„Kenne sie nicht wirklich gut. Sie ist ruhig. Hatte nie

Beschwerden über sie oder von ihr. Zahlt ihre Miete pünktlich. Sagt Hallo, wenn man ihr im Flur begegnet, aber das ist so ziemlich alles, was ich weiß."

Nicht mal ansatzweise so viel, wie du weißt.

„Wie lange wohnen Maureen und Eliza schon in ihrer Wohnung?"

„Hm... Ich müsste in meinen Unterlagen nachsehen, aber aus dem Stegreif würde ich sagen, zwei Jahre. Wir haben ein Gespräch geführt, als sie sich bewarb und sie erwähnte, dass ihr Mann gerade wegen irgendeiner erfundenen Anklage nach Barwon gekommen war ... Entschuldigung." Er grinste selbstgefällig. „Ich zeigte ihr die Wohnung und dann zogen sie und das Kind ein paar Tage später ein."

„Und sie arbeitet?"

Bing zuckte mit den Schultern. „Keine Ahnung. Na ja, nicht ganz wahr, denn ich sehe sie oft mit dem Kind im Gebäude, also bezweifle ich, dass sie einen regulären Job hat. Vielleicht macht sie einen dieser Online-Jobs von zu Hause aus. Eigentlich habe ich gehört, dass sie irgendwo ein paar Stunden die Woche als Putzfrau arbeitet."

„Nicht Wäscherei?"

Bisleys Hals rötete sich.

„Mit Wäscherei meine ich, sie macht die Wäsche und bügelt und so weiter für andere Bewohner? Auch für Leute außerhalb des Gebäudes?"

„Es ist gegen die Regeln, ein Geschäft aus dem Gebäude heraus zu betreiben."

„Und Sie könnten eine freundliche Person sein, die weiß, dass sie ein bisschen zusätzliches Geld braucht, um über die Runden zu kommen. Sie könnten über etwas so Harmloses wie ein paar Waschladungen pro Woche hinwegsehen."

Bisley zog ein zerknittertes Taschentuch aus der Tasche und tupfte seine Stirn ab. „Sie müssen die Heizung runterdrehen, Andy. Ich komme mit wärmerem Wetter nicht so gut klar." Er leckte sich die Lippen und stopfte das Taschentuch weg.

„Könnte meinen Job verlieren, wenn der Gebäudeeigentümer dächte, ich ließe jemanden etwas Falsches tun."

„Ich werde Sie nicht mehr lange aufhalten. Ihr Büro ist im Erdgeschoss, mit Blick auf die Straße?"

Ein Nicken.

„Nennen Sie mir alles, woran Sie sich erinnern können. Jede Kleinigkeit über Leute, die heute ins Gebäude kamen oder es verließen, könnte uns helfen. Irgendwelche Lieferungen, Bewohner, Fremde, irgendetwas."

Obwohl er sein Notizbuch hier drinnen nicht brauchte, machte Andy eine Show daraus es zu öffnen und wartete dann mit einem, wie er hoffte, erwartungsvoller Ausdruck.

„Sie können sich sicher vorstellen, wie beschäftigt ich in meinem Job bin. Papierkram bis zum Abwinken und Leute, die auf einen Plausch vorbeikommen." Bisley verzog das Gesicht, als würde er versuchen, sich zu erinnern. „Ein paar Lieferungen für mich, gleich am Morgen. Normale Sachen wie Bürobedarf. Glaube, ich hab 'nen Supermarkt-Lieferanten reingehen sehen. Ein paar der älteren Bewohner bekommen solche Lieferungen. Ja, genau. Da gibt's ein paar alte Damen, die sich treffen, um am Rentenzahltag frühstücken zu gehen, und ich hab sie direkt vor dem Gebäude gesehen."

„Uhrzeit?"

„Weiß nicht. Acht. Vielleicht etwas später?"

„Wann sind Maureen und Eliza gegangen?"

Wieder rötete sich der Hals des Mannes, aber diesmal zog sich die Röte bis zu seinen Wangen hoch.

„Hab sie nie gesehen."

„Nein? Wie steht's mit Darryl Tompsett?"

Bing warf einen Blick auf seine Uhr. „Wusste gar nicht, dass er das Gebäude verlassen hat. Ich hab bald einen Termin."

„Letzte Fragen. Irgendwelche Routinen, die Sie beobachtet haben? Bewohner, die zur gleichen Tageszeit spazieren gehen oder so? Oder jemand Ungewöhnliches, der sich rumtreibt?"

„Wie gesagt, normalerweise bin ich voll beschäftigt."

Die Vorstellung war nicht gerade angenehm.

Andy stand auf. „Danke für Ihre Zeit. Ich lass Sie von jemanden hinausbegleiten." Er hielt die Tür auf und nachdem Bisley hindurchgestapft war, ließ er sie hinter ihnen zufallen. „Falls Ihnen noch was Ungewöhnliches einfällt, Sie haben meine Karte."

Mit einem Nicken folgte Bisley dem uniformierten Beamten.

Meg tauchte aus der nächsten Tür auf. „Die Durchsuchung von Darryls Wohnung hat nichts Interessantes ergeben, aber ich hab noch mehr Videomaterial."

Zurück im anderen Raum tippte Meg auf der Tastatur. „Das Material stammt ausgerechnet von der Dashcam eines geparkten Autos. Der Fahrer ist damit nach vorne gekommen."

Dieses Videomaterial war viel klarer als die körnigen Videos vom selben Bereich. Aufgenommen von der Rückkamera eines Autos, das schräg gegenüber der Stelle geparkt war, an der Elizas Schuh gefunden wurde. Es war sofort offensichtlich, dass nichts auf der Straße lag. Kein Schuh. Auf dem Gehweg hielt der Mann mit dem Hoodie für einen Moment inne, blickte hin und her, bevor er gleich darauf auf die Straße nahe der Bordsteinkante trat und sich hinunterbeugte. Gleichzeitig zog er etwas aus der Tasche seiner Kleidung und legte es auf den Asphalt. Dann kehrte er genauso schnell auf den Gehweg zurück und war nach wenigen Schritten aus dem Sichtbereich verschwunden.

„Er hat den Schuh dort hingelegt.", sagte Meg, pausierte das Video und schaute zu Andy auf. „Wir haben alles falsch verstanden. Er hat nicht einen von zwei Schuhen mitgenommen, sondern einen platziert."

ELF

Meg war nicht an ihrem üblichen Platz. In der Mordkommission war es ruhig, nur das Hilfspersonal war da, das ihr aber nicht sagen konnte, wo eigentlich alle waren. Pete würde noch eine ganze Weile nicht zurück sein, und selbst Terry war nicht in seinem Büro. Etwas musste passiert sein, doch niemand hatte sie informiert. Sie schrieb Terry eine Nachricht.

Wo sind alle?

Sie ließ sich auf ihren Stuhl fallen. Wenn sie die einzige Detektivin auf der Etage war, dann waren entweder alle nach Hause gegangen – was unmöglich war – oder es gab einen Durchbruch in den Ermittlungen. Ihr Handy piepte.

Triff mich in Andys Büro.

Liz stöhnte, als sie aufstand. Ihre Muskeln, Sehnen und sogar ihre Knochen schmerzten. Kein Abwärmen nach ihrem Lauf heute Morgen und dann stundenlange Anspannung und Stress. Und sie war hungrig. Sie schob das alles beiseite, aber nahm ausnahmsweise den Aufzug statt der Treppe.

Auf dieser Etage herrschte reges Treiben. Detektive arbeiteten in kleinen Gruppen um Whiteboards herum. Telefone klingelten. Meg hielt vor einem großen Fernsehbildschirm Hof und sprach mit einer Handvoll uniformierter Beamter, darunter einige höheren Ranges.

Also arbeiten jetzt alle von der Vermisstenstelle aus?

Terry und Andy hatten die Köpfe zusammengesteckt und saßen auf derselben Seite von Andys Schreibtisch, den Blick auf ein iPad gerichtet. Beide schauten auf, als sie an die offene Tür klopfte.

„Komm rein. Mach die Tür zu, Liz.", sagte Andy.

„Wie lief es mit Tina?", fragte Terry, drehte seinen Stuhl und bedeutete Liz, sich zu setzen.

Sie nahm den verbleibenden Platz gegenüber den Männern ein. „Da gibt es einiges zu verarbeiten. Darryl hat mir vor Jahren erzählt – und es ständig wiederholt –, dass Tina ihn kurz nach dem Angriff eines Patienten verlassen hat. In Wirklichkeit hat sie ihn rausgeworfen, nachdem er sie geschlagen hatte. Er war aus dem Krankenhaus entlassen worden und machte Physiotherapie und so weiter. Als er betrunken war, verlor er die Beherrschung. Sie setzte ihn vor die Tür."

„Also war seine Gewalt gegenüber seinem Angreifer nicht der einmalige Vorfall, von dem das Gericht gehört hat!", sagte Terry. „Was noch?"

„Im Grunde schwört sie, dass er niemals einem Kind etwas antun würde. Sie hat ihn seit Jahren nicht gesehen, bleibt aber durch gelegentliche Telefonate in Kontakt. Und sie ist eine zuverlässige Zeugin."

Terry und Andy tauschten einen Blick aus.

„Was ist passiert?" Wenn sie ihr doch nur sagen würden, dass sie Eliza gefunden hätten.

„Kurzversion:", sagte Andy. „Ich habe Darryl und Bisley befragt. Beide behaupten, nichts von irgendwelchen Machenschaften zu wissen, geschweige denn in Bezug auf Eliza."

„Hat Darryl gesagt, dass er es nicht in den Aufnahmen war?"

„Anfangs. Dann behauptete er, er hätte sich gedehnt, weil sein Rücken schmerzte. Und jetzt hat er sich einen Anwalt genommen."

Ihr Herz schlug schneller.

„Warum?"

„Ich habe ihn in die Enge getrieben. Er geriet in Panik. Aber es gibt noch mehr, Liz." Andy schob sein iPad über den Schreibtisch. „Meg hat das vor einer halben Stunde gefunden."

Liz tippte auf Play.

„Wir deuteten es falsch herum. Er hat nicht einen Schuh von einem Paar, aus irgendeinem finsteren Grund aufgehoben. Es ergab keinen Sinn, dass er einen zurückgelassen hätte."

Liz konnte kaum glauben was sie sah, als Darryl den Schuh aus einer Tasche nahm und ihn auf die Straße legte. Diese Handlung war vorsätzlich und warf eine Menge Fragen auf. Sie sah es schweigend noch einmal an und gab das Pad an Andy zurück.

„Ich fürchte mich fast zu fragen was du denkst.", sagte Terry mit einem schwachen Lächeln.

„Vieles, wofür ich verhaftet werden würde. Andy, du sagtest, er hat sich einen Anwalt genommen. Also ist er noch hier?"

„Ja. Der Rechtsbeistand ist noch nicht eingetroffen."

„Lass mich mit ihm reden. Als seine Nachbarin."

Beide Männer schüttelten den Kopf.

„Noch nicht, Liz. Ich würde dich lieber aus seinem Blickfeld halten, falls wir nicht weiterkommen." Terry verzog das Gesicht. „Ich bin auch frustriert. Hast du schon mit Vince gesprochen?"

Wir müssen Darryl zum Reden zwingen.

Das laut auszusprechen, würde sie vom Fall abziehen, selbst wenn Andy und Terry dasselbe dachten. Gesetze und Verfahren konnten in diesem Falle zum Teufel gehen, wenn es nach ihr ginge. Sie würde am liebsten jemanden wie Pete mit diesem schmierigen kleinen Mistkerl in einen Raum stecken und zusehen, wie schnell Darryl dann reden würde.

„Liz?"

„Tut mir leid, Andy. Vince hat ein scharfes Gedächtnis. Erinnert sich an feine Details, wie die Farbe und Art der Kleidung und Schuhe, die Ellen trug. Ich wünschte, wir hätten damals den Luxus eines Fundes, wie den eines Schuhs gehabt, denn es gibt etwas Besonderes an der Art, wie diese Schnürsenkel an Elizas Schuh neu gebunden wurden. Ich erinnere mich einfach nicht, wie sie aussahen. Oh, Tina sagt, die Art wie diese Schnürsenkel gebunden sind, ist nicht Darryls Werk. Er macht diese Hasenohren-Sache, wie ein Kind."

Andy machte sich eine Notiz auf seinem iPad. „Bist du sicher, dass du dich an nichts über Ellens Schnürsenkel erinnerst?" Seine Augen trafen Liz'. „Wenn derselbe Täter beteiligt ist, könnte es helfen."

„Vince hat mir gesagt, ich soll meine eigenen Notizen von ihrem Verschwinden noch einmal lesen. Das muß ich als Erstes tun."

„Es sind Kisten unterwegs. Sie sollten innerhalb einer Stunde an deinem Schreibtisch sein."

Das war das erste Positive an diesem Tag und sie atmete langsam aus.

Terry blickte an ihr vorbei, als sich die Tür öffnete. „Pete, komm zu uns."

„Ich habe von den neuen Aufnahmen gehört." Da keine Stühle mehr frei waren, setzte sich Pete auf die Kante eines Sideboards. „Soll ich ein vertrauliches Wörtchen mit unserem Freund wechseln?" Er grinste. „Die Kameras und die Audioaufzeichnung könnten kurzzeitig ausfallen. Würde gar nicht lange dauern."

Auf Terrys Gesicht zeigte sich ein schwaches Lächeln. Er hatte das alles schon oft von Pete gehört. „Bitte gib uns ein Update zu Maureen."

„Hat auf der Fahrt hierher kaum ein Wort gesagt. Wollte nicht, dass ich ihrem Besuch beim Ehemann zuhöre, aber dem war es egal, dass ich dabei war. Der arme Kerl ist völlig außer sich vor Sorge. Hatte schon erfahren, dass das Kind vermisst wird und bekam nicht viel Hilfe, um damit umzugehen. Er redete mehr mit mir als mit seiner Frau. Ich kann mir nicht vorstellen, dass einer von beiden etwas damit zu tun hat. Viel Liebe für Eliza."

„Dann war es wohl etwas verschwendete Zeit.", murmelte Andy.

„Ich bin noch nicht fertig. Von Barwon bis zum Apartmentgebäude konnte ich Maureen nicht zum Schweigen bringen. Nicht, dass ich es versucht hätte, aber es war, als wäre ein Damm gebrochen. Sie betreibt seit einem Jahr ihr Wäschereigeschäft und verdient ein paar hundert Dollar pro Woche. Aber hier kommt's: Sie gibt die Hälfte ihrer Einnahmen an den dortigen Manager ab und fungiert außerdem kostenlos als seine gelegentliche Zustellerin. Andernfalls würde er sie bei Centrelink verpfeifen."

„Warum überrascht mich das nicht?"

Alle Augen richteten sich auf Liz.

„Brian ist eine schreckliche Besetzung für einen Hausverwalter und macht es den meisten Bewohnern zu schwer, mehr zu tun, als sich über irgendwelche Probleme zu beschweren. Die Aufzüge sind ein perfektes Beispiel. Es gibt zwei davon, einer an jedem Ende des Gebäudes. Einer funktioniert einwandfrei, aber der andere, der dem Straßeneingang am nächsten liegt, ist entweder außer Betrieb oder die meiste Zeit zu langsam. Bisley tut gerade genug, um das Gebäude vorschriftsmäßig zu halten, zieht es aber vor, rauchend auf seinem Hintern zu sitzen, anstatt das zu tun, wofür er bezahlt wird."

„Er hat sich große Mühe gegeben, mir zu erklären, wie wenig er über die Singletons weiß.", sagte Andy. „Ich stimme zu, dass er verdammt zwielichtig ist, aber hatte er etwas mit Elizas Verschwinden zu tun?"

„Bezweifle ich." Terry schob seinen Stuhl zurück und stand auf. „Das Risiko, sein widerliches kleines Imperium zu verlieren, wäre zu hoch. Und welches Motiv hätte er?"

Pete fing Liz' Blick auf. Er wollte ein privates Gespräch mit ihr.

Terry rollte seinen Stuhl um den Schreibtisch herum. „Wir verstärken das Klinkenputzen rund um den Park. Meg steht in engem Kontakt mit PTV und so weiter. Ein Team konzentriert sich darauf, Darryls Bewegungen von dem Moment an zu verfolgen, als er das Apartment verließ und nachdem er den Schuh fallen ließ. Irgendwo dazwischen muss es Aufnahmen geben, wo er ihn aufgehoben oder überreicht bekommen hat. Und das ist bisher unsere beste Chance, Eliza zu finden."

———

„Ich stimme Terry nicht zu."

Liz drückte den Aufzugknopf härter als nötig.

Pete zog die Augenbrauen hoch, war aber klug genug, den Mund zu halten.

Sie sah sich um. Pete Dinge zu sagen war in Ordnung, aber Terry musste ihre wütenden Gedanken nicht hören. Niemand war nah genug, um mitzuhören. Jeder auf der Etage war beschäftigt. Die Aufzugstüren öffneten sich und sie stürmte hinein.

Sobald sich die Türen schlossen, drückte sie auf „Stopp".

„Gut, dass ich nicht klaustrophob bin.", sagte Pete.

„Tut mir leid. Ich brauche nur einen Moment."

„Womit stimmst du nicht überein?"

„Dass man mich nicht zu Darryl lässt, ist das Erste. Und ich verstehe, warum Terry so begierig darauf ist, herauszufinden, woher dieser Schuh kam. Aber ich denke nicht, dass es reicht, nur das herauszufinden. Wir müssen Brians Hintern wieder hierher schleppen und einen Durchsuchungsbefehl für sein Büro bekommen. Eigentlich sollten wir das ganze Gebäude durchsuchen." Sie holte schnell Luft. „Maureen beschatten lassen. Übrigens, wo ist sie? Sollte sie nicht hier sein?"

„Okay, Stopp."

„Nein, wir tun nicht genug, Pete. Zwei vermisste Kinder müssen gefunden werden." Sie drehte sich weg und schlug mit der Hand gegen die Aufzugwand, bevor sie ihre Stirn gegen das kalte Metall sinken ließ.

Eine feste Hand ergriff ihre Schulter - und für einen Moment wollte Liz sich gegen Pete fallen lassen und einfach nur schluchzen. Es wäre eine dumme Reaktion und würde ihn genauso erschrecken wie sie selbst. Es hätte auch nichts mit Pete zu tun und wäre nur ein Moment der Schwäche, selbst wenn der Rest der Welt verrückt geworden war. Sie konnte nicht weiterhin so emotional reagieren, weil sie sonst Fehler machen würde.

„Wenn du ins Fitnessstudio gehen und einen Sandsack verprügeln willst, halte ich ihn für dich. Ich gebe ihm sogar einen Namen. Mal sehen... Bing? Darryl?" *Andy?*

Der letzte Name, Darryl, wurde in einem hoffnungsvollen Ton gesagt und es reichte aus, um Liz aus ihrer verzweifelten Stimmung zu reißen. Sie richtete sich auf und drehte sich zu Pete um, der seine Hand herunternahm. „Wir können uns beim Sandsack abwechseln und du kannst ihn Andy nennen, wenn du deine Handschuhe anziehst."

„Abgemacht." Pete wurde ernst. „Alles okay, Lizzie? Ich kann dich decken, wenn du essen gehen willst. Oder einen Drink nehmen."

Sie drückte den Knopf und der Aufzug setzte sich in Bewegung. „Angenehmer Gedanke. Ein Drink oder drei. Gab es noch etwas vom Barwon-Besuch?"

„Darüber wollte ich mit dir reden. Weg von den anderen."

Die Türen öffneten sich und sie traten in eine noch ruhige Etage. Abgesehen von einem Beamten, der an ihrem Schreibtisch schon ungeduldig auf sie wartete. Er hatte zwei Kisten in der Ecke abgestellt und kam ihr auf halbem Weg entgegen, ein Klemmbrett in der Hand.

„Wie angefordert."

Sie nahm das Klemmbrett entgegen, ging zu ihrem Schreibtisch und verglich die Details auf jeder Kiste mit den Unterlagen, während der Beamte finster dreinblickte.

„Magst du keine Überstunden, Kumpel?", fragte Pete.

„Ist es das, was ihr bekommt? Überstunden?"

„Guter Punkt."

„Ist das alles?", fragte Liz. „Es müssen doch mehr Kisten sein als das."

„Habe sie selbst überprüft. Alles ist da. Kann ich bitte Ihre Unterschrift haben?"

Sie unterschrieb und gab das Klemmbrett zurück, wartete, bis der Beamte den Bereich verlassen hatte. „Wie kann das alles sein, Pete? Ist das wirklich alles, was die Entführung eines kleinen Mädchens wert war?"

„Entführung?"

„Vielleicht. Vielleicht auch nicht als solche. Es gab nie eine Lösegeldforderung. Nie irgendeine Art von Kontakt von demjenigen, der Ellen mitgenommen hat. Aber wie soll ich es sonst nennen?" Sie wollte keine Antwort. Ihr Herz war schwer vor erneuter Trauer und außerdem musste er gehen. „Wo gehst du jetzt hin?"

„Ich kann helfen."

Sie schüttelte den Kopf.

„Oder ich kann nachsehen, ob Meg etwas Neues hat. Und Essen holen. Willst du was essen?"

„Was wolltest du mir erzählen?"

„Maureen sagte, sie war überrascht, dass sie für die Wohnung zugelassen wurde. Überall, wo sie es versucht hatte, wurde sie abgelehnt; sie bereitete sich darauf vor, in ein Obdachlosenheim zu gehen, aber dann bekam sie einen Anruf von einem Freund ihres Mannes, der ihr sagte, sie solle zu Bisley gehen. Er vermietete ihr die Wohnung ohne irgendwelche Fragen."

„Also könnte er kriminelle Kontakte haben?"

„Genau das. Und - wahrscheinlich eine dumme Idee - aber was, wenn es nicht nur eine helfende Hand war, sondern jemand, der vorausplante?" Pete schüttelte den Kopf. „Nee, bezweifle ich. Aber ich werde ein bisschen nachforschen."

Liz wartete, bis Pete gegangen war. Er hatte die Treppe genommen. Sie war die einzige Person auf der Etage und das war ein Segen. Ihr Herz klopfte, als sie die Deckel von beiden

Kisten nahm und sich der muffige Geruch lange verschlossener Kartons ausbreitete. Keine der Kisten war ordentlich gepackt. Vielleicht war der Beamte so verärgert darüber gewesen, sie so spät am Tag hierher bringen zu müssen, dass er sie ordentlich durchgeschüttelt hatte. An der Seite jeder Kiste befand sich ein Blatt mit Namen, Daten und Unterschriften derjenigen, die Zugang zum Inhalt hatten.

Sie machte Fotos. Dieser Teil konnte warten. Bis die Mädchen gefunden wurden.

„Eliza. Bis Eliza gefunden wird." Die Worte auszusprechen, half. Ellen lag so nah an einem hoffnungslosen Fall, wie es eine Ermittlung nur sein konnte, aber Eliza war irgendwo in der Nähe. Es war immer noch der Tag ihres Verschwindens. Immer noch erst Stunden statt Wochen. Mit dem Auto könnte sie Victoria bereits verlassen haben. Mit dem Flugzeug war es möglich, dass sie nicht einmal mehr im Land war. Aber es war nicht so, dass Eliza schon lange weg war. Das alles hatte etwas sehr Persönliches. Zu viele Ähnlichkeiten. Nicht zufällig.

Liz nahm einen großen linierten Notizblock heraus und begann zu schreiben.

Was haben sie gemeinsam?

Was nicht?

Wie wurden die Mädchen ausgewählt?

Was für eine Person tut so etwas?

Hat er/sie Hilfe?

Es war ein Er. Wie konnten zwei Mädchen von einem Mann berichten, der ihre Schnürsenkel bindet, und es nicht die Person sein, die sie mitgenommen hat?

Sie schob den Notizblock beiseite und machte Platz auf dem Schreibtisch.

Dann begann sie, alles aus den Kisten heraus zu nehmen.

ZWÖLF

Es gab mehrere Ordner mit Fotokopien aus den Tagebüchern dutzender Polizisten, einschließlich Vince, die an den Ermittlungen beteiligt waren, nach Datum sortiert. Nur Liz' Tagebuch war im Original dabei. Sie hatte darauf bestanden, dass es zu Ellens Fall gehören sollte, anstatt in der sicheren Einrichtung aufbewahrt zu werden, in der bereits Millionen von Worten lagerten, die Beamte über Jahrzehnte aufgezeichnet hatten. Alle zum Fall kopierten Notizen durchzugehen, war entmutigend und sie legte die Ordner zunächst beiseite, um später darauf zurückzukommen.

Es gab materielle Beweise, in durchsichtige Tüten verpackt, hauptsächlich Ellens Sachen aus Liz' Wohnung. Soweit sie wusste, wurde nach dem Verschwinden nicht ein einziges Ding im Park gefunden. Kein Schuh. Nicht die kleine Tasche, die Ellen überallhin mitnahm, oder irgendetwas anderes, das zum Kind oder dem Monster, das sie gestohlen hatte, hätte führen können.

Liz öffnete eine frische Wasserflasche und trank hastig. Diese Aufgabe vor ihr – eine so schmerzhafte Zeit wieder aufzurollen – schien unmöglich. Aber es mußte getan werden. Die Chance, dass ihre Nichte noch am Leben war, ging gegen null, aber ein anderes kleines Mädchen brauchte Liz in Höchstform. Sie war eine anständige Ermittlerin. Es wurde Zeit, unparteiisch an die Sache heranzugehen, als würde jemand den Inhalt der Kisten zum ersten Mal sehen und lesen.

Stück für Stück überprüfte sie alles, machte sich Notizen und legte dann jedes Teil wieder in die entsprechende Box zurück. Eine Probe von Ellens kindlicher Handschrift. Bilder von ihr. Details über ihre Eltern und andere Familienmitglieder, einschließlich ihr selbst. Fotos vom Park und dem Apartmentgebäude. Diese legte sie beiseite, um später darauf zurückzukommen. Als nur noch ihr Tagebuch übrig war, öffnete sie es. Und schloss es wieder.

Sie stand auf und ging zum Fenster. Es war später Abend und die den Himmel verdeckenden Wolkenkratzer der Stadt beschleunigten das Dunkelwerden. Unten auf den Straßen bewegte sich ein Meer von Scheinwerfern und Rücklichtern, langsam, in stetem Rhythmus des erwachten, pulsierenden Abendlebens der Stadt. Ihrer Stadt. Eines Tages würde sie sich eine Wohnung am Fluss kaufen, nah genug, um zu den Restaurants zu laufen, die ihn säumten, oder ein bisschen weiter, um eine Show zu sehen. Sie hatte das Geld, dank eines Lebens mit sehr wenigen Ausgaben. Was sie all die Zeit über in der Wohnung hielt, war das unterbewußte Bedürfnis, dort zu bleiben, wo Ellen sie finden konnte. Nach all diesen Jahren, selbst wenn Ellen irgendwie am Leben wäre und ihren Weg nach Melbourne zurück fände, von wo auch immer sie käme, wie würde sie sich an einen Ort erinnern, an dem sie als Kind nur ein dutzendmal gewesen war?

„Lizzie?"

Warum war Andy hier? Überhaupt hatte sie ihn nie ihren Namen so benutzen gehört, es fühlte sich ein bisschen seltsam an.

„Gibt es Neuigkeiten?"

Er stand an ihrem Schreibtisch. Sie hatte ihn, in eigene Gedanken versunken, nicht kommen hören.

„Nein. Nein, tut mir leid, wenn du das dachtest." Er hob

seinen Arm, um die Plastiktüte zu zeigen, die er trug. „Ich musste für eine Weile raus. Meinen Kopf freibekommen. Und essen. Ich habe mehr als genug für zwei, wenn du möchtest?"

Liz starrte ihn an. Wenn er versuchte, die Dinge auf eine bessere Basis zu stellen, dann war Essen ein guter Anfang.

„Ich bin am Verhungern. Danke."

Sie räumte Platz auf ihrem Schreibtisch frei, indem sie die Kisten auf den Boden, die Akten und ihr Tagebuch an den Rand schob. Andy packte ein halbes Dutzend Takeaway-Behälter aus.

„Thai, okay?"

„Liebe ich."

Die Düfte, als sie die Behälter öffneten, ließen ihren Magen knurren. Eine Weile aßen beide schweigend. Essen würde ihrer Konzentration helfen und sie konnte mit vollem Magen heute Abend mehr erreichen. Ein paar andere Detektive kamen und gingen, holten Dinge von ihren Schreibtischen und riefen Grüße zu ihnen herüber.

„Jeder hat so hart gearbeitet."

Andy nickte, während er dicke Nudeln in seinen Mund schob.

„Wenn Terry mich nicht woanders braucht, möchte ich hierbleiben, bis ich alles gelesen habe."

Er beäugte sie, während er kaute.

„Es könnte etwas geben, Andy. Etwas, das Eliza hilft." Ihre Stimme war leise. Sie hatte keine Kraft mehr zum Kämpfen und brauchte sein Verständnis. „Ich habe das Gefühl, sie ist noch irgendwo in der Nähe der Stadt."

„Eine Ahnung?"

„Logik. Wie weit könnte ein Fremder mit einem kleinen Mädchen in einem Auto kommen? Angenommen, es ist ein Auto, denn jetzt müssen wir neu überdenken, wo sie den Park verlassen hat. Selbst wenn sie freiwillig mitgegangen wäre — wenn er sie mit dem Versprechen von etwas Schönem überredet hätte — würde sie es nach einer Weile merken und anfangen, Aufhebens zu machen."

„Es gibt Möglichkeiten, ein Kind ruhig zu halten."

Wie Andy das sagte, so sachlich, war erschreckend. Sie schob das restliche Essen weg.

„Das ist für uns alle belastend, Liz, aber wir haben es möglicherweise mit einem Mörder zu tun. Aber was du vorher gesagt hast ... Was, wenn er kein Fremder für sie ist?"

Liz lehnte sich vor. „Ich denke, er ist es, weil sie ihrer Mutter erzählte, ein ‚netter' Mann habe ihre Schnürsenkel gebunden. Keine Erwähnung davon, dass er ihr bekannt war. Aber was, wenn er genug über sie wusste, oder Maureen... oder ihren Vater? Ja, was wenn er sie mit dem Versprechen weggelockt hat, sie zu ihrem Vater zu bringen? Gestern war Elizas Geburtstag."

„Vielleicht. Denkst du an jemanden, der ihren Vater kennt?"

„Anscheinend hat ein Freund von Maureens Mann ihr den Tipp mit der Wohnung gegeben."

„Lass uns mehr Informationen einholen", sagte Andy. Er machte eine Notiz auf seinem Handy. „Ich werde jemanden darauf ansetzen."

Liz lehnte sich wieder zurück, ihre Finger trommelten auf dem Schreibtisch. Andy nahm noch einen Bissen. Wie Pete schien er in der Lage zu sein, jederzeit essen zu können. Sie nahm ihr iPad und öffnete die Notizen, die sie gemacht hatte, als sie mit Maureen gesprochen hatte.

„Okay, sie sagte, Eliza hätte ihr erzählt, ein netter Mann habe ihre Schnürsenkel gebunden. Da muss es mehr geben."

„Bei Ellen... hat sie dir etwas über einen Mann gesagt?"

Nachdem sie das iPad weggelegt hatte, öffnete Liz ihr Tagebuch, sich ihres erhöhten Herzschlags nur allzu bewusst.

Der erste Teil war eine Mischung aus ihren Beobachtungen und Spekulationen. Sie las Ausschnitte laut vor.

„Der Park war ruhig ohne andere Besucher. Warmer Tag. Ellen spielte eine Weile unter der Brücke an der schattigsten Stelle. Kam zurück für ihre Wasserflasche und trank. Dann zurück, um über die Brücke zu klettern. An einem Punkt lief sie zur Bank zurück und sagte, sie wolle ein Eis. Ich sagte, wir würden auf dem Heimweg eines holen, aber sie wollte zu dem Zeitpunkt nicht gehen."

Liz starrte in Richtung Fenster. Wenn sie doch nur dann gegangen wären.

„Es ist nicht deine Schuld, Liz."

Sie zog scharf die Luft ein und zwang sich, zum Tagebuchtext zurückzukehren.

„Ellen zeigte auf ihre Schuhe und sagte, ein Mann hätte ihre Schnürsenkel gebunden. Ich fragte, wer und wo er sei und sie zeigte zur Brücke. Wir gingen beide dorthin zurück und ich verbrachte ein paar Minuten damit, nach ihm zu suchen. Niemand war in Sicht und ich kehrte zur Bank zurück. Sie sagte noch etwas. Oh Gott, ich hatte es vergessen."

Andys Augen waren auf sie gerichtet, aber er blieb still.

„Sie sagte, die kleine Tochter des Mannes sei gestorben und er sei traurig."

Es gab nun keine Möglichkeit, die Tränen in ihren Augen aufzuhalten, aber Liz blinzelte sie weg. „Wo ist Maureen?"

„In ihrer Wohnung. Ein Beamter bleibt bei ihr."

„Hast du alle ihre bisherigen Aussagen gelesen?"

„Ja. Und da ist nichts dergleichen drin."

„Sie stand heute unter Schock, Andy. Wir müssen mit ihr reden. Schauen, ob sie sich an etwas Neues erinnert. Kann ich das machen? Jetzt gleich?"

Er warf einen Blick auf seine Uhr. „Wir gehen beide."

„Wie geht es ihr?", fragte Liz die Beamtin, die bei Maureen geblieben war. Sie standen direkt vor der Wohnung.

„Ich habe ihr gesagt, dass ihr kommt, aber dass es keine Neuigkeiten über Eliza gibt. Sie zuckt bei jedem Geräusch zusammen und überprüft ständig, ob ihr Handy funktioniert. Aber sie hat Schlaftabletten und wird in einer Stunde eine nehmen und versuchen, zu schlafen."

„Mach eine Pause. Wir werden etwa 15 Minuten hier sein, falls du dir die Beine vertreten willst."

Andy öffnete die Tür. Die Beamtin kam noch einmal kurz

herein, um ihre Jacke zu holen und schlüpfte dann wieder hinaus. Liz folgte Andy in die offene Wohnung. Nur zwei Türen gingen vom kombinierten Wohn-/Ess-/Küchenbereich ab, vermutlich das Badezimmer und das Schlafzimmer. Es war hier viel kleiner als in ihrer Wohnung und man blickte aus dem Fenster auf das Gebäude dahinter. Genau wie Darryls Apartment, mit Blick auf die Gasse.

In eine Decke gehüllt lag Maureen auf dem Sofa und zappte durch die verschiedenen Fernsehkanäle, von einem Nachrichtenprogramm zum nächsten. Sie warf Andy und Liz kaum einen Blick zu.

„Stört es dich, wenn wir uns für ein paar Minuten setzen?", fragte Liz.

Maureen nickte und drehte den Ton leiser. „Die Beamtin sagte, es gäbe noch keine Neuigkeiten, aber es ist überall im Fernsehen. Warum hat sie noch niemand gesehen?"

Andy ließ sich auf einem Sessel nieder. „Wir haben eine Hotline eingerichtet und ein Team bearbeitet die Anrufe. Viele Leute rufen an. Auch wenn es bisher keine konkreten Hinweise gibt, ist es nur eine Frage der Zeit. Neben dem Fernsehen ging eine Pressemitteilung an alle großen Medien, einschließlich Radio und sozialer Netzwerke. Und diese leiten sie wiederum an ihre regionalen Ableger weiter."

Maureen schob die Decke beiseite, richtete sich auf und stellte ihre Füße auf den Boden. Sie trug noch immer dieselben Kleider wie am Morgen.

„Stimmt das mit Darryl?"

„Was hast du gehört?", fragte Andy.

„Dass er verhaftet wurde. Seine Wohnung wurde auf den Kopf gestellt."

„Er wurde nicht verhaftet, aber er hilft uns bei unseren Ermittlungen."

„Was soll das denn heißen? Glaubt ihr, er hat meine Eliza mitgenommen?" Maureens Stimme wurde lauter, als sie sich Liz zuwandte. „Er wohnt in deiner Nähe. Warum wusstest du nichts davon? Du musst doch gesehen haben, wie er sich verdächtig verhält, aber hast nichts getan. Nicht einmal, nachdem deine eigene Nichte entführt wurde!"

„Moment mal, Maureen- ...", begann Andy.

„Schon gut, sie hat gute Argumente."

Liz' gesamte Ausbildung und Erfahrung in Konfliktsituationen schob ihre persönlichen Gefühle beiseite.

„Darryl wird befragt, weil er nach Elizas Verschwinden um den Park herumgelaufen ist. Wir arbeiten mit ihm zusammen, um zu sehen, woran er sich erinnern könnte. Und ja, er ist mein Nachbar, aber auf der anderen Seite des Flurs und ein paar Türen weiter, also nicht nah genug, um sein Kommen und Gehen mitzubekommen.", sagte Liz. Sie hielt konstanten Blickkontakt mit Maureen. „Ich habe nach Ellens Entführung mit Darryl gesprochen. Andere Polizisten auch. Es gab auch damals keinen Grund, ihn zu verdächtigen."

„Oh. Tut mir leid. Das hätte ich nicht sagen sollen."

„Maureen, von allen Menschen verstehe ich das am besten. Ich kann mir vorstellen, dass Reporter Geschichten über Ellen aufgewärmt haben. Ich werde mir davon nichts ansehen, weil ich denke, sie werden es falsch darstellen und ihre eigene Version der Ereignisse erfinden. Aber was auch immer du gehört hast, die Wahrheit ist, dass meine Nichte aus demselben Park verschwunden ist. Sie wurde nie gefunden. Ich mache mir jeden Tag Vorwürfe, obwohl ich logisch verstehe, dass es passiert wäre, egal wie wachsam ich gewesen wäre, weil derjenige, der sie mitgenommen hat, sie mitnehmen wollte."

Tränen liefen Maureen übers Gesicht. Liz setzte sich neben sie und griff dabei nach einer Taschentuchbox. Sie legte die Box in den Schoß der anderen Frau.

„Vor achtzehn Jahren hatten wir nicht die Technologie von heute. Wir werden Eliza finden und nach Hause bringen. Das ist das, was ich will, was Kriminalhauptkommissar Montebello will und die gesamte Polizeiabteilung. Alle stehen auf deiner Seite. Auf Elizas Seite. Okay?"

Maureen nickte und wischte sich mit den Taschentüchern über die Wangen.

„Jede Kleinigkeit macht einen Unterschied. Jede Beobachtung, die zu dem Zeitpunkt unwichtig erschien, könnte jetzt wichtig sein. Erinnerst du dich an irgendetwas anderes?"

„Ich bin das immer und immer wieder durchgegangen. Mit den ersten Polizisten, die im Park ankamen, dann mit einem anderen und dann mit dir. Ich kann mich kaum noch erinnern, was ich gesagt habe. Nicht wirklich."

„Nun, ein letztes Mal? Und lass uns eine Tonaufnahme machen, denn dann werden wir genau wissen, woran du dich erinnert hast. Wäre das in Ordnung? Es könnte einen Unterschied machen."

Nachdem sie von Liz zu Andy geblickt hatte, nickte Maureen.

Andy richtete sein Handy für die Aufnahme ein.

„Erzähl uns von heute Morgen, von dem Moment an, als du und Eliza im Park ankamt."

Einige Minuten lang wiederholte Maureen die gleichen Informationen, die Liz schon gehört hatte. Sie war sich bei den Details sicher. Wahrscheinlich hatten sie sich in ihr Gehirn eingebrannt, so wie Ellens Verschwinden in Liz'. Als sie zu dem Teil kam, wo Eliza zurückkam, um etwas zu trinken, runzelte sie die Stirn und hielt inne, während sie nachdachte. Ihre Augen schossen hoch zu Liz.

„Habe ich dir erzählt, was sie gesagt hat? Ich bin sicher, ich habe es dir erzählt. Ihre Schnürsenkel waren gebunden und sie sagte, dass ein netter Mann sie gebunden hat. Und dann wurde sie ein bisschen still."

„Warum ... warum war das so?", fragte Liz, die kaum sprechen konnte.

„Sie sagte, die eigene Tochter des Mannes sei gestorben. Sie fand das traurig."

Liz hörte Maureens Worte wie aus weiter Ferne in ihren Ohren und fürchtete sich zu bewegen, aus Angst, sie könnte fallen. Übelkeit stieg in ihr auf, aber dann erkannte sie mit einer Welle der Erleichterung, wie sehr dies die Dinge veränderte. Niemand konnte leugnen, dass es dieselbe Person war. Sie würde Eliza finden und dann das Monster jagen, das Ellen gestohlen hatte. Selbst wenn es den Rest ihres Lebens in Anspruch nehmen würde.

DREIZEHN

Obwohl Pete Liz gesagt hatte, dass seine Idee dumm sei, war sie es nicht. Je mehr er in Ellens Verschwinden und Elizas grub, desto mehr neigte er zu der Überzeugung, dass viel Planung in beide Entführungen stecken mußte.

Das Problem war, dass niemand wertvolle Ressourcen für seine Theorie verschwenden würde. Vor allem, wenn sie mit Haustürbesuchen und hundert anderen vorrangigen Aufgaben bis zum Äußersten ausgelastet waren. *Seine* eigene Zeit jedoch dafür zu nutzen, war eine andere Geschichte.

Pete rannte zwischen Straßenbahnen und Autos über die Bourke Street und winkte einem hupenden Bus zurück. Seine spezielle Art zu winken.

Donna stand bereits auf der Empore im oberen Stockwerk der lauten Kneipe, die sie für ihre gelegentlichen Gespräche bevorzugten.

Er schnappte sich ein Bier und noch einen Wein für sie.

Hier drinnen war es noch nicht so laut. Sobald die Gäste nach dem Abendessen eintrafen, würde sich das ändern. Aber am Tisch ganz am Ende des Raumes konnten sie einander verstehen.

„Sechs Monate zwischen zwei Drinks strapazieren eine Freundschaft." Donna Miles war vierzig, dünn wie eine Bohnenstange und mochte viel jüngere Frauen. Sie arbeitete auch für Teresa Scarcella bei *At Six Tonight* und hatte nichts dagegen, ein paar Informationen auszutauschen. „Schade, dass es ein vermisstes Kind braucht, um dich zu sehen."

„Du hast doch meine Telefonnummer."

„*Ich* habe das letzte Mal angerufen."

Pete grinste. „Ändere deine Vorlieben und ich rufe öfter an."

Als ob. Donna hatte ständig einen beängstigenden Blick in den Augen. Eine Jägerin, auf der Suche nach Beute.

„Schätzchen, du wärst für mich schon mal viel zu alt."

„Nett. Hast du etwas über die Person, die ich erwähnt habe?"

Sie verzog das Gesicht. „Arbeit, hm? Na gut. Mein Kontakt in Barwon kennt den Vater des Kindes und sagt, er sei grundehrlich. Schuldig wie die Sünde wegen Einbruchs, aber ein netter Kerl im Vergleich zu den meisten Insassen. Er kennt auch den Mann, der die Wohnung arrangiert hat, und meint, es war ein Gefallen. Hat gehört, dass Singletons Frau und Kind auf dem Weg in ein Frauenhaus waren und hat beim Verwalter des Gebäudes ein gutes Wort eingelegt."

„Was für ein Gefallen?"

„Wenn mein Kontakt es weiß, hat er es nicht gesagt. Womit ich dir jedoch helfen kann, vorausgesetzt du revanchierst dich, ist der Name des Vermittlers.Ist nicht mehr im Gefängnis."

„Ich werde es wiedergutmachen."

„Kannst du Teresa ein Interview mit deinem Chef besorgen?"

Pete hätte fast den Schluck Bier ausgespien, den er gerade genommen hatte.

„Ich nehme das als Nein. Was ist mit Liz Moorland?"

„Vergiss es. Sie hat genug zu tun. Ich sag dir was. Ich versuche, Detective Sergeant Andy Montebello zu vermitteln. Er ist sympathisch und gut aussehend. Und jung."

Donna starrte ihn lange an. „Gut. Ich schicke dir den Namen per SMS, sobald du mir die Zeit sagst."

Petes Hand schnellte vor und packte ihren Arm. Sie funkelte

ihn böse an, versuchte aber nicht, sich loszureißen. Sie hatten dieses Spiel schon früher gespielt.

„Ein kleines Mädchen ist in Gefahr ihr Leben zu verlieren und du willst um ein Interview feilschen. Ich verspreche, ich werde es versuchen, aber Donna, wenn du etwas weißt und es nicht hier und jetzt mitteilst, kannst du jeden zukünftigen Informationsaustausch vergessen."

VIERZEHN

Was auch immer Andy über Liz vermutet hatte, war nach der letzten Stunde hinfällig. Sie hatte ein Rückgrat aus Stahl und einen unerbittlichen Drang nach Gerechtigkeit. Als Teil der Taskforce würde sie niemanden enttäuschen. Mehr noch, sie hatte das Talent, Informationsfragmente einzeln zu betrachten und dann zu einem zusammenhängenden Ganzen zu formen. Wenn sie also ab und zu einen Moment für sich brauchte, um mit der Flut von Emotionen aus diesem Fall umzugehen, dann sei es so.

Seit sie zu seinem Auto zurückgekehrt waren, hatte sie sich mit ihremTablet beschäftigt und ihm weder ein Wort noch einen Blick geschenkt, während sie arbeitete. Sie hielten an einer Ampel und plötzlich schaute sie auf, als würde sie sich erst jetzt daran erinnern, dass sie im Auto saß. „Tut mir leid. Ich hatte eine Idee.“

„Ich höre.“

„Dafür brauchen wir vielleicht Megs Expertise, weil ich nicht genau weiß, wie man einen Mann findet, dessen Tochter in einer Stadt gestorben ist, in der es doch auch unzählige andere Menschen geben muss, die dieses Kriterium erfüllen. Ich habe das Grundgerüst eines Profils erstellt und hoffe, dass es aus den

Akten auf meinem Schreibtisch noch etwas Nützliches zu ergänzen gibt."

„Es ist ein weiteres Teil des Puzzles, Liz. Jedes Stückchen ist es wert, betrachtet zu werden."

Ihr Gesicht entspannte sich und sie nickte.

Die Ampel schaltete um und Andy bog auf die Straße zum Parkplatz der Polizeistation ein.

„Wie du mit Maureen umgegangen bist ... du hast eine exzellente Art mit Menschen zu agieren. Selbst als sie anfing, dir die Schuld dafür zu geben, dass du Darryl nicht als Gefahr erkanntest, hast du es an dir abprallen lassen."

„Die arme Frau ist maximal gestresst und erschöpft. Und das sind nur Worte." Liz gähnte und bedeckte schnell ihren Mund. „Alle sind müde."

Er kämpfte damit, sein eigenes Gähnen zu unterdrücken. Ansteckende Sache.

„Was jetzt?", fragte Liz und verstaute das iPad.

Es war nach acht.

„Terry wird eine Art Dienstplan aushängen. Sicherstellen, dass jeder eine Pause und Schlaf bekommt. Wir haben die Haustürbefragungen bis zum Morgen eingestellt, aber ehrlich gesagt denke ich, dass wir diese Ermittlungsrichtung ausgeschöpft haben."

Andy lenkte das Auto in die steile Einfahrt und öffnete das Wagenfenster, um seine Zugangskarte am Scanner auslesen zu lassen. Als das Tor öffnete, fuhr er mehrere Etagen hinunter zu seinem Parkplatz.

Liz war wieder still. Nachdenklich. Als sie am Aufzug warteten, sprach sie endlich. „Ich würde gerne weiter durch die Akten gehen."

„Oder du könntest das Gespräch beobachten, das Terry vor ein paar Minuten mit Darryl begonnen hat. Sein Anwalt ist endlich aufgetaucht und ich für meinen Teil bin gespannt darauf, zuzuschauen."

Sie drückte den Knopf. „Das beste Angebot seit Stunden."

Mit je einem Kaffee, dank der Aufmerksamkeit eines der Konstablers, ließen sich Liz und Andy auf Stühlen im Beobachtungsraum nieder. Die Lichter warfen einen unheimlichen Schein durch das nur von dieser Seite durchschaubare Glasfenster, von Schatten durchbrochen, wenn Terry von einer Seite des Vernehmungsraums zur anderen schritt. Ein Anwalt saß am Tisch mit einem Notizblock und Darryl hing zusammengesunken in seinem Stuhl.

„Er sieht schrecklich aus.", sagte Liz.

„Nun, ihm wurden frische Kleider angeboten, er hat gegessen und sich in einer der Zellen ausgeruht, während er auf seinen Rechtsbeistand wartete. Sah er je viel besser aus als jetzt?"

Liz warf ihm einen überraschten Blick zu.

„Du hast gesagt, er wechselt selten aus seinem Unterhemd und seinen Shorts ... und mit Shorts hatte ich nicht realisiert, dass du Boxershorts meintest, bis wir ihn abholten."

„Er hat einen gewissen Stil, nicht wahr?"

Andy erhöhte die Lautstärke aus dem anderen Raum.

„Siehst du unser Problem, Kumpel?", fragte Terry und hörte auf umherzugehen. Er stand mit verschränkten Armen und gegrätschten Beinen fast direkt vor dem Tisch. „Dieses Videomaterial ist klar wie der heutige Tag."

„Bin ich nicht."

„Nicht?", Terry lehnte sich vor und tippte auf ein iPad auf dem Tisch. „Kannst du mir dann sagen, wer es ist? Ich würde schwören, du bist es. Die gleichen Klamotten, in denen wir dich heute Nachmittag gefunden haben, einschließlich des Hoodies, der gerade forensisch untersucht wird. Oh, schau dir diesen Teil an. Du schaust direkt in die Kamera, Darryl. Ich wette, wenn wir das durch unsere Gesichtserkennungssoftware laufen lassen, wird es bestätigen, was wir alle sehen können."

Darryl wandte sich an seinen Anwalt. „Können die das machen? Das mit der Software?"

Der Mann nickte.

„Dann macht es. Verschwendet eure Zeit und meine, weil ich

gesagt habe, dass ich es nicht bin." Die Augen wieder direkt auf Terry gerichtet, grinste Darryl fast.

Liz' Hände ballten sich zu Fäusten. Andy verstand es. Er hätte auch gerne die Wahrheit aus dem kleinen Scheißer geprügelt, aber das wäre eine Kurzschlussreaktion gewesen und erst recht nichts, was Andy tun würde. McNamara? Nun, wenn niemand zusähe, hätte Pete wahrscheinlich einen anderen Ansatz für das Verhör, aber damit anschließend durchzukommen, wäre eine andere Sache.

Terry zog einen Stuhl heran und setzte sich. Darryls Grinsen verschwand und nach ein oder zwei Minuten Stille entspannte er sich und lehnte sich zurück.

„Ich habe nie verstanden, warum Terry sich nicht für den Aufstieg in der Hierarchie entschieden hat, wenn er so gut ist.", sagte Liz. „Er hat nie etwas Verdecktes oder Undercover gemacht, ist aber eine Meisterklasse im Verhören eines Verdächtigen."

„Nicht jeder hat die Nerven für Undercover-Arbeit. Und selbst diejenigen, die es haben, werden kaum je auf die Schulter geklopft. Das macht McNamara in letzter Zeit zu einem seltenen Vogel. Würdest du es tun? Wenn du ein Angebot hättest?"

Sie antwortete nicht.

„Muss ein Höllenschock gewesen sein, Darryl. Jemand klopft an deine Tür und plötzlich sind da ein Dutzend Bullen und du bekommst die Einladung, uns hier zu besuchen." Terry schüttelte den Kopf. „Ich werde ehrlich zu dir sein. Eine Durchsuchung deiner Wohnung hat uns nicht viel gebracht."

Darryls Augen flackerten hin und her, vom Anwalt zu Terry.

„Wohlgemerkt, ich spreche nur von der ersten Durchsuchung. Wir haben etwas Gras gefunden, aber ehrlich, wer hat das nicht ab und zu?"

„Ja, genau."

„Mr. Tompsett." Das war sein Anwalt, der endlich aufmerksam geworden war. „Wir können das jederzeit unterbrechen, wenn Sie möchten."

„Er hat Recht, Darryl. Wenn du eine Pause willst, sag es einfach. Kaffee. Essen. Eine Decke", sagte Terry. „Ein paar Zeitschriften."

Liz kicherte.

„Wenn du müde wirst, können wir dich in Minuten zurück in diese Zelle bringen. Diese kalte, kahle Zelle mit nichts als einer miesen Matratze und einem dünnen Kissen für die Nacht."

„Er ist unsicher. Schau, wie sehr Darryl herumzappelt. Ich habe nicht so viel mit Terry gearbeitet wie du, Liz, aber ich stimme dir bezüglich seiner Fähigkeiten zu."

Terry war wieder auf den Beinen und ging auf und ab. „Dein Rechtsbeistand will, dass du den Mund hältst. Jede Bemerkung durch ihn laufen lässt. Und du hast das Recht dazu. Die Sache ist, Kumpel, es ist wirklich nur eine Frage der Zeit, bis wir etwas finden. Dein Computer ist in den Händen unserer forensischen Spezialistin und sie frisst Passwörter zum Frühstück. Alles darauf wird als Erstes morgen früh auf meinem Schreibtisch landen. Und Darryl?" Terry hielt wieder inne. „Ich meine wirklich alles. Illegales Glücksspiel. Pornos. Verdächtig aussehende E-Mails. So oder so steckst du in der Scheiße. Wie tief, hängt davon ab, wie kooperativ du heute Abend bist."

„Ich hab nichts Falsches gemacht."

„Dann brauchst du dir keine Sorgen zu machen." Terry ließ sich auf den Stuhl sinken und legte diesmal die Arme auf den Tisch. „Erklär es mir, Darryl. Wie ist der Schuh in deine Tasche gekommen?"

Der Anwalt räusperte sich. „Ich möchte gerne allein mit meinem Mandanten sprechen."

„Sicher. Klopf einfach an die Tür, wenn ihr fertig seid."

Auf dem Weg hinaus schaltete Terry die Aufnahme aus und der Ton verschwand. Eine Minute später steckte er seinen Kopf in den Beobachtungsraum. „Gut, ich hoffte, ihr wärt beide hier. Irgendwelche Vorschläge?"

„So wie es aussieht, will er reden." Andy nickte in Richtung des Vernehmungsraums.

Darryl und der Anwalt standen sich gegenüber. Darryl gestikulierte wild mit den Armen, sein Gesicht war rot, als er versuchte, irgendeinen Standpunkt klarzumachen, aber der Anwalt schüttelte immer wieder den Kopf.

Liz informierte Terry über die neuen Informationen von Maureen.

„War das allgemein bekannt, Liz? Der Presse zum Beispiel?"

„Nein. Das, sowie der Mann, der Ellens Schnürsenkel zuband, wurden geheim gehalten. Was ein überzeugendes Argument dafür ist, dass dieselbe Person beide Kinder entführt hat. Ich habe angefangen, ein Profil zu erstellen."

„Wir müssen jemanden hinzuziehen, Terry", sagte Andy. „Wenn Liz ein Briefing für einen Experten vorbereitet, hat Meg etwas Handfestes, um die Parameter einzugrenzen, sobald sie ihren eigenen Teil erledigt hat. Können wir morgen früh ein paar Optionen durchgehen?"

Der Anwalt klopfte an die Tür des Vernehmungsraumes.

„Das ist mein Stichwort. Gehst du nach Hause, Lizzie?"

„Ich gehe immer noch die Akten über Ellen durch."

Ihr Tonfall ließ keinen Zweifel daran, dass sie nötigenfalls dafür argumentieren würde. Andy konnte ein kleines Lächeln nicht unterdrücken, als Terry mit dem Rücken zu Liz die Augen verdrehte.

„Wettet nicht auf den Ausgang dieses Gesprächs."

Als sich die Tür wieder geschlossen hatte, zog Liz die Augenbrauen hoch und sah Andy an. „Er hat die Augen verdreht, oder?"

„Du kennst Terry schon lange, nicht wahr?"

Sie lächelte und wandte ihre Aufmerksamkeit wieder dem Fenster zu.

Zurück an seinem Schreibtisch, schickte Andy eine Textnachricht.

Nehme an, du hast von dem vermissten Kind gehört? Brauche einen Gefallen. Namen von Leuten, die du für die Erstellung des Täterprofils in Betracht ziehen würdest. Bevorzugt lokal. Danke.

Sein ehemaliger Chef, Ben Rossi, war durch und durch ein Melbourner Junge, bis er an die Küste zog, und Andy hatte mehr als einmal gesehen, wie er Kontakte aus dem Kopf zauberte. Andy war ein Zugezogener aus Sydney. Ein Jahr nach seinem Universitätsabschluss, dank einer Beziehung, die fast sofort zerbrach. Aber er hatte seine Karriere bei der Polizei von Victoria bereits begonnen und sich in die Gassen und Kaffeehäuser seiner Wahlheimat verliebt. Ihm fehlten nur die zugehörigen Kontakte, die ein gebürtiger Melbourner wie Ben nach Belieben abrufen konnte.

Die Etage war ruhiger als vorhin, als er ging, um Essen zu holen. Die Hälfte der Beamten war für die Nacht gegangen. Die geblieben waren, hatten sich in den Bereich um die Whiteboards versammelt. Einige der Lichter im Raum waren aus und bildeten eine Wand der Dunkelheit um sie herum.

Sein Telefon piepste.

Ich habe dir ein paar Namen an deine E-Mail geschickt. Armes Kind. Wie hält Liz sich?

Andy hatte vergessen, dass Ben Liz schon lange kannte. Er starrte in die Dunkelheit. Solange Andy sich erinnern konnte, wollte er bei der Mordkommission arbeiten. Seine ganze höhere Ausbildung zielte darauf ab. Aber bisher war er für die seltenen freien Stellen übersehen worden.

Die härteste Person, die ich je getroffen habe, glaube ich. Und danke. Wie läuft's so?

Seine Position bei der Vermisstenstelle verdankte er Bens Weggang. Das wusste er. Aber er hatte die Gelegenheit trotzdem mit beiden Händen ergriffen. Ben hatte ein neues Leben. Er hatte Liebe und Familie gefunden und entschieden, dass das mehr bedeutete als endlose und oft herzzerreißende Fälle zu bearbeiten.

Ich liebe mein Leben, Kumpel. Komm uns mal besuchen - es gibt immer ein Ersatz-Surfbrett.

Er lachte. Sein Leben war das genaue Gegenteil von Bens. Karriere war alles. Ehrgeiz war sein Lebensmotto. Und er arbeitete hart. Er liebte seinen Job bei der Vermisstenstelle und ging in der Lösung von Fällen auf.

Aber dieser Fall?

So viele bewegliche Teile. Wenn Liz nicht involviert wäre, wäre es in mancher Hinsicht einfacher, aber sein ursprünglicher Plan, darum zu bitten, sie von den Ermittlungen abzuziehen, kam nicht mehr in Frage. Eliza zu finden, könnte zu Erkenntnissen darüber führen, was vor all den Jahren mit Ellen passiert war. Oder wenn neue Informationen über Ellen auftauchten, könnte Eliza vielleicht gefunden werden, bevor es zu spät war.

Terry schlenderte herein und sah sich um, bis er Andy fand. „Ich habe heute Abend alles getan, was ich konnte." Er ließ sich mit einem Grunzen auf den Stuhl gegenüber fallen. „Der verdammte Anwalt bestand darauf, dass Darryl etwas schläft."

„Warum will er nicht das Beste für seinen Mandanten? Bis morgen früh haben wir wahrscheinlich etwas Handfestes um ihn anzuklagen, also sollte er heute Abend kooperieren. Solange es vielleicht noch Zeit gibt, Eliza zu finden, bevor ..."

Terry fuhr sich mit den Händen durch das, was von seinem Haar übrig war und murmelte einen Fluch.

„Ich habe ein paar Namen, die ich Liz für dieses Profil vorschlagen kann.", sagte Andy. „Sie arbeitet bei Lampenlicht an ihrem Schreibtisch und geht diese Kisten durch."

„Ich schaue vielleicht auf dem Weg nach draußen bei ihr vorbei. Du kommst jetzt klar mit ihr?"

„Wenn du sie mit Maureen gesehen hättest ... Sie hat ein paar fiese Kommentare weggesteckt und dann die Frau getröstet. Stieg wieder ins Auto und begann einen Plan zu machen, um den Mistkerl zu finden." Andy schüttelte den Kopf. „Wie macht sie das? Ich meine, sie wird höchstwahrscheinlich mit einer Wiederholung des schlimmsten Tages ihres Lebens konfrontiert, und abgesehen von dem anfänglichen Wackeln ist sie stabil."

„Wahrscheinlich siehst du nur das, was sie dich sehen lassen will - zumindest jetzt, wo sie die Informationen verarbeitet hat. Liz lässt niemanden im Stich, am allerwenigsten sich selbst, außer in diesen wenigen Minuten im vorigen Jahr. Letzten Winter musste sie sich entscheiden, ob sie einen Mörder davon abhalten sollte, ihren ältesten Freund zu töten, oder sicherstellen, dass ein kleines Kind in Sicherheit war."

Andy lehnte sich vor. „Sprichst du von Vince Carter?"

„Genau. Sie muss hin- und hergerissen gewesen sein, vertraute aber einem anderen Polizisten, Vince zu beschützen, während sie dem Kind nachging."

Er erinnerte sich daran. Nur an die Details, wie sie von der Presse und den offiziellen Kanälen präsentiert wurden. Liz' Name war kaum erwähnt worden.

„Vertrauenswürdiger Polizist? Pete McNamara?"

Mit einem Lachen erhob sich Terry. „Unterschätze Liz niemals. Sie kann Menschen lesen und sieht, was die meisten von uns übersehen. Wie Petes gute Seite. Nacht, Kumpel. Ich bin bei Tagesanbruch wieder da."

Das ging gegen alles, was Andy über McNamara empfand. Er sollte also glauben, dass ihm vertraut wurde, einen Mann zu beschützen, der ihn einmal wegen fragwürdiger Ethik gemeldet hatte. Aber gut, Vince Carter lebte und McNamara hatte maßgeblich dazu beigetragen. Er würde nicht sein bester Freund werden, aber er müsste Pete vielleicht ein bisschen mehr Spielraum geben. Vielleicht.

FÜNFZEHN

Mitternacht war unbemerkt verstrichen.

Auf dieser Etage gab es in den Büros überhaupt keine Bewegung, es sei denn, Liz stand auf, um sich zu strecken oder ihre Wasserflasche aufzufüllen.

Die Aufzüge fuhren gelegentlich vorbei und manchmal drangen Straßengeräusche herein. Terry war vor gefühlter Ewigkeit vorbeigekommen, um ihr die beschissenen Neuigkeiten über Darryl zu überbringen. Eine Kiste war wieder geschlossen, nichts mehr da zum Ansehen. Nichts, was sie nicht zum Weinen bringen würde, wenn sie zu lange darüber nachdachte.

Und Weinen, fand sie, war Zeitverschwendung und Energieverlust.

Ihr Computer summte leise im Hintergrund, mit mehreren geöffneten Tabs. Offizielle Kanäle und ein paar Seiten, die zwar von den Medien betrieben wurden, es aber wert waren, im Auge behalten zu werden.

Auf dem Schreibtisch lag ein offener DIN-A4-Notizblock mit bereits mehreren beschriebenen Seiten. Wörter in Abkürzungen und Stichpunkten. Eine Seite war dem Lageplan des Parks gewidmet, den sie am Abend skizziert hatte. Eine Farbe für Eliza und eine für Ellen. Beide überlappten sich. Namen von Zeugen, befragten Personen. Aber nichts, was diesen Fall sofort löste. Nichts, was ihr versicherte, dass sie einen Weg zu Ellen finden würde. Und zu Eliza.

Sie öffnete eine weitere Akte.

Jede war verschiedenen Aspekten des Falls gewidmet, und diese hier enthielt die Summe der forensischen Beweise, die damals spärlich waren.

Mehrere Berichte bezogen sich auf Proben, die aus der Umgebung der Brücke entnommen wurden. Rinde, Erde, Fingerabdrücke. Es gab keine Anzeichen für einen Kampf. Keine Spuren von Ellen außer vereinzelten Haaren. Liz runzelte die Stirn, da sie sich nicht daran erinnerte. Es gab ein Foto. Etwa ein Dutzend kurze Haare vom Kopfhautende. Weiße Haare.

„Das kann nicht stimmen."

Liz öffnete wieder die andere Kiste und wühlte darin, bis sie den Beweisbeutel mit den Haaren fand. Sie hielt sie nah an die Lampe. Definitiv weiß. Es musste ein Fehler vorliegen, denn Ellens Haar war goldblond, ohne eine Spur von Silber oder Weiß. Sie hatte ihr Haar oft genug geflochten, um sich dessen sicher zu sein.

Sie las den Bericht noch einmal.

Probe auf der Unterseite der Brücke gefunden. Position entspricht jemandem, der mit dem Oberkopf gegen die Rauheit des Balkens streift. Aufgrund der Höhe stammt die Probe wahrscheinlich von einem Kind, das auf einem der bemalten Stümpfe stand. Übereinstimmung ist nahe an Ellens DNA. Beweise möglicherweise durch Witterungseinflüsse vor der Sicherstellung beeinträchtigt.

„Aber das stimmt doch nicht."

Sie überprüfte den Rest der Akte zu den forensischen Beweisen. Sie machte ein Foto von einem technischen Bericht. Liz hatte ein grundlegendes Verständnis von Genetik und wie DNA funktionierte, aber so vieles hing von äußeren Faktoren ab, und genau da steckte sie fest. Zumindest musste diese Probe erneut analysiert werden, denn sie konnte nicht zu Ellen gehören.

„Aber wem dann?"

Liz konnte sich nicht erinnern, jemals unter der Brücke gestanden zu haben, geschweige denn, gegen die Latten gestreift zu sein. Ihr eigenes Haar hatte wie Ellens begonnen, sich allmählich dunkelblond – in manchen Lichtverhältnissen braun – zu verändern. Aber keine grauen Haare wie die, die sie gefunden hatten. Außerdem sahen diese Strähnen dicker aus als ihr Haar. Und definitiv dicker als Ellens, das sehr fein war. Auch Ellens Eltern passten nicht, da ihre Mutter ihr Haar schon immer rot färbte und ihr Vater sandfarben war.

Auf ihrem Handy scrollte Liz durch die Kontakte und hielt bei dem Annas an.

Sie hatte die Stimme ihrer Schwester seit Jahren nicht gehört. Nicht ihr Lächeln gesehen. Anna gab Liz die Schuld an Ellens Verschwinden und mit der Zeit verschlechterte sich die Beziehung so sehr, dass sie es nicht ertragen konnten, in der Nähe der anderen zu sein.

Aber sie würden wieder miteinander reden müssen, denn es wäre besser, wenn Anna von den Ähnlichkeiten dieses Falls von ihr erfuhr, als durch die Version der Medien.

Mit dem Handy machte Liz noch weitere Fotos. Die Haarsträhnen unter dem Lampenlicht und dann unter den hellen Leuchtstoffröhren in der Damentoilette. Die gesamte forensische Akte. Sie durfte nichts aus den Kisten mit nach Hause nehmen, aber so konnte sie wenigstens ein bisschen außerhalb des Büros recherchieren. Nachdem sie alles wieder in die Kartons gepackt hatte, brachte sie diese zum Beweismittellager und gab sie für die Nacht dort ab.

Sie mußte noch an einen bestimmten Ort …

———

Selbst jetzt, kurz vor zwei Uhr morgens, gab es neugierige Schaulustige. Der Park war abgesperrt und mehrere Beamte patrouillierten auf den Gehwegen. Am Haupteingang stand die mobile Polizeizentrale, hell erleuchtet, hatte aber nur eine Minimalbesetzung, die nichts Neues aus der Öffentlichkeit zu berichten hatte. Einer der Beamten, der sichtlich gelangweilt hinter einem Tisch saß, begleitete Liz zum Spielplatz.

„Gibt es etwas Bestimmtes, das Sie sich ansehen möchten, Ma'am?"

„Unter der Brücke. Ist das Tatortteam fertig?"

„Mit dem Spielplatz ja. Sie kehren zur Bank und zum Brunnen zurück, glaube ich. Aber uns wurde gesagt, wir können den Park wieder öffnen, sobald sie das morgen früh als Erstes erledigt haben."

Trotzdem zog Liz ein Paar Überzieher über ihre Schuhe. „Ich komme ab hier alleine zurecht."

Sie schaltete eine starke Taschenlampe ein und trat geduckt unter die Brücke.

Ein Schauer lief ihr über den Rücken, als sie das Licht hier und da aufleuchten ließ. Niemand war in Sicht, außer dem Beamten, der sich an einen nahen Baum lehnte. Sie hatte gelegentlich das Gefühl, dass sie beobachtet wurde. Sie bezweifelte, dass dies jetzt wirklich der Fall war. Wahrscheinlich war es eine Reaktion darauf, dort zu sein, wo Eliza einmal war. Wo Ellen einmal war.

Sie stand in einer Art trockenem Flussbett. Viele Steine, von Kieseln bis zu kleinen Felsbrocken, bildeten den Boden. Hier und da standen Baumstümpfe in unterschiedlichen Höhen, breit und solide, alle bunt bemalt. Ringsherum standen robuste, kleine schattenliebende Pflanzen, meist Sukkulenten, die sanft zu kleinen Händen waren. Bei Tageslicht war es ein interessanter und sicherer Spielplatz. Nachts wirkte es ein bisschen unheimlich.

Es gab viele Hinweise auf die Tätigkeit von Tatortbeamten. Fingerabdruckpuder auf jedem Stamm und den größeren Steinen, sowie den halben Dutzend aufrecht stehender Pfosten war auch jetzt noch zu erkennen. Das war bei dem stabilen Wetter des Vortages nicht anders zu erwarten.

Liz arbeitete sich von einem Ende der Brückenunterseite zum anderen vor und nahm sich Zeit, die rauen Holzbalken genau zu untersuchen. Sie stieg auf den niedrigsten der Stümpfe, um näher an die Balken heranzureichen. Das hob sie gerade so weit an, dass sie das Holz berühren konnte, ohne den Arm ganz auszustrecken. Sie arbeitete sich bis zum dritthöchsten Stumpf vor, bis ihr Kopf in die Nähe der Unterseite kam.

Aber wie um alles in der Welt waren diese Haare – die als Ellens identifiziert wurden – dorthin gekommen? Das Kind hätte auf den Schultern von jemandem sitzen müssen. Liz stieg herunter und setzte sich auf den Stumpf. Könnte das die Antwort sein? Ein Kind, das auf den Schultern von jemandem hochgehoben wurde. Ein „netter Mann", der traurig war, weil sein eigenes kleines Mädchen gestorben war.

Irgendwo im forensischen Bericht sollte ein Foto oder eine Zeichnung sein, auf dem markiert war, wo das Haar gefunden wurde. Selbst wenn Ellen auf den Zehenspitzen auf dem höchsten Stumpf gestanden hätte, wäre ihr Kopf nirgendwo in der Nähe der Brückenbalken gewesen.

Sie rief den Beamten. „Könnte ich Sie für eine Minute ausleihen?"

Er joggte herüber. „Alles in Ordnung?"

„Wie groß sind Sie?"

„Einhundertvierundneunzig Zentimeter."

„Gibt es irgendeinen Teil der Brücke, unter dem Sie sich bücken müssten, um durchzugehen?"

Mit einem Grinsen nahm er seine Mütze ab. „Es gibt eine Möglichkeit, es herauszufinden."

„Versuchen Sie, das Holz über Ihnen nicht zu streifen."

Der Beamte war vorsichtig und gründlich und fand eine Stelle, an der er vermeiden musste, die Unterseite zu berühren. Es war am Ufer des trockenen Flussbetts, wo der Boden etwas anstieg. Liz machte einige Fotos, sowohl mit dem Beamten an Ort und Stelle als auch, nachdem er weggetreten war.

„Wissen Sie zufällig, ob Haare sichergestellt wurden?"

„Tut mir leid, nein. Soll ich die anderen fragen?"

„Nein. Ich werde dem nachgehen. Trotzdem danke."

Sie kehrten zur mobilen Zentrale zurück, Liz verabschiedete sich und der Beamte widmete seine Aufmerksamkeit wieder den Beobachtungsmonitoren.

Liz überquerte die Straße. Während sie nach Hause ging, schweiften ihre Augen von einer Straßenseite zur anderen und erfassten externe Sicherheitskameras. So viele Geschäfte und darüber Wohnungen, alle mit Blick auf die Straßen, an denen Eliza und Maureen weniger als einen Tag zuvor vorbeigegangen waren, ohne etwas anderes im Sinn zu haben als einen Ausflug in den Park. Jemand musste sie gesehen haben. Vielleicht sogar bemerkt haben, dass sie verfolgt wurden.

Als sie die Straßenecke gegenüber ihrem Apartmentgebäude erreichte, blieb sie stehen und starrte es an. Die meisten Fenster waren dunkel. Aber Brian Bisleys Apartment war hell erleuchtet wie ein Leuchtfeuer. Es befand sich im obersten Stockwerk, gleich am Ende vor dem funktionierenden Aufzug. Typisch. Es war für ihn mietfrei, als Teilvergütung seiner Rolle als Hausverwalter und war größer als die meisten anderen, sogar mit einem Balkon, den die wenigsten Mieter hatten. Dort oben gab es eine leichte Bewegung und eine Zigarette wurde angezündet. Warum war er so spät noch wach?

Warum bin ich es?

Sie musste bei Tagesanbruch wieder im Büro sein, hier zu stehen brachte nichts. Liz schleppte sich müde die drei Treppen hoch. Darryls Apartment war verschlossen, ohne äußere Anzeichen dafür, dass es gestern durchsucht worden war. Sie betrat ihre Wohnung und schloss sich ein. Von innen gegen die Tür gelehnt , dachte sie seufzend darüber nach, dass sie vor etwa fünfzehn Stunden die Nachricht über Eliza erhielt und sich ihr Leben verändert hatte. Wieder einmal.

Aber diesmal war es anders. Diesmal würde sie den Bastard fangen.

———

Liz nahm die Straßenbahn und nutzte die Zeit, sich die Seiten der abfotografierten Forensikakte durchzulesen. Es gab darin eine Skizze, die zeigte, wo die Haare gefunden wurden. Es sah ungefähr nach dem Bereich aus, den sie mit dem Beamten nachts untersucht hatte. Bis sie alle Erkenntnisse plausibel nebeneinander legen konnte, war sie nicht bereit zu hoffen, dass dies ein Schlüsselhinweis war.

Sie kam ein paar Minuten vor einem dem Treffen mit Terry an, kaufte sich einen anständigen Kaffee und ein Frühstücks-Burrito. Letzteres verschlang sie hungrig auf dem Weg nach oben. Früh am Morgen war sie auf ihrem Sofa aufgewacht, ein leeres Weinglas auf dem Couchtisch, mit dem intensiven Verlangen nach mehr Schlaf. Aber Schlaf musste warten.

Das Meeting fand wieder in der Abteilung für vermisste Personen statt, geleitet von Terry und Andy, die beide erschöpft aussahen. Die Detektive, die geschlafen hatten, waren zur Besprechung anwesend, während die meisten derer, die über Nacht gearbeitet hatten, nun gingen. Mehrere Whiteboards befanden sich in unterschiedlichen Entwicklungsstadien, je nachdem, worauf sich das zugehörige Team konzentrierte. Die beiden Tafeln, die Liz interessierten, waren die forensischen Updates auf der einen und der anderen, die dem Park und seiner unmittelbaren Umgebung gewidmet war.

„Wir haben Darryl Tompsett in Gewahrsam – nun ja, er wird zum Verhör festgehalten. Trotz klarer Videoaufnahmen, die ihn dabei identifizieren, wie er einen von Elizas Schuhen dort platziert, wo die Hunde ihn später fanden, bestreitet er, dass er es ist. Außerdem tut sein Anwalt alles, um seinen Mandanten davon abzuhalten, unsere Fragen zu beantworten, was Tompsett jedoch anscheinend in Betracht zu ziehen scheint." Terry schüttelte den

Kopf. „Ich gehe später wieder in ein Verhör, aber wir kommen an den Punkt, an dem wir ihn anklagen oder freilassen müssen."

„Gerne übernehme ich diese Aufgabe von dir, Chef", sagte Pete. „Gibt dir die Chance, ein anständiges Frühstück außerhalb des Gebäudes zu genießen. Und keine Notwendigkeit, Strom für Aufnahmen zu verschwenden."

Eine Welle des Gelächters lockerte die Atmosphäre etwas auf. Sogar Andys Mundwinkel hoben sich für einen Moment.

Terry deutete auf eines der Whiteboards. „Lasst uns die besten Anrufe durchgehen, die wir von der Öffentlichkeit bekommen haben."

Liz schaltete ab. Wenn es etwas gäbe, das sie wissen müsste, würde es Benachrichtigungen geben. Ihre Augen wanderten zu dem Whiteboard mit den Parkinfos. Es war in Bereiche unterteilt. Ein Luftbild befand sich in der Mitte, und mehrere Flächen waren mit Markierungen hervorgehoben. Der Spielplatz mit der Bank, auf der Maureen gesessen hatte, der Eingang, den sie und Eliza benutzt hatten und die Stelle, wo der Schuh vom Polizeihund gefunden wurde. Es gab eine Liste. Entfernung zum Apartmentgebäude und die Route, die Maureen genommen hatte. An mehreren Linien befanden sich Häkchen, vermutlich dort, wo es Überwachungsbeweise für ihr Vorbeigehen gab. Alles andere war zu klein, um es aus dieser Entfernung zu erkennen.

Notizen über die bisherigen forensischen Ergebnisse waren größtenteils in Megs ordentlicher Handschrift zu lesen.Liz sah sich um. Sie war nicht anwesend. Hatte sie die ganze Nacht gearbeitet?

Es gab zwei Spalten. Die eine trug den Titel „Meg" und die andere „CSS", und unter jeder befand sich eine lange Liste. Die Liste der forensischen Analystin enthielt Daten aus zahlreichen Quellen, einschließlich PTV, die eine Beziehung und ein System mit der Polizei hatten, wenn es darum ging, Aufnahmen von öffentlichen Fahrzeugen wie Bussen, Straßenbahnen, Zügen oder deren Stationen und Haltestellen zu benötigen. Es war schon eine enorme Aufgabe, so viele Kameras zu verwalten, aber mehr als einmal hatte es dadurch nützliche Beweise gegen kriminelle Aktivitäten geliefert oder geholfen, eine vermisste Person zu finden.

Crime Scene Services war die herausragende Einheit, die sich mit der praktischen Seite der Forensik befasste. Sie untersuchte alle Spuren, die von einem Unfall oder Tatort entnommen wurden, wie beispielsweise Blut oder Farbpartikel, bis hin zu DNA-Analysen und der Rekonstruktion eines alten Skeletts. Die Einheit arbeitete mit modernster Technologie und war für die Lösung vieler Verbrechen von entscheidender Bedeutung.

Die Liste unter CSS umfasste Fingerabdrücke, fotografische Beweise, Fußabdrücke, Elizas Schuh – mit dem Hinweis zur Bindung der Schnürsenkel – und eine Reihe von Gegenständen, die aus Darryls Wohnung mitgenommen wurden, einschließlich eines Laptops.

Nichts über Haare.

Das Briefing endete mit einer kurzen Motivationsrede von Andy, dann zerstreuten sich die meisten Detektive, einige, um weiter im Büro Daten zu sichten, andere, um in den Park oder zu anderen Einsatzorten zurückzukehren.

Pete schlenderte quer durch den Raum und ließ sich neben Liz auf einen Stuhl fallen. „Hast du überhaupt geschlafen?"

„Genug."

„Ja, klar. Ich würde sagen, ich habe acht Stunden geschlafen, aber wenn ich abziehe, wie oft ich aufgewacht bin und versucht habe, die Dinge zusammenzufügen, war es nur die Hälfte davon."

„Ich bin zurück in den Park gegangen."

Liz informierte Pete über die wichtigsten Punkte.

„Du erinnerst dich nicht an die Haare von Ellen?"

„Nein. Ich werde heute Morgen genauer hinsehen."

Terry winkte ihnen beiden zu, bevor er Andy in sein Büro folgte. Als Liz und Pete zu ihnen stießen, wies Andy sie an, Platz zu nehmen. Er lächelte Liz kurz zu, bevor er eine Akte öffnete.

„Meg hat die ganze Nacht gearbeitet und ist endlich nach Hause gegangen, um zu schlafen. Sie hat dank des Durchsuchungsbefehls, der sich auf alles in der Wohnung erstreckte, Zugang zu Darryls Laptop erhalten. Das meiste davon ist Müll. Gewöhnliche Pornografie – nichts mit Kindern. Die E-Mails sind voller Spam. Ich bezweifle, dass er jemals etwas löscht, aber das erwies sich als hilfreich." Andy ließ die Akte fallen und stützte seine Ellbogen auf den Schreibtisch. „Es gibt ein halbes Dutzend wiederkehrender Kontakte, aber nur zwei, die als beachtenswert hervorstechen. Einer davon ist Brian Bisley. Manchmal sogar mehrere E-Mails am Tag und alle so formuliert, dass sie auf die Verwendung einer Art Code hindeuten. Zahlen gefolgt von Namen. Nichts, was Sinn ergibt."

„Noch nicht", sagte Terry.

„Genau. Die andere E-Mail-Adresse hat sich bisher der Zuordnung entzogen. Meg hat die Aufgabe jemandem übertragen, während sie schläft. Aber die E-Mails selbst sind bizarr. Nichts im Textkörper, nur das Bild eines Zeitungsausschnitts. Alle unterschiedlich. Und manchmal das Foto eines Ortes."

„Gibt es etwas Gemeinsames?", fragte Pete.

„Zu früh, um das zu sagen. Es gibt eine Zufälligkeit in all dem, die meine Sinne in höchste Alarmbereitschaft versetzt.", runzelte Andy die Stirn. „Ich lasse alles ausdrucken und würde es schätzen, wenn du einen Blick darauf wirfst, Liz."

Pete warf ihr einen Blick zu, den sie ignorierte.

„Natürlich. Ich muss euch allen etwas sagen."

Sie hatte sofort ihre volle Aufmerksamkeit. Ein Teil von ihr fühlte sich schlecht, dass sie Pete nicht über mehr informiert hatte, aber die Zeit war ihr Feind.

„Ich bin auf eine Anomalie in Bezug auf Ellen gestoßen."

„Anomalie, inwiefern?", fragte Terry.

„Es gibt Haare – einschließlich Follikel von der Kopfhaut –, die als Ellen zugehörig gekennzeichnet sind. Ich habe noch nicht herausgefunden, wann diese gefunden wurden, aber sie sind durch DNA als enge Übereinstimmung mit ihr verbunden. Anscheinend eng genug."

„Anscheinend?"

„Terry, da ist etwas Seltsames. Die Haare sind weiß und dick. Nicht goldblond und fein wie Ellens Haar war. Ich verstehe, dass das Wetter sie beeinflusst haben könnte, aber es gibt einen sichtbaren Unterschied."

„Wir können sie erneut untersuchen lassen", sagte Andy.

„Danke. Und ja. Aber es gibt noch mehr. Ich bin letzte Nacht... heute Morgen in den Park zurückgekehrt. Jedenfalls gibt es keine Möglichkeit, dass Ellens Kopf die Unterseite der Brücke berührt haben könnte. Unmöglich, es sei denn, sie saß auf jemandes Schultern. Oder..."

Pete hatte seinen Blick nicht von ihr abgewandt. Sie hatte gespürt, wie er sie durchbohrte. „Irgendetwas stimmt nicht. Oder?"

Sie schüttelte den Kopf. „Ich habe den Beamten, der mich begleitet hatte, sich unter die Brücke stellen lassen. Er ist einhundertvierundneunzig Zentimeter groß und es gab nur eine schmale Stelle, wo sein Haar nahe genug gewesen sein könnte, um die Balken zu berühren. Also keine Chance, dass Ellen diese Höhe hätte erreichen können."

„Du denkst, die Haare könnten von demjenigen stammen, der sie mitgenommen hat.", sagte Pete.

„Ich weiß es nicht. Es könnte mehrere logische Erklärungen geben."

Ihre Augen trafen sich mit Andys Blick. Noch vor wenigen Stunden hätte sie diese Information nicht direkt zu ihm gebracht. Aber es hatte eine Veränderung in seinem Umgang mit ihr gegeben, und zwar zum Besseren. Sein Gesichtsausdruck wirkte nachdenklich.

„Liz, stelle bitte eine Liste aller Verwandten von Ellen zusammen. Aber gib dem keine Priorität, denn wir müssen zuerst dieses Profil erstellen." Terry rutschte auf seinem Stuhl herum. „Je früher wir ein Dokument an eine dritte Partei übergeben, desto besser. Was mich daran erinnert, Andy, du sagtest, du hättest einige Namen?"

„Habe ich, dank Ben Rossi."

Alle nickten. Ben war beliebt gewesen.

„Schick sie rüber und ich fange an, Anrufe zu tätigen. Ich denke, wir haben gute Argumente, um den Oberen etwas vom Budget für Grillpartys auf Yachten abzuluchsen." Terry grinste.

„Besser du als ich."

Er mochte froh sein, diesen Job abzuwälzen, aber Andy war genauso fähig, das zu bekommen, was er für sein Team brauchte... zumindest unter diesen Umständen. Liz bewunderte seinen Fokus und seinen Ehrgeiz, auch wenn er gelegentlich in Bezug Mordkommission fehlgeleitet wurde. Seine Zeit würde kommen, aber wenn es soweit wäre, hätte der junge Mann dann auch die Nerven für diesen Job?

„Was mache ich, Terry?", verschränkte Pete die Arme.

„Eigentlich, wenn niemand etwas dagegen hat, würde ich dich gerne ausleihen, Pete.", sagte Andy. „Hätte nichts dagegen, einige Hintergründe zu ein paar Leuten durchzugehen, die in einigen der Hotline-Anrufe genannt wurden."

„Du weißt, dass das nur Idioten sind, die versuchen, ihre Feinde loszuwerden?"

„Lieber auf Nummer sicher gehen, du kennst diese Leute besser als die meisten." Andy ließ nicht locker. Seine Stimme war bestimmt, ohne herrisch zu sein, das mußte Liz ihm lassen. Wenn er versuchte, sich mit Pete gutzustellen – zumindest mit seiner nützlichen Seite –, dann machte er das ausgezeichnet.

„Klar. Aber falls Liz mich braucht, oder Terry..."

„Dann gehst du und hilfst ihnen. Unten ist ein frisch beschriebenes Whiteboard."

Terry sah auf seine Uhr. „Ich hol mir jetzt Frühstück und setze dann das Verhör fort. Sonst noch jemand?"

Niemand folgte ihm, jeder ging in seinen Bereich.

SECHZEHN

Nachdem Liz die Kisten aus der Asservatenkammer geholt hatte, machte sie sich wieder an die Akten.

Sie druckte die Skizzen aus, die zeigten, wo das Haar gefunden wurde, sowie ihre Fotos. Dann legte sie alles nebeneinander. Der Beamte stand genau dort, wo das Haar vor achtzehn Jahren gefunden worden war, plus-minus ein paar Zentimetern.

Warum hatte sie nichts von der Entdeckung der Haare und deren Untersuchung gewusst? Ein Blick darauf reichte aus, um ein Dutzend Fragen aufzuwerfen, und hätte man sie ihr damals gezeigt... aber das hatte man nicht. Aus irgendeinem Grund wurde dieses wichtige Beweismittel übersehen. Die Finger umklammerten einen Bleistift, bis er mit lautem Knacken zerbrach.

„Liz?"

Sie hatte vergessen, dass Pete ein paar Meter entfernt am Whiteboard stand.

„Ups." Sie warf die beiden Stücke weg.

„Wir können es uns nicht leisten, Bleistifte zu verlieren.", sagte er grinsend. „Versucht Terry nicht gerade, unser Budget für Ressourcen zu erhöhen?"

„Sehr witzig. Pete, schau dir das mal an, würdest du? Gib mir deine Meinung dazu."

Er war froh, von seiner zugewiesenen Aufgabe wegzukommen und schaute ihr über die Schulter. „Hast du eine Ahnung, ob dort früher einer dieser Stümpfe stand? Etwas viel Höheres?"

„Keine. Denn das wäre für jüngere Kinder gefährlich gewesen."

„Was bedeutet, dass es möglicherweise einen gab, der später entfernt wurde."

Liz machte sich eine Notiz, beim Parkverwalter nachzufragen. Irgendwo in all dem Zeug mussten die Kontaktdaten sein. Es war eine Möglichkeit, an die sie nicht gedacht hatte.

„Angenommen, du liegst falsch...", begann sie.

„Unmöglich!"

„Wie sonst wären diese Haare an der Unterseite der Brücke hängen geblieben?" Sie drehte sich ganz zu ihm um und sah ihn an. Er lehnte sich an die Kante eines Schranks. „Mal ganz abgesehen davon, dass ich weiß, dass die Haare nicht zu einem kleinen Kind gehören, wie könnten sie dorthin gelangt sein?"

Pete mochte zwar gern nervtötend herumscherzen, aber jetzt war er todernst.

„Es gibt nicht viele Möglichkeiten. Ich werde hier ein paar Annahmen treffen, aber nichts, was wir nicht überprüfen können. Ich bezweifle, dass die Haare von oberhalb des Holzes stammen. Ich habe gestern einige Zeit unter und auf dieser Brücke verbracht. Die Latten sind nicht offen. Es ist kaum Platz zwischen ihnen für Staub, noch weniger für Haare, die auf magische Weise von jemandem abfallen und durchrutschen, ganz zu schweigen davon, dass sie sich an der rauen Unterseite festhalten."

Und deshalb toleriere ich alles andere an dir, Kumpel.

„Die Haare wurden aus der Kopfhaut gerissen, und das lässt mich nur zwei Schlüsse ziehen. Entweder hat jemandes Kopf das Holz gestreift, das rau genug ist, um sich an den Haaren festzuhalten. Oder-", er beugte sich vor, um einen Bleistift zu retten, der seinen Weg in Liz' Hände gefunden hatte, „jemand hat sie platziert."

„Wenn es Letzteres war, warum dann?"

Pete legte den Bleistift zurück in den Behälter. „Es ist schwer, so etwas zu tun, ohne dass es für einen Forensiker offensichtlich wäre, aber wenn du diese Frage beantwortest, findest du vielleicht heraus, wer an Ellens Entführung beteiligt war. Steht nichts Ausführlicheres darüber im Bericht?"

Liz öffnete die Akte und blätterte ein paar Seiten durch. „Alles, was ich gefunden habe, ist eine kurze Bemerkung darüber, dass zwei Tage nach Ellens Vermisstenanzeige Haare gefunden wurden. Zwei verdammte Tage." Sie sah ihn an. „Bei Eliza wurde der Park sofort abgesperrt. Ein Team stürzte sich am Tag ihres Verschwindens darauf, um eine gründliche Untersuchung durchzuführen. Das ist völlig anders als das, was ich erlebt habe, Pete. Völlig anders."

Sie wollte gerade nach dem Bleistift greifen, hielt sich aber zurück. „Du kannst gerne einen Blick darauf werfen. Eigentlich würde ich es sehr schätzen."

„Was, wenn wir ein Verhör mit dir machen?"

„Kannst du das erklären?"

Er nickte. „Was, wenn du und ich in einen Verhörraum gehen und uns unterhalten? Wenn du mir vertraust, gehe ich mit dir zu diesem Tag zurück und schaue, ob es etwas gibt, das vergessen oder übersehen wurde."

Liz hatte plötzlich das Gefühl, als würde ihr Körper augenblicklich von tausenden spitzen Eisnadeln durchbohrt. Sie war nach Ellens Entführung mehrmals befragt worden, und der größte Teil davon bestand aus Andeutungen, dass sie ihre Aufsichtspflicht vernachlässigt hätte.

Dennoch empfand sie in diesem Moment so etwas wie Hoffnung. Sie wirbelte empor.

„Versprichst du, die Kameras nicht auszuschalten?"

Mit dem breitesten Grinsen schlenderte Pete zurück zu

seinem Whiteboard. „Ich verspreche nie etwas, was ich nicht halten kann, Lizzie."

———

Terry stimmte dem Interview zu, aber erst nachdem Liz die Akte für ihn zusammengestellt hätte.

Es war ihm inzwischen gelungen, einen von Ben Rossis Kontakten ausfindig zu machen, der sich bereit erklärt hatte, am Nachmittag vorbeizukommen. Doch er ließ Liz keinen Zweifel daran, dass sie die Informationen für dieses Treffen so weit wie möglich bereit haben musste.

Sie vertiefte sich in die restlichen Akten und machte sich zahlreiche Notizen. Dabei zwang sie sich, den Drang zu ignorieren, alle Personen aufzuspüren, die an der Vernachlässigung der Aufklärung, trotz einer solchen Mischung aus überzeugenden Beweisen für Ellens Verschwinden, beteiligt waren, um ihnen die Köpfe abzureißen. Das würde warten müssen. Sie mußte für sich selbst einen Weg finden, mit der Wut umzugehen und in der Lage sein, einige von ihnen selbst zu befragen. Und genau das würde nicht passieren, wenn sie irgendjemandem ihre Wut zeigte. Nicht einmal Pete. Und er hatte alle ihre Bleistifte, bis auf einen, entfernt.

Um sie herum summte der Raum vor Gesprächen und Telefonaten. Detektive, ein paar Uniformierte und Hilfspersonal bewegten sich zwischen den Abteilungen hin und her, während verschiedenste Informationen gesammelt wurden. Die Atmosphäre wirkte angespannt. Alle wollten Eliza finden. Irgendwann schob jemand einen Kaffee vor sie hin.

Als ihr Magen anfing, gegen seine Leere zu protestieren, beendete sie die Zusammenstellung der Akte. Mehrere Seiten mit Querverweisen zwischen den beiden Vermisstenfällen wurden ausgedruckt. Weitere wurden aus Ellens Fall kopiert. Sie hatte eine Seite erstellt, die Ähnlichkeiten hervorhob, die überzeugend genug waren, um erneut überprüft zu werden. Und eine weitere – die wichtigste Seite – enthielt alles, was sie über den Täter wussten. Es war nicht viel, aber es war mehr, als sie damals gehabt hatten.

Es gab nichts mehr, was sie tun konnte. Noch nicht.

Nachdem sie mehrere Kopien der Akte ausgedruckt und in eigene Ordner gesteckt hatte, klopfte sie an Terrys Tür. Er war abwesend. Anstatt die Unterlagen auf seinen Schreibtisch zu legen, ging Liz zur Abteilung für Vermisstenfälle und fand ihn, mit Andy im Gespräch.

Sie zögerte, die beiden zu unterbrechen. Durch die Glastür war offensichtlich, wie sehr beide Männer in ein Telefongespräch vertieft waren. Aber Andy bemerkte sie und winkte sie herein. Liz schloss leise die Tür hinter sich.

„Sicher wäre das besser von unserer Medienabteilung zu handhaben", sagte Terry. „Mich oder Andy von unseren Teams wegzuholen, ist Zeitverschwendung. Bei allem Respekt, Sir."

Die Stimme am anderen Ende der Konferenzschaltung war Terrys Chef. Liz kannte ihn als einen Mann, der sich streng an die Vorschriften hielt, der eine düstere Sicht auf die Medien hatte und eine harte Linie gegen Verbrechen vertrat. „Normalerweise würde ich zustimmen. Aber Sie haben sich gestern gut geschlagen, und es ist besser, wenn ab und zu ein vertrautes Gesicht mit der Öffentlichkeit spricht, als sie weiter spekulieren oder verbreiteten Unsinn hören zu lassen. Halten Sie sich um zwei Uhr im Park verfügbar."

Terrys Augen starrten zur Decke. „Ja, Sir."

Das Gespräch endete, Terry murmelte etwas Unschmeichelhaftes.

„Was passiert im Park?", fragte Liz.

„Es wird eine Rekonstruktion von Maureens und Elizas Bewegungen vom gestrigen Morgen geben. Gefilmt und untertitelt. Die Route, die sie von der Nähe der Wohnung genommen haben, und dann einiges im Park mit Schauspielern. Terry wird dann eine kurze Pressemitteilung geben, um die Öffentlichkeit um weitere Unterstützung zu bitten und Fragen zu beantworten", sagte Andy.

„Die einzige Frage ist, warum man das jetzt macht." Terry schob seinen Stuhl zurück. „Wir alle sind am Limit und normalerweise macht man so etwas, wenn das Interesse nachlässt. Wenn weniger Informationen reinkommen. Aber ok, ich mache einfach, was man mir sagt."

Liz reichte ihm die Ordner. „Fünf Kopien des Briefings."

Terry legte drei auf den Schreibtisch, gab Andy einen und öffnete den letzten. Beide Männer überflogen die Unterlagen.

„Das ist gute Arbeit, Liz.", sagte Andy. „Klar und präzise. Gute Nutzung der Informationen aus beiden Fällen und solide Verbindungen. Das wird helfen." Er legte den Ordner hin. „Terry hat mir erzählt, dass du ein Verhör von dir machst, um Ellens Verschwinden neu aufzurollen. Möchtest du lieber, dass ich das mit dir mache, anstatt McNamara?"

Kurz davor, Andy zu sagen, dass seine Erfahrung nicht einmal annähernd an Petes herankam, hielt Liz inne, um darüber nachzudenken. Da er sie kaum kannte, könnte er sie zu Bereichen befragen, die Pete vielleicht nicht ansprechen würde. Das hätte einen Vorteil. Aber Pete – der vielleicht scherzen würde, dass sein Verhörstil nicht kameratauglich sei – war aus einem wichtigen Grund die bessere Wahl. Sie vertraute ihm. Auch wenn Andy ihr gegenüber langsam auftaute, hatte Liz keine Ahnung, was er mit all dem machen würde, was bei dem Verhör herauskäme.

„Lass uns sehen, wie es so läuft, aber ich werde dein Angebot im Hinterkopf behalten."

Andy nickte.

Terry stand auf. „Liz, kannst du verfügbar sein, wenn Dr. Carroll kommt? Ich könnte zur gleichen Zeit noch im Park festsitzen."

Sie warf einen Blick auf ihre Uhr. „Natürlich. Gehst du zurück zu Darryl?"

„Willst du zuschauen?"

„Solange ich gleichzeitig essen und zusehen kann, gern."

„Wird dir das keinen Magenkrampf verursachen?", grinste Andy.

„Ich gehe das Risiko ein. Außerdem wäre es nicht das erste Mal, dass Darryl mir Übelkeit bereitet. Betrunken, nackt bis auf Boxershorts und kniehohe Socken den Flur zu Hause hinunterzurennen, ist nichts für schwache Mägen."

———

Gut, dass sie am Verhungern war und schnell aß, denn Darryl war nicht gerade hilfsbereit.

„Ich will nach Hause."

„Dann beantworten Sie meine Fragen ehrlich und ohne abzuschweifen.", sagte Terry.

Sein Anwalt wollte etwas sagen, aber Terry warf ihm einen finsteren Blick zu, der ihn verstummen ließ.

Darryl hatte geduscht und trug ein T-Shirt und eine Trainingshose. Er sah ausgeruht aus und wirkte selbstsicherer, als Liz sich je erinnern konnte. Jemals! Eingebildet, ja das war er immer ein bisschen gewesen, ständig darauf aus, den neuesten Klatsch zu kennen oder mit seiner illustren Karriere als Sanitäter zu prahlen, die so tragisch beendet wurde. Aber die Art, wie er sich benahm und bei jedem Blick auf Terry ein Grinsen auf den Lippen trug, war beunruhigend. Er wusste etwas.

Terry öffnete eine Akte und drehte sie so, dass Darryl hineinsehen konnte.

„Ihr Laptop-Computer ist Gegenstand einer noch laufenden forensischen Untersuchung. Was ich Ihnen hier zeige, ist ein Ausdruck von E-Mail-Adressen, die ich gerne von Ihnen identifiziert bekäme."

Darryl sah nicht einmal hin.

„Nein?" Terry schob die oberste Seite beiseite. „Wir stellen im Büro Vermutungen über das hier an. Ganz schön viele Zeitungsberichte, alle sorgfältig für Sie zusammengestellt. Würden Sie ihre Bedeutung erklären?"

Mit einem Achselzucken warf Darryl einen flüchtigen Blick darauf. „Keine Ahnung. Die tauchen dauernd auf. Dachte, ich hätte wohl versehentlich einen Nachrichtenkanal abonniert."

„Aus der Vergangenheit?"

Und da war wieder dieses Grinsen.

„Denn einige davon gehen mehr als achtzehn Jahre zurück, Darryl. Ich denke, jemand hat diese als eine Art Botschaft geschickt – Anweisungen, wohin Sie gehen sollten oder sogar wo diese sind. Oder waren. Bisher haben wir einige identifiziert." Terry lehnte sich vor, um das Papier zu berühren. „Diese hier, von vor achtzehn Jahren und vier Tagen, ist eine Geschichte über eines der Gebäude in der Nähe des Parks."

„Wenn Sie meinen."

„Das tue ich. Und diese hier handelt von Verkehrsmitteln. Straßenbahnen und Züge. Alle in bequemer Gehentfernung von Ihrer Wohnung und dem Park."

„Tatsächlich. Sehr merkwürdig."

Terry stand auf und ging durch den Raum. Liz wusste, dass er nichts lieber täte, als Darryl zu packen und zu würgen…, aber Terry tat so etwas nicht. Er war frustriert und starrte in die Glasscheibe, als ob er ihr etwas sagen wollte.

„Soll ich Pete anrufen, Chef?", grinste sie, wohl wissend, dass er sie weder hören noch sehen konnte.

„Und was ist mit den E-Mails von Brian Bisley?"

„Er ist der Hausmeister."

Terry kehrte zu seinem Platz zurück und schob eine weitere Seite hinüber.

„Zahlen und Wörter. Was bedeuten sie?"

„Kauderwelsch. Habe nie verstanden, warum er sie schickte."

„Nie daran gedacht, zu fragen?"

Darryl tat überrascht. „Ja. Das ist eine Idee."

Terry starrte ihn an. Kein Wort, nur ein langer Blick, der seine

Wirkung tat. Darryls dummer Gesichtsausdruck verschwand und er sah weg.

„Detective Senior Sergeant Hall, mein Mandant muss freigelassen werden.“

„Muss er das?“

Der Anwalt nickte. „Es gibt keinen Grund, ihn festzuhalten.“

„Dann sag ich Ihnen was. Schlagen Sie Ihrem Mandanten vor, dass er ein offenes und anständiges Gespräch mit mir über den Schuh führt, den er auf die Straße gelegt hat und ich werde die zu erhebenden Anklagen überdenken. Es gibt bereits Gründe für eine ganze Reihe davon. Behinderung der Justiz. Einmischung in strafrechtliche Ermittlungen. Möglicherweise Entführung eines Minderjährigen. Und so weiter. Ich werde mir einen Kaffee holen, damit Sie und Ihr Mandant ein paar Minuten haben, um den richtigen Weg zu besprechen.“

Er hatte fast die Tür erreicht, als Darryl sprach.

„Ja, okay. Ich werde es Ihnen erzählen.“

„Herr Tompsett, ich muss Sie warnen vor …“

„Nein! Keine Warnungen mehr! Wenn überhaupt, können Sie sich verpissen!“ Darryl funkelte seinen Anwalt an.

Na, na. Was hast du jetzt vor, Darryl?

Der Anwalt flehte Darryl an, es sich noch einmal zu überlegen, packte aber nach ein paar scharfen Worten seinen Aktenkoffer und stürmte aus dem Raum.

Terry schlenderte zurück zum Tisch und ließ sich wortlos auf den Stuhl fallen.

SIEBZEHN

„Das ändert die Sachlage." Terry stand an der Tafel mit der Karte des Parks, umgeben von einer Gruppe von Detektiven.

Liz saß auf einem Schreibtisch im hinteren Teil des Raums. Sie wollte unbedingt unterwegs sein. Draußen suchen. Mit möglichen Zeugen sprechen. Mit Bisley reden. Alles andere als hier sitzen und warten, aber Terry musste bald in den Park, und es war sinnlos für sie, zu weit wegzugehen, falls er nicht rechtzeitig zurück wäre, um sich mit der Psychologin, Doktor Carroll, zu treffen.

„Unser Freund Darryl hat zugegeben, Elizas Schuh auf die Straße gelegt zu haben. Er hat gestanden, dass er den Schuh in seinem Besitz hatte. Aber er bestreitet jegliche Beteiligung an ihrer Entführung."

„Wie ist er dann an ihren Schuh gekommen?", fragte ein Detektiv, und andere murmelten zustimmend.

„Er behauptet, er habe eine E-Mail erhalten, die ihn anwies, zu einer bestimmten Zeit an einem bestimmten Ort zu sein. Hier -" Terry benutzte einen roten Marker, um ein „X" auf die Tafel zu malen. „Ihm wurde gesagt, er solle das Kleidungsstück abholen, das er dort finden würde. Der Schuh lag unter einem Busch, zurückgeschoben und nicht leicht zu sehen. Er hob ihn auf, steckte ihn in die vordere Tasche seines Kapuzenpullovers und erledigte den Auftrag."

Das „X" befand sich an der Seite des Parks, die dem Spielplatz am nächsten lag.

„Haben Sie ‚Kleidungsstück' gesagt, Chef? Nicht Schuh?", fragte ein anderer Detektiv.

„Das waren seine Worte, und ich habe ihn zweimal um Klarstellung gebeten. Er hatte keine Ahnung, was ihn erwartete, bis er dort ankam. Die Spurensicherung untersucht diesen Bereich noch einmal genauer, und wir werden uns verstärkt darauf konzentrieren, Bildmaterial zu finden – sei es von einer Sicherheitskamera, einer Dashcam oder einem vorbeifahrenden Taxi –, das diesen Teil des Fußwegs und des Parks abdeckt."

Terry sah auf seine Uhr und runzelte die Stirn. „Meg arbeitet an der E-Mail-Seite dieser Information, da Darryl sie gelöscht und seinen Cache geleert hat."

„So viel dazu, dass er angeblich nichts von Computern versteht", sagte Liz. Alle drehten sich zu ihr um, als hätten sie vergessen, dass sie da war. „Er hat sich immer darüber beschwert, dass er seit seiner Verletzung bei der Arbeit nichts von Technologie versteht. Er meinte, es käme vom Trauma, aber offensichtlich weiß er genug, um eine belastende Kommunikation zu löschen."

„Er sagt, es war ein anonymer Absender." Terry verdrehte die Augen. „Ich fragte ihn, warum er den Anweisungen von jemandem folgen würde, den er nicht kennt, und er sagte… haltet euch fest. Er hätte sich gefürchtet."

Das Gelächter, das ausbrach, war alles andere als amüsiert. Alle waren in dem Stadium, in dem sie jedes noch so kleine Informationsschnipsel hinterfragten und eine Lösung wollten. Die Geduld war dünn.

„Was machen wir als Nächstes?", fragte jemand.

„Das Gleiche wie zuvor. Anrufe entgegennehmen. Videomaterial durchforsten. Personen identifizieren, die befragt oder erneut befragt werden müssen. Ich gehe jetzt los, aber Andy wird sich bei jedem von euch melden, wenn er etwas Bestimmtes braucht, und ansonsten ist Liz eure Ansprechpartnerin. Okay?"

Liz stand auf, als sich die Detektive zerstreuten. Terry kam ihr auf halbem Weg entgegen.

„Es tut mir leid, dass ich dich mit der Leitung allein lasse. Ich hatte nicht erwartet, für eine Medienshow in den Park zurückgerufen zu werden."

„Wirst du dir ansehen, wo der Schuh war?"

„Das Erste, was ich tun werde."

„Ich verstehe das trotzdem nicht, Terry. Darryl bekam eine E-Mail, die ihm sagte, wo und wann er ein Kleidungsstück abholen sollte. Angenommen, das stimmt, wusste der Täter nicht, welches Kleidungsstück er hinterlassen würde, also wurde sie geschickt, bevor er Eliza entführte. Aber er hatte einen Weg geplant, uns in die Irre zu führen, und wählte einen Verlierer wie Darryl für die Aufgabe aus." Liz schüttelte den Kopf. „Da steckt mehr dahinter. Wir müssen herausfinden, wer diese E-Mail geschickt hat."

„Geh und sprich mit Meg. Darryl geht vorerst nirgendwo hin. Und wenn du auf Probleme mit Doktor Carroll stößt, ruf mich an."

Nachdem er gegangen war, machte sich Liz auf die Suche nach Pete. Er hatte weder an der Besprechung teilgenommen noch ihren Anruf beantwortet. Sie fragte Leute auf beiden aktiven Etagen, bekam aber nur Achselzucken als Antwort.

Wenn du deine eigene Version der Ermittlungen durchführst, dann bring mich mit ins Boot, Alter.

Nur einmal würde sie gerne diejenige sein, die einen Schritt über die Linie hinausgeht und einen Weg in die Unterwelt der Stadt findet.

Nur einmal.

———

Liz bestellte zwei anständige Kaffees und dänische Schnecken in einem Café die Straße hinauf. Sie musste das Gebäude verlassen, bevor sie sich mit der Ärztin traf. Weg von dem organisierten Chaos, das durch eine groß angelegte Ermittlung entstand. Wie immer musste sie warten. Der Laden war beliebt dank der Nähe zur großen Polizeistation, in der sich auch mehrere Etagen mit Verwaltungspersonal befanden, und um das Gebäude herum gab es viele andere lokale Unternehmen.

Das Warten zwang sie zu einer kurzen Pause. Abgesehen davon, ihr Handy nach Updates zu überprüfen, gab es nichts zu tun, außer Leute zu beobachten und nachzudenken.

Eine Straßenbahn ratterte vorbei. Die Fahrgäste starrten auf ihre Handys oder blickten durch die Fenster, ihre Gesichtsausdrücke leer. Das war eine große Herausforderung bei der Suche nach Zeugen für Elizas Entführung. Und Ellens. Die Menschen waren gelangweilt in öffentlichen Verkehrsmitteln. Viele wandten sich einem Handy zu oder lasen ein Buch. Andere warteten einfach darauf, an ihrer Haltestelle anzukommen. Aber es musste doch einige geben, die die Landschaft und vorbeigehende Menschen mit Interesse beobachteten, und sei es nur, um die Zeit totzuschlagen.

Ihr Name wurde aufgerufen, und sie holte das Tablett und die Tüte ab.

Auf dem Rückweg piepte ihr Handy, aber sie ignorierte es, bis sie Megs Büro erreichte. Meg telefonierte, also stellte Liz die Kaffees und Schnecken ab und ging ans Ende des langen Raums. Die Nachricht war von Vince.

Hab ein paar Gedanken. Besser persönlich. Soll ich zu dir kommen?

Es wäre besser, wenn er käme, aber wann? Wer weiß, wie lange sie an diesem Nachmittag beschäftigt sein würde, und er musste an seine Enkelin nach der Schule denken.

Hab bald ein Meeting. Kann ich später rausfahren?

Die zusätzliche Zeit zu ihm war lästig, aber eine oder zwei Stunden mehr würden keinen großen Unterschied machen und könnten alles ändern, wenn seine „Gedanken" zu Eliza führten.

Ich werde hier sein.

Sie schickte einen Daumen nach oben zurück. Ihn und vielleicht Melanie zu sehen, war plötzlich sehr wichtig. Es war zu lange her.

„Sind die für mich, Liz?"

Meg grinste breit und hielt eine Schnecke hoch.

„Ich dachte, wenn ich Kaffee und süße Kohlenhydrate brauche, dann du vielleicht auch." Liz nahm sich das andere leckere Stück. „Ich bin sicher, du hast es satt, dass Leute alle fünf Minuten nach Updates fragen."

„Nein, aber ich bin ein bisschen müde davon, mit Lügnern umzugehen, und dieser Darryl ist so dumm, wie man nur sein kann, während er gleichzeitig irritierend schlau ist." Meg nahm einen großen Bissen und tippte mit der freien Hand auf ihrer Tastatur, während sie mit vollem Mund sprach. „Er hat die E-Mails gelöscht-"

„Kann kein Wort verstehen. Du darfst essen. Ich rede", sagte Liz. „Ich weiß, du spezialisierst dich auf Cyber-Sachen, aber ich habe etwas Seltsames gefunden. In Ellens Akte. Meine Nichte?"

Meg schluckte, nickte und nahm einen Schluck Kaffee, wobei ihre Augen Liz nicht verließen.

„Es wurden Haare von der Unterseite der Brücke im Park geborgen, nachdem Ellen entführt wurde. DNA-Tests führten dazu, dass sie als ihre gekennzeichnet wurden, aber sie sind es nicht. Meg, das sind erwachsene Haare, dick. Falsche Farbe. Und wenn sie nicht auf jemandes Schultern saß, hätte ihr Kopf diese Stelle gar nicht erreichen können."

„Lass sie noch einmal untersuchen. Wir haben neue Technik, die bessere Informationen liefern wird."

„Das braucht Zeit und die hat Eliza nicht."

„Es gibt eine private Firma, die unglaubliche Ergebnisse mit viel kleineren Proben als normalerweise erforderlich erzielt, und sie sind schnell, aber Liz, die Kosten sind für uns unerschwinglich."

„Kann ich bezahlen?" Das ganze Geld, das auf ihrem Bankkonto lag, musste doch für irgendetwas gut sein.

„Oh, das würde ich nicht mal anbieten. Das ist der schnellste Weg, um Beweise vor Gericht unglaubwürdig zu machen. Ich werde anrufen und Kosten und Zeitrahmen erfragen, und du klärst das mit Terry ab."

„Wenn ich es von einem zivilrechtlichen Standpunkt aus machen würde?"

Meg seufzte. „Nur wenn du die Polizei verlassen willst. Zumindest ist das meine Meinung."

„Danke." Es war ein Schuss ins Blaue. Terry würde nicht mitmachen. Liz biss endlich in ihr Gebäck.

„Nun, wie ich vorhin schon sagte, wir haben die gelöschten E-Mails wiederhergestellt. Es ist nicht ganz so einfach, als würde man die Namen übergeben, weil der Absender clever ist. Gib mir noch ein paar Stunden und ich habe vielleicht etwas zu teilen."

„Aber du bist zuversichtlich, dass du die Quelle finden wirst?"

Mit einem Grinsen schob Meg sich Gebäck in den Mund und winkte Liz weg.

Doktor Candace Carroll war intensiv, schroff und umwerfend schön.

Abgesehen von ihrer üblichen Beobachtung von Menschen achtete Liz nicht besonders auf Aussehen, es sei denn, es hatte direkten Einfluss auf einen Fall. Menschen waren Menschen. Aber die Psychiaterin Mitte fünfzig mit ihrem silbernen Pixie-Cut, durchdringenden grünen Augen und Helen-Mirren-Zügen war fesselnd.

Werde ich im Alter sentimental?

Liz schob den Gedanken beiseite. Sie hatte kein Interesse an einer Beziehung, egal wie begehrenswert der Partner war. Liebe war Mist. Sie nahm alles, was ein Mensch hatte, zerquetschte es in eine Million Stücke und warf es wie messerscharfe Glassplitter zurück.

„Detective?"

Die tiefe Stimme der Ärztin holte Liz aus ihren dummen Gedanken zurück. Sie saßen sich in einem Konferenzraum gegenüber, Liz' Bericht lag zwischen ihnen ausgebreitet.

„Doktor Carroll, wie bereits erwähnt, entschuldigt sich Detective Senior Sergeant Hall dafür, nicht hier zu sein. Es gab einige Entwicklungen im Fall, die seine Anwesenheit bei einer Pressekonferenz erfordern. Ich kann in gewissem Maße in seinem Namen sprechen."

„Sie sind auch in einer einzigartigen Position, diese Informationen zu präsentieren."

„Vielleicht. Manche Leute glauben, ich sei zu nah dran."

„Nennen Sie mich Candace." Sie lehnte sich in ihrem Stuhl zurück, eine Hand ruhte auf dem Tisch. Ihre Finger waren schlank und lang. Elegant, ohne Ringe. Kurze Nägel, aber perfekt. „Nah dran zu sein ist einzigartig. Sie sehen Dinge, die niemand sonst sieht. Was für einen anderen Beamten eine Ahnung wäre, ist für Sie eine Wahrheit. Ich habe den Bericht gelesen. Er ist gut geschrieben und bietet überzeugende Gründe, ein Profil einer Person zu erstellen, die nicht ein, sondern mindestens zwei Kinder entführt hat. Aber Liz, was denken *Sie*?"

Das war unerwartet und brachte Liz aus der Fassung. Was, wenn die Ärztin ihre Fähigkeit bewertete, ein rationales Argument vorzubringen? Aber als Liz Candace ansah, ihren durchdringenden Blick, der bis in ihre Seele schnitt, gab es keine Bosheit.

„Ich bin mir nicht sicher. Es gibt Aspekte im Fall meiner Nichte, die jetzt, wo ich sie neu untersucht habe, nicht richtig erscheinen, und ich habe ein... Gefühl, eine Intuition, nennen Sie es, wie Sie wollen, dass wer auch immer diese Kinder genommen hat..."

Sie konnte es nicht aussprechen.

Candace lehnte sich vor.

„Ich sehe Dinge, die nicht real sind. Stelle Verbindungen her ohne beweisbare Beweise... zumindest nicht, wenn es keine Möglichkeit gibt, eine DNA-Probe schnell neu zu untersuchen.“

„Alles ist möglich, wenn es zwingende Gründe gibt. Welche Verbindungen sehen Sie?“

Im schlimmsten Fall würde Candace Terry sagen, dass seine leitende Beamtin den Verstand verloren hat, und sie würde vom Fall abgezogen werden. Das würde Andy glücklich machen. Aber was, wenn auch nur der kleinste Funken Wahrheit in dem steckte, was seit Stunden in ihrem Hinterkopf spielte?

„Ich bin hier, weil ich helfen möchte, Liz. Nicht um Sie zu beurteilen, obwohl wenn ich es täte...“

Liz verengte ihre Augen.

„Sie sind völlig bei Verstand. Sie arbeiten zu hart und kämpfen mit Anmut und Mut gegen Ihre Dämonen. Ben Rossi denkt die Welt von Ihnen, und ich werde niemandem etwas verraten, egal was Sie mir anvertrauen.“

Ich habe mir selbst vertraut, auf meine Nichte aufzupassen. Meine Schwester hat mir vertraut, sie zu beschützen.

„Was, wenn es um mich geht?“, platzte es aus Liz heraus. „Es ist kein Zufall, dass zwei Mädchen unter fast identischen Umständen aus demselben Park entführt wurden. Beide Mädchen sind im gleichen Alter und sehen ähnlich aus. Beide spielten im selben Bereich und ihre Erwachsenen waren abgelenkt. Und beide kleinen Mädchen haben eine starke Verbindung zum selben Gebäude.“

„Was etwas bedeuten könnte oder auch gar nichts“, sagte Candace. „Aber all das sagt uns nur, dass derjenige, der sie ins Visier genommen hat, Kenntnisse über das Gebäude oder den Park hatte. Vielleicht leben sie in Sichtweite von einem der beiden und haben eine bestimmte Vorliebe, wenn es um Kinder geht.“

Ein Schauer lief Liz über den Rücken.

„Da steckt mehr dahinter. Zwei Mädchen, deren Namen mit E beginnen. Zwei Mädchen, die bei einer alleinstehenden Frau leben – oder im Fall von Ellen – wohnen. Es gibt noch mehr. Ich bin sicher, wenn ich tiefer grabe, werde ich weitere Ähnlichkeiten finden."

Candace nickte. „Ich stimme Ihnen zu. Aber was veranlasst Sie zu glauben, dass diese Verbrechen mit Ihnen zu tun haben, abgesehen davon, dass Ellen eines der entführten Kinder ist?"

„Die Haare." Liz griff hinüber und blätterte in der Akte zu dem Foto der Probe. „Ich hatte bis jetzt keinen Zugang dazu, aber die Haare auf dem Bild wurden von der Unterseite der Spielbrücke gesammelt. Das sind *nicht* Ellens Haare, und es war schlampige Arbeit von demjenigen, der damals damit zu tun hatte. Die DNA verbindet sie mit mir, und sie haben akzeptiert, dass die Haare dann Ellen gehören müssen."

„Sie waren nie unter der Brücke?"

„Nicht bis gestern Abend, als ich dort suchte."

„Dann macht es Sinn, dass Sie jegliche Verbindungen hinterfragen. Führt dieser Gedankengang Sie zu einem Verdächtigen?"

Liz spürte, wie ihre Schultern absackten. Das war ihre Sackgasse.

„In meinem Kopf geht zu viel vor. Im Moment habe ich ein Dutzend Dinge, die meine Aufmerksamkeit erfordern."

Candace betrachtete Liz einen Moment lang. Es war beunruhigend.

„Einer der Detektive, jemand, mit dem ich mich wohl fühle, wird mich befragen. Er wird Ellens Verschwinden noch einmal durchgehen und sehen, ob er etwas Neues herausfinden kann."

„Seien Sie vorsichtig. Sich wohl zu fühlen ist eine Sache, aber Expertise eine andere."

Liz lächelte für einen Moment. „Pete hat Expertise. Ich vertraue ihm."

Es gab einen Moment, einen unausgesprochenen Austausch, der genauso schnell wieder verschwand, aber Liz war überzeugt, dass Candace *ihre* Expertise anstelle oder möglicherweise neben Petes anbieten wollte.

„In diesem Fall werde ich einige Zeit damit verbringen, Ihre Unterlagen noch einmal durchzugehen und einen Termin mit Terry zu vereinbaren." Candace nahm eine Visitenkarte heraus und schrieb etwas auf die Rückseite. „Wenn Sie reden müssen, jederzeit, rufen Sie mich unter dieser Nummer an. Sie ist privat."

Obwohl sie nicht vorhatte, die Nummer zu benutzen, nahm Liz die Karte an und stand auf. „Bitte nutzen Sie den Raum, so lange Sie möchten. Ich werde mit Terry sprechen, sobald er die Pressekonferenz beendet hat. Und danke."

„Wofür, Liz?", Candace neigte den Kopf.

„Dafür, dass Sie mir glauben."

Ein weiterer langer Blick, und dann wendete Candace die Akte zum Anfang. Ihre Aufmerksamkeit richtete sich auf die Unterlagen und Liz verließ den Raum.

ACHTZEHN

Andy sehnte sich danach, ein Sofa zu finden und die Augen zu schließen. Nur für eine halbe Stunde.

Außer es wird zu einer halben Ewigkeit, wenn mich niemand stört.

Er öffnete die oberste Schublade seines Schreibtischs und wählte einen Schokoriegel aus einem halben Dutzend verschiedener Sorten aus. Er riss ihn auf, hielt ihn an seine Nase und genoss das Aroma, bevor er hineinbiss. Das waren keine gewöhnlichen Schokoladen. Er hatte einen Freund, der Miteigentümer einer der besten Boutique-Chocolaterien des Landes war, und es gab einen endlosen Vorrat, der zu ihm nach Hause geschickt wurde. Er tat nicht viel dafür. Nur den einen oder anderen Gefallen, wenn sein Freund gelegentlich Mist baute.

Außerhalb seines Büros herrschte reges Treiben. Fleißige Bienen, jeder einzelne der Beamten und Mitarbeiter. Und sie mussten mit voller Kapazität arbeiten, denn irgendwo brauchte ein verängstigtes kleines Mädchen sie. Alles, was es brauchte, war ein anständiger Hinweis. Eine Entdeckung, die zu dem Creep führen würde, der sie hatte.

Als sein Festnetztelefon klingelte, wäre er fast aus der Haut gefahren.

„Montebello.“

Die Leitung war still.

„Sprich oder leg auf."

Ein Moment. Atmen.

Wer hatte diesen Anruf durchgestellt?

„Sie sind der Chef?"

Die Stimme war männlich. Älter. Gebildet - Privatschule.

„Einer von mehreren. Wie kann ich Ihnen helfen?"

„Ich will den Verantwortlichen sprechen."

Andy verdrehte die Augen, griff nach einem Stift und schrieb auf einen Notizblock. *Spinner*.

„Sie wollen sie zurück? Eliza? Dann reden Sie mit mir."

Andy richtete sich auf und warf seinen Stift gegen das Fenster. Als niemand reagierte, nahm er eine Tasse - längst leer von einem Kaffee, der vor Stunden kalt getrunken worden war - und warf sie dem Stift hinterher. Sie zerbrach. Mehrere Köpfe hoben sich. Andy winkte wie verrückt.

„Ich rede mit Ihnen."

Die Tür öffnete sich. Andy zeigte auf das Telefon und formte lautlos mit den Lippen „Zurückverfolgen".

Es war wahrscheinlich unmöglich, weil es höchstwahrscheinlich über die Hauptvermittlung kam, aber dieser Beamte war weg und andere versammelten sich an seiner Stelle.

Andy griff nach seinem Handy und begann aufzunehmen, wobei er die Telefone nahe zusammenhielt. „Ich höre zu."

„Aber Sie nehmen mich nicht ernst."

„Doch, das tue ich. Mein Name ist Andy. Wie soll ich Sie nennen?"

„Irrelevant. Es gibt etwas, das Sie für mich tun müssen, wenn Sie das Kind zurückhaben wollen."

„Haben *Sie* das Kind entführt?"

„Irrelevant. Sie haben eine Chance, also hören Sie genau zu, Andy. Es gibt einen Ort, den ich Ihnen beschreiben werde, eine Adresse. Bevor es morgen früh hell wird, möchte ich mich mit einem Ihrer Beamten treffen. Mit der Frau."

„Welche Frau?"

Andy drehte sich der Magen um. Es konnte nur eine sein.

„Die Detektivin, die ihr Kind allein im Park gelassen hat."

„Warum wollen Sie sich mit ihr treffen?"

Es herrschte Stille. Andy konzentrierte sich auf die Hintergrundgeräusche, konnte aber nur das Atmen des Anrufers hören.

„Ist Eliza am Leben?"

„Es hätte keinen Sinn, mit Ihnen zu sprechen, wenn sie es nicht wäre. Sie vermisst ihre Mutter."

Andy schloss für einen Moment die Augen. Es klang echt.

„Sagen Sie Elizabeth Moorland, sie soll eine halbe Stunde vor Sonnenaufgang am Treffpunkt sein. Ich weiß, dass Sie das hier aufnehmen, also sage ich die Adresse nur einmal."

Er ratterte sie herunter und Andy schrieb schnell mit.

„Elizas Mutter ist verzweifelt. Bitte lassen Sie sie irgendwo sicher fallen. Lassen Sie sie nicht warten."

Der Mann hatte aufgelegt.

Liz war nicht im Gebäude und dafür war Andy dankbar. Sie konnte aus der Sache herausgehalten werden, bis er mit Terry und wahrscheinlich einigen der höheren Vorgesetzten gesprochen hatte. Aber Candace Carroll war noch hier und hörte sich in einem anderen Raum die Aufnahme an.

„Ich will McNamara, also spüren Sie ihn bitte auf." Er legte auf, was sich anfühlte wie das fünfzigste Mal, seit der Mann angerufen hatte.

Der *Täter* hatte angerufen.

Andy konnte noch nicht die Zeit aufwenden, um das Gespräch zu analysieren. Er hatte die Aufnahme zusammen mit seinen eigenen Erinnerungen an alles aus der kurzen Begegnung an Meg geschickt. Das war das Erste gewesen, was er getan hatte, noch bevor er die Dutzend Fragen der Beamten beantwortet hatte, die hereinströmten, sobald er signalisierte, dass das Gespräch beendet war.

Jemand räumte das Chaos auf, das er angerichtet hatte.

Überall auf dem Teppich lagen Scherben der Tasse und jetzt war ein Riss im Fenster.

Er bellte ein paar Befehle. Leute aus seinem Team, die er jetzt sofort hier brauchte. Auch wenn sie gerade Pause machten oder nicht im Dienst waren.

Terry war auf dem Rückweg und zum ersten Mal wollte Andy nichts sehnlicher, als den Leiter der Mordkommission zu sehen. Sie waren immer ganz gut miteinander ausgekommen, aber die Verantwortung für diesen Fall teilen zu müssen, hatte Andy aufgebracht, und erst durch die enge Zusammenarbeit mit Terry hatte er bemerkt, wie viel er noch zu lernen hatte.

Dies war ein Durchbruch. Oder eine komplette Zeitverschwendung.

Meg klopfte an seine Tür. „Boss, keine Möglichkeit, den Anruf zurückzuverfolgen. Ich habe ein paar Neuigkeiten zu den E-Mails, die Darryl Tompsett erhalten hat, die mit den Zeitungsausschnitten und so weiter? Es ist nicht großartig."

„Was bedeutet das?"

„Der Absender hat gute Arbeit geleistet, seine Identität zu verbergen, und benutzt einen der berüchtigtsten Dienstanbieter, die nichts protokollieren. Ziemlich illegal, aber nicht in Australien ansässig, also können wir nichts tun, aber wenn wir könnten, würde ich gerne einen Durchsuchungsbefehl versuchen? Ich habe Ihnen gerade die Notizen gemailt, falls Sie einen beantragen könnten, bitte."

„Ich kümmere mich darum. Wie lange, sobald Sie ihn haben?"

„Eine Weile. Außerdem lasse ich den Anruf durch ein Spracherkennungsprogramm laufen. Geringe Chance auf eine Übereinstimmung, aber es ist einen Versuch wert. Wo ist Liz?"

„Ich glaube, sie war unterwegs zu einem Treffen mit Vince Carter. Brauchst du sie?"

Meg schüttelte den Kopf. „Ich lasse ein Programm laufen, das Aspekte von Liz' Akte abgleicht. Die Ähnlichkeiten. Und wir haben einen Hinweis auf Aufnahmen von einer Autokamera bekommen. Der Typ weiß nicht, wie man sie herunterlädt, also habe ich jemanden geschickt, um sie zu holen."

„Was für Aufnahmen?"

„Er war zur richtigen Zeit in der Nähe des Parks und erinnerte sich vage daran, einen älteren Mann mit einem kleinen Kind gesehen zu haben. Sie hielt die Hand des Mannes und plauderte, als sie eine Straße überquerten. Er fand es süß, dass es ein Großvater mit seinem Enkelkind war."

Andy war in Sekundenschnelle auf den Beinen. „Welche Straße? Wie lange dauert es, bis wir es sehen können?"

„Beruhig dich. Ich habe diese Infos auch schon geschickt. Schau ab und zu mal in deine E-Mails, okay?" Mit einem Grinsen war Meg verschwunden.

„Meine E-Mails checken. Was glaubst du, was ich alle zwei Minuten mache?", murmelte er vor sich hin, während er sich wieder in den Stuhl sinken ließ und den Posteingang aktualisierte.

„Du wolltest mich sehen?" Pete klopfte nicht an, sondern stürmte herein, schloss die Tür hinter sich und ließ sich in einen Stuhl fallen. „Gibt's was Neues?"

„Du siehst scheiße aus."

„Und ich bin stolz darauf."

Pete musste die ganze Nacht wach gewesen sein, so wie er aussah. Seine Kleidung war zerknittert. Seine Haare waren unordentlicher als sonst. Aber seine Augen waren scharf und erwartungsvoll.

„Ich hatte einen Anruf von einem Mann, der andeutete, dass er Eliza hat."

„Damit hättest du anfangen können."

„Ja, nun, der Grund, warum ich dich hergerufen habe, betrifft Brian Bisley. Gerade wird ein Durchsuchungsbefehl vollstreckt, um seine Geräte zu beschlagnahmen und sowohl sein Büro als auch seine Wohnung zu durchsuchen. Meg engt die Quelle der anonymen E-Mails an Darryl ein, und in der Zwischenzeit wollen wir einige Antworten über Bisleys Beziehung zu ihm."

„Ist er also hier?", fragte Pete. „Willst du, dass ich das Verhör führe?"

„Nicht mit ihm. Das mit Liz, sobald sie zurück ist. Und was ich dir sage, ist vertraulich, Pete. Der Anrufer will, dass Liz sich morgen früh mit ihm trifft."

„Um was zu tun?"

„Ich gebe dir Zugang zur Aufnahme des Anrufs, aber er verlangte im Grunde, sie zu sehen, natürlich allein, wenn wir Eliza zurückhaben wollen."

„Dann lebt sie also."

„So hat er es gesagt."

Pete fuhr sich mit beiden Händen durch die Haare und fluchte leise.

„Ich möchte, dass du siehst, ob Liz sich noch an etwas anderes über Ellens Verschwinden erinnert, bevor ich entscheide, was morgen passiert."

„Liz sollte nicht gehen", sagte Pete.

„Ich stimme zu." Terry hatte die Tür geöffnet und schloss sie hinter sich mit einem festen Klicken, sein Gesichtsausdruck grimmig. „Wir haben nichts, was uns überzeugt, dass dies nicht ein früherer Täter ist, mit dem sie zu tun hatte und der die Entführung nutzt, um Zugang zu ihr zu bekommen. Bis wir bessere Informationen haben, möchte ich nicht, dass sie von dem Anruf erfährt." Er zog einen weiteren Stuhl heran. „Die Nachstellung der Ereignisse mit Schauspielern lief gut. Die Medien verteilen das fertige Produkt über alle üblichen Kanäle, und ich habe eine Live-Übertragung gemacht. Auf dem Weg hierher habe ich gehört, dass es ein paar vielversprechende Hinweise gibt."

„Meg verfolgt einen von jemandem mit möglichem Videomaterial eines Mannes und eines kleinen Mädchens in der Nähe des Parks." Andy tippte auf seiner Tastatur. „Ich habe dir gerade die Informationen geschickt, die sie bisher hat. Das Beste für alle wäre, Eliza heute zu finden."

Pete stand auf. „Liz wird noch eine Weile brauchen. Was, wenn ich ein ruhiges Gespräch mit Bisley führe?"

„Lies zuerst das Transkript des letzten Interviews. Er ist noch nicht verhaftet, und ich würde es vorziehen, wenn er keinen Anwalt nimmt", sagte Andy.

„Ich werde nett sein."

„Pete, dränge ihn ein bisschen wegen der E-Mails. Es gibt bereits Leute, die seine Computer durchsehen, und die Zeit ist nicht sein Freund", sagte Terry.

Mit einem Grinsen stand Pete auf. „Ich auch nicht, Boss."

Andy nahm seine erste Mahlzeit des Tages – abgesehen von dem Schokoriegel vor Stunden – mit an einen Ort, von dem aus er das Bisley-Interview beobachten konnte. Seine Art zu essen war entsetzlich. Unregelmäßig und kohlenhydratgeladen. Beides passte nicht zu ihm. Immerhin war der Kebab heiß.

In Bisleys Büro hatte es eine Pattsituation gegeben, bis ihm mit Verhaftung wegen Behinderung gedroht wurde. Anscheinend hatte er geflucht, seine Zigarette ausgedrückt und war ohne ein weiteres Wort gegangen. Wenn McNamara ihn zum Reden bringen könnte, ohne dass ein Anwalt gerufen würde, wäre das ein Wunder.

Ich hätte das machen sollen.

Dies einem Mann mit zweifelhaftem Ruf zu überlassen, war eine schlechte Entscheidung. Terrys schlechte Entscheidung. Er war ein guter Polizist gewesen. Jetzt sollte er in den Ruhestand gehen.

„Es braucht viel Grips, um so einen großen Job zu managen, Bing. Wie bist du ins Management gekommen?"

Pete saß mit einem Knöchel über dem Knie, entspannt, und nippte an einem Kaffee. Er war seit einer halben Stunde dort und hatte auch dem Mann gegenüber einen Kaffee mitgebracht. Und ein paar Donuts.

„Dieses Gebäude ist nicht mein erstes. Nee, ich habe klein angefangen, hab die Buchhaltung in einem Laden in Geelong gemacht.

Der Manager wurde erwischt, wie er in die Kasse gegriffen hat, und als Belohnung dafür, dass ich seinen Diebstahl aufgedeckt habe, wurde der Job meiner. Bin fast zehn Jahre dort geblieben, und dann gab's einen Eigentümerwechsel und sie haben den Laden in Serviced Apartments umgewandelt. Die Renovierung sollte ein Jahr dauern und ich wurde nicht dafür bezahlt, rumzusitzen."

„Großer Unterschied vom Geelong-Lifestyle zum Vorstadtleben."

Bisley verdrehte die Augen. „Sag ich ja. Muss aber sagen, meine Wohnung ist eine Stufe über allem, wo ich vorher gelebt habe."

Andy hätte fast ein Stück Tomate ausgespuckt. Was für Standards hatte dieser Mann?

„Schön, ist sie?"

„Die beste im Gebäude. Oberste Etage. Eckwohnung mit umlaufendem Balkon. Blick auf den Park."

Er wurde knallrot und presste die Lippen zusammen.

Komm schon, McNamara. Das wurde dir auf dem Silbertablett serviert.

„Meine Wohnung ist das Gegenteil. Kein Balkon. Keine schöne Aussicht."

Was zum Teufel? Ist das hier ‚Vergleiche die Wohnungen' oder was?

„Das ist mies, Mann."

„Jup. Allerdings bin ich selten da, um mich zu beschweren. Wusstest du, dass ich den Großteil meiner Karriere verdeckt gearbeitet habe?" Pete nahm seinen Knöchel vom Knie und lehnte sich vor, um beide Ellbogen auf den Tisch zu legen. „Bester Job aller Zeiten. Ich kann jemand anderes sein. Mich verkleiden. Mich an Kriminelle ranmachen. Sogar ein paar Köpfe zusammenschlagen und weißt du was? Ich liebe es. Ich liebe die Freiheit, *unantastbar* zu sein."

Andy beendete seinen Kebab. Das könnte der Grund sein, warum Liz so viel für McNamara übrig hatte.

Bisley schob einen Finger zwischen den Kragen seines Hemdes und seinen Hals.

„Ich bin jetzt nicht mehr undercover, also macht mir das Verhören nicht mehr so viel Spaß. Aber hier ist die Sache, *Bing*." Er lehnte sich so weit über den Tisch, wie er konnte, ohne aufzustehen. Bisley bewegte sich nicht. Ein bisschen wie ein Reh im Scheinwerferlicht. „Ich habe Kontakte. Jede Menge davon. Und heute habe ich mit einigen der übelsten Typen rumgehangen, denen du hoffentlich nie begegnen wirst. Siehst du, ich werde Eliza Singleton finden – lebendig und gesund – und jeder, der sich mir in den Weg stellt, wird kein glückliches Leben haben."

Bisley zuckte zurück und sah aus, als würde er gleich einen Herzinfarkt erleiden.

„Also, Bing. Lass uns über die Aussicht auf den Park plaudern. Und über die E-Mails, die du seit etwa achtzehn Jahren an Darryl Tompsett schickst."

NEUNZEHN

Die Fahrt zu Vinces Haus gab Liz Zeit zum Nachdenken. In mancher Hinsicht zu viel Zeit, da ihr Verstand den Moment, in dem sie Ellens Verschwinden bemerkt hatte, immer wieder abspielte. Es würde sie nie verlassen. Der Schock. Der Unglaube. Die Panik.

Tage und Nächte der Suche. Fragen beantworten. Fragen stellen.

Und dann die Wut. Sich selbst die Schuld geben. Anna, die ihr die Schuld gab. Fremde, die ihr die Schuld gaben.

Hör auf damit, Liz.

Sie hatte gedacht, dieser giftige Kreislauf des Wiederaufrollens wäre begraben, aber dann passierte Eliza.

Was sie jetzt tun musste, war, Vinces Erinnerungen an diese Zeit zu durchforsten, und ihn kennend, hatte er genau das selbst schon getan.

Als sie in die Straße zu seinem Haus einbog, warf sie einen Blick auf ein Auto in ihrem Rückspiegel. Es war ihr auf der Autobahn gefolgt, aber sie erinnerte sich nicht, wann sie es zum ersten Mal bemerkt hatte, und weiße Toyota-Limousinen waren häufig. Das Abbremsen hinter einer Kurve gab ihr die Chance, das Kennzeichen zu erfassen, als das Auto aufholte. Sie gab die Nummer durch.

Das Auto fiel zurück und bog in eine Einfahrt ein.

Liz stornierte die Anfrage. Sie sah Gespenster.

Vince lebte kilometerweit vom Nirgendwo entfernt – so fühlte es sich zumindest an – hinter Bacchus Marsh, wo Grundstücke verschiedener Größe an einen langen Bergrücken grenzten. Letztes Jahr war seine alte Hütte bis auf die Grundmauern niedergebrannt. Trotz dieser schrecklichen Erfahrung hatte Vince neu gebaut und lebte jetzt wieder dort mit der einzigen Familie, die ihm geblieben war, seiner Enkelin Melanie.

Die Auffahrt war immer noch holprig und einfach, aber das neue Haus war niedlich, ein Holzhaus mit grauem Dach und Veranden ringsum. Sie hielt davor an und war kaum ausgestiegen, als ein Wirbelwind von Kind auf sie zustürmte.

„Liz! Liz! Du bist wirklich hier."

Liz umarmte Melanie. „Ja, das bin ich. Lass mich dich mal ansehen." Sie ließ sie los und richtete sich mit einem Grinsen auf. „Bist du etwa 15 Zentimeter gewachsen?"

„Ich wachse in Zentimetern. Opa gräbt gerade einen Garten für Gemüse um. Komm und sieh es dir an."

Melanie sprintete um die Seite des Hauses und Liz folgte, etwas gemächlicher.

Vince schaufelte Dünger von einer Schubkarre in ein Hochbeet, während eine Frau in seinem Alter ihn einharkte.

„Opa, Lyndall! Schaut mal."

Beide hoben ihre Köpfe, als Melanie in der Nähe der Schubkarre zum Stehen kam und ihre Nase rümpfte. „Igitt."

„Igitt in der Tat, junge Dame. Das ist die feinste Mischung von meinen Eseln und deinem Pony, und sie wird alles zum Wachsen bringen." Lyndall legte ihre Harke weg und warf ihre Gartenhandschuhe ins Gras. „Liz. So schön, dich zu sehen, Liebes."

Lyndall besaß das Nachbargrundstück, wo sie sich für ihre geretteten Esel abrackerte und ein atemberaubendes Haus und

Garten pflegte. Sie hatte Vince und Melanie nach dem Brand bei sich aufgenommen, und mehr noch, sie war genauso verantwortlich für die Rettung von Vinces Leben wie Pete. Ihre Kugeln trafen den Mörder zur gleichen Zeit. Sie war eine ausgezeichnete Schützin. Und seltsamerweise hatte sie einen Panikraum in ihrem Haus.

Eines Tages möchte ich deine Geschichte hören.

Liz erwiderte Lyndalls feste Umarmung und als sie zurücktrat, umarmte Vince sie noch enger. Sie hielt sich fest und kämpfte gegen Tränen an, die aus dem Nichts kamen, und brauchte für eine Weile seine Stärke.

„Es wird alles gut, Lizzie", murmelte er.

„So, Melanie und ich bringen die Schubkarre zurück zu meiner Koppel, um mehr Eselmist zu holen", sagte Lyndall.

„Aber ich will mit Liz reden", sagte Melanie schmollend. „Ich hab sie vermisst."

„Ich hab dich auch vermisst, Mel. Aber wenn es dir nichts ausmacht, würde ich mir deinen Großvater für ein paar Minuten ausleihen. Langweiliges Erwachsenenzeug."

„Hm. Aber geh nicht nach Hause, ohne dich zu verabschieden."

„Versprochen, das werde ich nicht."

Melanie versuchte, die Schubkarre allein anzuheben, und mit einem Lächeln übernahm Lyndall. „Du öffnest das Tor, kleine Miss."

„Eselmist. Eselmist." Voraus hüpfend, sang Melanie die Worte.

Vince goss zwei große Gläser Wasser ein. „Bleibst du zum Essen? Ich kann etwas früher anfangen."

„Ich wünschte, ich könnte. Aber bald, ja?" Liz nahm das Glas an und folgte Vince wieder nach draußen.

Sie setzten sich auf die hintere Veranda mit Blick auf die Ponykoppel, die momentan leer war. Das alte Pony, das normalerweise dort lebte, verbrachte oft Zeit mit den Eseln zur Gesellschaft. Melanie und Lyndall waren gerade noch sichtbar auf einer Koppel auf halbem Weg den Hügel hinauf zu ihrem großen Haus.

„Es ist schön, euch drei zusammen zu sehen."

„Wir sind nicht zusammen, zusammen. Lyndall und ich. Beide ein bisschen zu festgefahren dafür, aber sie bedeutet uns beiden viel. Melanie liebt sie."

Du auch.

„Vince, du sagtest, du hättest ein paar Gedanken gehabt, als du mir geschrieben hast. Wenn es irgendetwas gibt, könnte es helfen."

„Hast du deine eigenen Tagebuchnotizen gelesen?"

„Ja. Und deine."

„Ist dir etwas aufgefallen?"

Liz schüttelte den Kopf. „Nichts, was nicht schon auf meinem Radar war. Ich dachte, ich hätte es weggeschlossen, aber vieles ist so klar wie an dem Tag, als Ellen verschwand."

„Klare Erinnerungen oder Gefühle?" Er nahm einen Schluck Wasser und stellte das Glas auf einen Tisch. „Die Gefühle werden Eliza nicht finden, aber dein Instinkt könnte es. Und irgendwie musst du sie trennen."

Er hatte Recht. Die scharfen Erinnerungen waren von schrecklicher Angst gefärbt.

„Ja. Beides. Deshalb bin ich hier. Ich muss deine Version davon hören, was an diesem Tag passiert ist. An diesen Tagen", sagte sie.

„So gut ich kann." Vince nickte. „Du hast mich ein paar Minuten nach Mittag angerufen. Ich war bei der Arbeit. Du sagtest ‚Ellen wurde entführt'. Ich fand heraus, wo du warst, rief meinen vorgesetzten Offizier an und war weniger als eine halbe Stunde später dort. Es waren zwei Polizisten im Park, die beide nach Ellen suchten. Du warst außer dir. Suchtest und riefst. Ich brachte dich dazu, für eine Minute im Schatten innezuhalten, während ich mehr Beamte anforderte."

Liz versuchte, etwas von dem Wasser zu trinken, aber ihre Kehle war wie zugeschnürt.

„Du erzähltest mir, Ellen hätte um die Brücke herum gespielt und du wärst in einem Telefonat gewesen und hättest sie aus den Augen gelassen. Als du das Gespräch beendet hattest, wolltest du ihr sagen, dass es Zeit für ein Eis sei, aber sie war nicht da. Du hast den Park abgesucht und sie als vermisst gemeldet und dann mich angerufen. Mehr Polizei kam, aber nicht genug. Ich schickte dich, um in der Wohnung nachzusehen."

„Sie war nicht dort."

„Ich weiß, Lizzie." Vince seufzte. „Es hat drei Stunden gedauert, bis ein Detektiv am Tatort war. Drei Stunden. Ich wurde von der Suche abgezogen und das habe ich ihnen nie verziehen. Die anfängliche Theorie war, dass Ellen von einem Verwandten oder Freund abgeholt wurde, und darauf wurde zu viel Zeit verschwendet als auf alles andere. Aber das ist nur meine Vermutung. Keine Fakten."

„Es gab ein Missverständnis mit meiner Schwester. Ellen sollte an diesem Abend nach Hause gehen und ich hatte geplant, sie hinzubringen. Aber Anna hatte irgendwie die Idee, dass Sav, ihr Mann, sie abholen würde. Sav dachte, Anna würde es tun. Die Polizei rief beide an und jeder hatte eine andere Geschichte. Es hat Zeit verschwendet, aber es war ein Fehler."

Es folgte viel Geschrei und Schuldzuweisungen.

„Jedenfalls geschah dies am Vormittag, nicht am frühen Abend, als Ellen zu Hause erwartet wurde."

Von oben am Hügel kamen Lachschreie. Einer der Esel jagte Melanie um die Schubkarre herum.

„Und das ist das Mädchen, das Angst vor dem alten Pony hatte, als sie hier einzog", sagte Vince mit sanfter Stimme.

„Sie hat Glück, dich zu haben."

„Das geht in beide Richtungen, Liz."

Vince hatte so viel durchgemacht und überlebt. Nicht gerade anmutig, aber wenn er all den Verlust in seinem Leben überwinden konnte, dann konnte Liz sicherlich die Fassung bewahren, während sie nach einem entführten Kind suchte. Sie schüttelte sich innerlich.

„Noch etwas Relevantes? Irgendwelche Beobachtungen zu Ellens Fall, die nicht im Tagebuch stehen?"

„Ein paar Dinge haben mich damals gestört, waren aber zu vage für eine Nachverfolgung. Eines war der Mangel an Ermittlungen in Ellens Familie. Ich erinnere mich, dass ihre Eltern zu Befragungen da waren. Weißt du, wer sonst noch?"

„Es war sonst niemand zu der Zeit im Bundesstaat. Savs Familie lebt alle in Queensland. Anna und ich haben jetzt überhaupt niemanden mehr. Mum ist vor über zwanzig Jahren gestorben."

„Und dein Vater?"

Liz' Magen verkrampfte sich.

„Ich habe ihn seit meiner Kindheit nicht mehr gesehen. Anna auch nicht."

„Lebt er noch?"

Sie zuckte mit den Schultern. „Keine Ahnung. Die Scheidung meiner Eltern war traumatisch. Er war gewalttätig. Uns ging es ohne ihn gut."

Vince starrte sie an, seine Augen verrieten nichts.

„Opa! Liz! Ich habe mit einem der Esel gespielt."

Melanie hüpfte in ihre Richtung.

„Danke, Vince. Es hilft, mit dir zu reden."

„Ich habe dir das andere Ding, das mich störte, nicht erzählt. Dieser Hausverwalter. Ich habe ihn nur ein paar Mal getroffen, aber ich glaube, da steckt mehr dahinter."

„Er wird gerade wieder befragt und ich stimme zu."

Melanie erreichte die Veranda und warf sich auf Liz, landete auf ihrem Schoß. „Rieche ich nach Eselmist?"

„Tust du. Und nach Eseln."

Mit einem Kichern schlang Melanie ihre Arme um Liz' Hals und kuschelte sich an sie. „Und du jetzt auch."

Liz hielt nur kurz zu Hause an, um sich frisch zu machen, nachdem sie beschlossen hatte, dass es besser wäre, nicht nach Bauernhofgerüchen stinkend zur Arbeit zurückzukehren. Darryls Wohnung hatte jetzt Polizeiabsperrband vor der Tür. In

Brians Büro liefen noch forensische Arbeiten und sie ging nicht hinein.

Ganz anders als beim letzten Mal.

Vince war damals genauso frustriert über die schlechte Handhabung von Ellens Verschwinden gewesen. Es stimmte, dass die meisten vermissten Kinder schnell auftauchten. Wie viele Eltern hatten ihr Kind in einem Einkaufszentrum aus den Augen verloren? Täglich. Überall war das ein regelmäßiges Ereignis. Aber Ellen war nicht aus einem Gebäude entführt worden. Sie war von einem Park weggelaufen und würde in der Nähe gefunden werden - das sagten die Beamten Liz an diesem Tag. Die richtige Suche begann erst fast zwei Tage später und war dann schon halbherzig, weil man davon ausging, dass es eine Suche nach einer Leiche war.

Zurück im Auto erwiderte sie einen verpassten Anruf von Pete.

„Wie lange brauchst du noch?"

„Höchstens zwanzig. Warum?", fragte sie.

„Hatte ein nettes Gespräch mit unserem Freund Bisley."

„Du hast was? Wer hat *dich* auf ihn losgelassen?", lachte Liz. „Und noch wichtiger, steht der Mann noch?"

„Ha. Ha. Andy hat's erlaubt. Weißt du etwas über seine Vergangenheit? Bisleys. Vor dem Job in deinem Apartmentgebäude."

Liz winkte jemanden durch eine Kreuzung.

„Wir waren nie Freunde, Pete. Er war schon da, bevor ich eingezogen bin. Oh, er hat mal davon geschwärmt, wie viel netter die Mieter in seinem letzten Gebäude waren. Ich hatte mich wahrscheinlich wieder über die Aufzüge beschwert."

„Stellt sich heraus, er hat als Buchhalter angefangen. Wurde zweimal unter dubiosen Umständen gefeuert, denen wir nachgehen. Bekam einen Job in einem Apartmentgebäude in Geelong als Buchhalter und wurde schließlich Manager."

„Geelong?"

„Was ist damit?", fragte Pete.

„Weiß nicht. Irgendwas. Nichts. Mach weiter."

Es ist nicht nichts. Aber warum ist es wichtig?

„Er bekam den jetzigen Job dank einer Empfehlung des alten Besitzers des Geelong-Gebäudes. Behauptet, er erinnere sich nicht an seinen Namen, aber sie hätten eine Vereinbarung und hier kommt's: Der alte Chef hat irgendein Ding am Laufen, bei dem Bisley immer noch mitmacht. Hab's noch nicht ganz kapiert, aber es gibt Ketten von E-Mails, die hin und her gehen, und er empfängt und sendet sie. Sagt, es sei irgendein Glücksspielgeschäft, das der andere Typ betreibt. Mehr nicht. Er gibt zu, dass Darryl ein Empfänger ist, bestreitet aber jegliches Wissen über Entführungen."

Liz' Herz sank. Wenn das alles war, könnten die E-Mails von Bisley auf Darryls Computer nichts mit dem Stehlen von Kindern zu tun haben.

„Was ist mit den E-Mails, die Darryl mit den Zeitungsausschnitten bekommt?"

„Meg hat fast eine Adresse."

Das war gut. Etwas musste heute gut sein.

„Lizzie? Lass uns dieses Interview machen. Ich bringe Kaffee mit und wahrscheinlich etwas Stärkeres zum Beimischen."

Pete legte auf und ließ Liz mit rasendem Herzen zurück.

Sie wollte dieses Interview. Nein, das war gelogen. Sie *brauchte* es. Zwischen Vinces und Petes neuesten Informationen gab es Dinge, die gerade außerhalb ihrer Reichweite lagen, und wenn Eliza heute gefunden werden sollte, könnte dies der Weg sein.

ZWANZIG

„Die Kamera ist aus. Der Ton ist aus. Niemand kann reinsehen."

Das war surreal. Liz hatte Hunderte von Zeugen befragt. Genauso viele Täter verhört. Viele in diesem Raum.

Aber ich war noch nie auf dieser Seite des Tisches.

Es spielte keine Rolle, dass dies kein echtes Verhör war.

Es spielte keine Rolle, dass der Zweck einfach darin bestand, längst vergessene Erinnerungen hervorzuholen.

Es war erschreckend.

„Ich fühle mich schuldig."

Pete lachte sie aus.

„Nein, wirklich. Denkst du, dass jeder das so empfindet, egal ob er jemanden getötet oder nur eine rote Ampel überfahren hat?"

Sie wusste nicht, wohin mit ihren Händen. Auf den Tisch. Vom Tisch. Am Ende lehnte sie sich in ihrem Stuhl zurück, schlug die Beine übereinander und verschränkte die Arme.

„Jetzt siehst du wirklich schuldig aus. Entspann dich, Liz."

„Leicht gesagt. Warst du jemals auf dieser Seite?"

Etwas huschte über sein Gesicht. Ein Schatten von ... Wut? Verachtung?

„Versuch deinen Kaffee."

Pete setzte sich endlich und umfasste seine Tasse mit beiden Händen.

„Wahrheitsserum?", fragte Liz.

„Hast du zu viel amerikanisches Fernsehen geschaut? Aber klar, Wahrheitsserum."

Sie nahm einen vorsichtigen Schluck. Da war Cognac im Kaffee. Na ja, warum zum Teufel nicht? Sie nahm einen längeren Schluck. Wahrheitsserum in der Tat.

„Gibt es einen Punkt, an dem du beginnen möchtest, Detektivin?", fragte Pete, die Augen auf seinen Kaffee gerichtet.

Also, das ist es jetzt.

„Meine fünfjährige Nichte wurde entführt und niemand nahm es zwei Tage lang ernst. Zwei. Volle. Tage."

„Du hast auf sie aufgepasst. Oder?"

„Nicht aufmerksam genug, wie die Geschichte bewiesen hat. Parks sollten sichere Orte für Kinder sein. Für Familien."

„Ist irgendein Ort sicher, wenn man ein kleines Kind allein ist? Was hast du gemacht, während sie entführt wurde?"

Liz keuchte.

„Lass die Emotionen beiseite, Liz. Was hat deine Aufmerksamkeit von ihr abgelenkt?"

„Ein Telefonanruf. Aber ich saß immer noch auf der Bank mit Blick auf den Spielplatz."

„Erzähl mir alles. Alles von dem Moment an, als ihr im Park angekommen seid."

Ellens Haare mussten auf einer Seite wieder geflochten werden, nachdem sie versehentlich das Gummiband abgerissen hatte. Liz setzte sich auf die Bank, um zu flechten, während Ellen stand und darüber plauderte, welche Eissorte sie später gerne hätte. Dies war der dritte Tag in Folge, an dem sie im Park waren.

„Glaubst du, Mami und Papi sind schon zu Hause?"

„Ihr Flugzeug ist heute Morgen etwas früher gelandet und deine Mutter wollte nach Hause gehen, um auszupacken und etwas einzukaufen. Ich glaube, dein Papi wollte eine Weile arbeiten. Freust du dich darauf, heute Abend nach Hause zu gehen?"

„Ich vermisse sie sehr. Und ich weiß, dass sie ein Geschenk für mich haben, weil sie immer eins haben."

„Eine neue Puppe?"

„Ich hätte gerne ein Armband."

Der Zopf war fertig und Liz gab Ellen einen Kuss auf die Wange. „Nun, ich hoffe, du bekommst ein Armband und ich werde es vermissen, mit dir abzuhängen."

Ellen schlang ihre Arme um Liz' Hals. „Kein Abschied. Nur bis zum nächsten Mal."

Liz lachte. Sie sagte das immer zu Ellen und es war süß, es von ihr zurückzuhören. Sie liebte es, wenn ihre Nichte zu Besuch kam, wenn Anna und Sav eines ihrer langen Wochenenden machten, meist um seine Familie in Queensland zu besuchen. „Hier ist deine Tasche." Sie hielt die glänzende, rosafarbene Kinderhandtasche hin und Ellen prüfte den Inhalt, bevor sie den langen Riemen über ihre Schulter warf.

„Taschentuch. Geldbörse mit fünfzig Cent. Und dein und Mamis Name und Telefonnummer für Notfälle." Sie verzog das Gesicht bei dem Wort.

„Notfälle. Los, ich werde noch eine Weile hier in der Sonne sitzen."

Ellen hüpfte über den Rasen und ging direkt unter die Brücke. Liz konnte sie sehen und hören, wie sie vor sich hin sang. Nach einer Weile spielte sie auf der Brücke und war in und aus den festungsartigen Strukturen.

Liz kramte in ihrer Tasche nach der Flasche Cola, die sie versteckt hatte. Ellen durfte keine Softdrinks und Liz trank sie selbst selten, aber ab und zu war es ein schuldiges Vergnügen. Als sie sie öffnete, sprudelten Blasen heraus und bedeckten ihre Hände mit klebriger Süße. Sie hatte nichts, um ihre Hände zu reinigen, und stand einen Moment lang neben der Bank, während Cola von ihren Fingern tropfte und bereits die Aufmerksamkeit einer Fliege auf sich zog. Der Brunnen war nur ein paar Schritte entfernt und sie spritzte schnell etwas Wasser über ihre Haut.

„Tante Liz?"

„Ich bin hier."

Ellen war zur Bank zurückgekehrt und beäugte, was von der Colaflasche übrig war. „Ich habe Durst."

„In der Tasche ist etwas Wasser, Schatz. Meine Hände sind ein bisschen nass, kannst du die Flasche rausholen?"

„Kann ich etwas davon haben?"

„Keine Chance. Es schmeckt nicht gut."

Der Blick, den Ellen ihr zuwarf, war komisch. Sie glaubte kein Wort. Aber sie bediente sich am Wasser und nahm ein paar lange Schlucke, bevor sie die Flasche zurückgab.

„Mein Schnürsenkel ist aufgegangen."

„Ich kann ... oh, hast du ihn zugebunden?"

Ellen hatte den betreffenden Fuß nach vorne gestreckt und die Schnürsenkel waren anders gebunden, als Liz es tat. Komplett neu geschnürt.

„Netter Mann hat's gemacht."

„Welcher nette Mann?" Liz schaute sich um. Der Park sah leer aus. „Kannst du ihn mir zeigen?"

Ellen nahm ihre Hand und sie gingen eine Weile herum. Über die Brücke, um die Schaukeln herum, entlang des Randes. „Er war traurig."

„Inwiefern?"

„Seine kleine Tochter ist gestorben."

„Oh, das ist schrecklich. Und es war nett von ihm, deinen Schnürsenkel zu binden, aber Ellen, ich bin hier, um solche Dinge für dich zu tun. Ich möchte nicht, dass du mit Fremden sprichst." Liz hockte sich vor das kleine Mädchen, das die Stirn runzelte. „Versprich mir, dass du es nicht tust."

„Versprochen. Kann ich jetzt wieder unter die Brücke gehen?"

„Klar."

Ellen lief in Richtung Brücke davon.

„Ich hole unsere Sachen und setze mich dann näher zu dir, okay?", rief Liz.

Das kleine Mädchen drehte sich um und winkte. „Bis zum nächsten Mal, Tante."

Liz war fast an der Bank angekommen, als ihr Handy klingelte.

„Wer war am Telefon, Liz?"

„Brian Bisley. Wie konnte ich das vergessen? Er redete darüber, dass einer der Bewohner seine Büromaterialien gestohlen hätte oder so was und wollte, dass ich das untersuche. Er redete und redete, und ich hatte mich auf die Bank gesetzt, um den Deckel wieder auf die Cola zu machen, während er schimpfte." Liz berührte ihr Gesicht. Tränen liefen ihre Wangen hinunter.

Pete schob ihr eine Packung Taschentücher zu. „Und dann bist du losgegangen, um Ellen zu suchen. Konntest du sie von der Bank aus sehen?"

„Ja. Aber als ich auflegte, drehte ich ihr für ein paar Sekunden den Rücken zu, während ich alles einsammelte. Und das war alles, was es brauchte, Pete. Ein paar kostbare Sekunden."

Bis zum nächsten Mal, Tante.

Liz schluckte und zwang einen Kloß in ihrer Brust hinunter.

„Wir hatten dasselbe drei Tage hintereinander gemacht, Pete. Am Vormittag verließen wir die Wohnung und gingen zum Park. Jedes Mal denselben Weg. Ellen spielte alleine, dann schaukelte ich sie und oft wollte sie im unteren Teil des Brunnens planschen. Nach etwa einer halben Stunde besuchten wir den Eisladen in der nächsten Straße. Jemand hat uns beobachtet."

„Hatte Vince etwas hinzuzufügen?"

Ihre Hände zitterten und sie schob sie unter den Tisch, dann erinnerte sie sich an den Kaffee und trank ihn in wenigen Schlucken aus. Es war nicht viel Brandy drin, aber es nahm ein winziges bisschen von der Schärfe des Schmerzes.

„Vince sagte, er mache sich Sorgen um Brian. Er hat ihn kaum getroffen, aber du weißt ja, wie gut sein Urteilsvermögen ist, wenn es darum geht, Kriminelle zu erkennen."

„Ich weiß es nicht. Er denkt, ich sei korrupt."

Das brachte Liz für einen Moment zum Lächeln. „Und du bist es nicht?"

„Nicht mal ansatzweise. Was ist sein Problem mit Bisley?"

„Bauchgefühl, dass im Hintergrund etwas Illegales vor sich geht."

„Sonst noch was?"

„Über Ellens Familie. Er versteht nicht, warum nicht mehr nachgeforscht wurde, ob ein Verwandter hinter ihrer Entführung steckt. Savs Familie lebt alle in Queensland. Das war damals so und ist es auch jetzt noch. Ich bin Annas einzige Verwandte." Sie senkte für einen Moment den Kopf, dann sah sie ihm wieder in die Augen. „Abgesehen von unserem Vater. Aber der ist schon aus unserem Leben verschwunden, als ich noch ein kleines Kind war."

„Wo finde ich ihn?"

„Er ist verschwunden, Pete. Nicht wie Ellen. Aber aus unserem Leben, und das war das Beste so, denn Kyle Moorland war kein guter Vater. Oder ein guter Ehemann für meine Mutter."

Und ich will diesen Weg nicht gehen. Er führt nirgendwohin.

„Du weißt, dass ich nach ihm suchen werde, Liz. Was muss ich wissen?"

Petes Blick war unverwandt.

Wehe den Tätern, die etwas vor ihm verbergen wollen.

„Ich habe seit Jahren nicht mehr an ihn gedacht. Jahrzehnte. Die Sache ist, dass ich zu jung war, um mich an etwas zu erinnern, außer dass ich meine Mutter ein paar Mal geschlagen sah. Es gab Geschrei und zuschlagende Türen und dann war er eines Tages weg."

„Tut mir leid, Liz. Was ist mit deiner Schwester? Sie ist älter, oder?"

Liz schob ihren Stuhl zurück und stand auf. „Um zehn Jahre. Und ich muss irgendwann mit ihr reden, bevor sie merkt, wie ähnlich die beiden Fälle sind. Aber sie hasst mich, Pete. Meine eigene Schwester. Anna gab mir die Schuld und ich verlor sie auch. Wer auch immer also Ellen und Eliza entführt hat, hat mir auch meine Familie genommen. Sind wir fertig?"

Pete nickte und Liz eilte vorbei.

Sie schaffte es bis in eine Kabine auf der Damentoilette, bevor die erstickenden Schluchzer sie überwältigten.

Mit gewaschenem Gesicht und minimal nachgezogenem Make-up trank Liz eine ganze Flasche Wasser, bevor sie Terry aufsuchte. Der Brandy mochte sie zwar genug entspannt haben, damit Pete ihre Abwehr durchbrechen konnte, aber es war unprofessionell und beeinträchtigte ihre Selbstkontrolle.

Terry war in seinem Büro mit Candace, Andy und Pete.

Sie hörten auf zu reden, als sie den Raum betrat.

„Ich fühle mich, als wäre ich hier für ein Vorstellungsgespräch bei einem prestigeträchtigen Vorstand", sagte sie, nur halb im Scherz. „Habe ich eine Memo verpasst?"

„Setz dich, Liz. Pete hat uns gerade ein paar Dinge erzählt, die bei eurem Gespräch herauskamen."

Dass ich überemotional bin und zurücktreten sollte?

Andy hatte eine offene Akte auf dem Schoß. „Meg arbeitet weiter an den E-Mails mit Bildern von Tompsetts Computer, aber es sieht nicht gut aus. Der E-Mail-Anbieter ist dafür bekannt, illegal keine Protokolle zu führen. Jedenfalls könnte diese Spur sinnlos sein."

„Sinnlos?", murmelte Pete mehr, als dass er fragte.

„Tompsett schweigt wieder und hat einen neuen Anwalt. Für jemanden ohne Geld hat er eine Spitzenkraft gefunden, die ihr Handwerk versteht. Wir haben noch ein paar Stunden, um Anklage zu erheben oder ihn freizulassen. Dass er einen Schuh aufgehoben und wieder fallengelassen hat, reicht nicht, um eine Anklage zu rechtfertigen. Und wir sind keinen Schritt weiter beim Verständnis der kryptischen Natur der E-Mails."

Terry rührte sich. „Wir wissen, dass es eine Verbindung zwischen Bisley und Tompsett und Eliza gibt, aber *welche* Verbindung, da stecken wir fest."

„Boss, es war Brian, der mich davon abhielt, an diesem Tag zu Ellen zurückzukehren. Sein Anruf, der mich ablenkte."

„Glaubst du, das war Absicht?", hob Andy die Augenbrauen. „Wie konnte er wissen, genau in diesem Moment anzurufen?"

„Woher wusste Darryl, den Schuh aufzuheben? Hat er nicht gesagt, es war eine dieser E-Mails? Woher wissen Sie, dass Brian damals keine E-Mail bekommen hat? Oder einen Anruf, denn wenn sie zusammenarbeiten, könnte er durchaus höher in der Hierarchie stehen als Darryl." Liz zwang sich, neutral zu bleiben. Es war Andys Job, alles zu hinterfragen.

Meiner auch. Ich wusste damals nur nicht die richtigen Fragen zu stellen.

„Ellen und ich sind drei Tage lang demselben Muster gefolgt. Eliza und Maureen folgen mehrmals die Woche demselben Muster. Das spielt einem Täter, der planen muss, schön in die Hände. Und obwohl ich nie in seiner Wohnung war, denke ich, sie ist hoch genug, um den Park zu sehen. Mit einem Fernglas könnte er Ausschau halten, ohne das Haus zu verlassen."

Obwohl es ihr die Seele zerriss, musste Liz alles darlegen.

„Nachdem ich den Mann, der Ellens Schnürsenkel gebunden hatte, nicht finden konnte, wollte ich sie in dieser Gegend nicht allein lassen, und sie war noch nicht bereit, nach Hause zu gehen. Pete half mir, mich an etwas zu erinnern. Wir waren in der Nähe des Spielplatzes, und Ellen lief zurück, um unter die Brücke zu gehen. Ich rief ihr zu."

Liz hielt inne und leckte sich über die trockenen Lippen. Ihr Blick traf den von Candace, und die andere Frau nickte kaum merklich zur stillen Ermutigung.

„Ich rief, dass ich unsere Sachen von der Bank hole und gleich zurück sei." Ihre Finger krümmten sich in ihren Handflächen auf ihrem Schoß, und sie atmete langsam ein.

„Und dann kam der Anruf?", schien Andy ihr Ringen, darüber zu sprechen, nicht zu bemerken. „Wie lange waren Sie am Telefon, Liz?"

„Das war vor achtzehn Jahren. Vielleicht vier oder fünf Minuten."

„Wenn die Person, die Eliza mitnehmen wollte, gehört hat, wie Sie sagten, Sie seien gleich zurück, wusste sie, dass sie nur begrenzt Zeit hatte, es zu tun. Bisley war eine Ablenkung. Das passt doch, oder?" Andy sah von einem zum anderen. „Eliza kannte den Mann schon vom Schnürsenkelbinden und seinem Gerede über seine verstorbene Tochter. Nicht schwer, sie dazu zu bringen, mit ihm zu gehen."

„Ich hatte sie gerade daran erinnert, nicht mit Fremden zu sprechen." Der Bruch in ihrer Stimme war offensichtlich. „Sie hätte das nicht schon wieder vergessen."

Zum ersten Mal sprach Candace, sanft: „Er war kein Fremder mehr. Nicht in den Augen einer Fünfjährigen."

Niemand sprach. Falls jemand etwas sagen wollte, überlegte er es sich anders. Aber alle drei beobachteten Liz. Und sie ließ sich nichts anmerken.

Sie hob das Kinn. „Was jetzt?"

EINUNDZWANZIG

„Versammelt euch. Alle, danke."

Terry hatte ein Whiteboard in die Nähe der Fenster geschoben, wo mehr Platz für Leute zum Stehen oder Sitzen war. Candace Carroll schrieb darauf, während sich Detektive und andere Beamte näherten. Andy sagte etwas zu Terry, der den Kopf schüttelte, und dann sahen beide direkt zu Liz.

Sie saß auf der Ecke eines Tisches und blickte zu ihnen zurück.

„Es gibt Dinge, die sie dir nicht sagen." Pete setzte sich neben sie. „Du machst das super, Liz, aber pass auf. Gib ihnen keine Gründe, dich noch weiter auszuschließen."

Andy nahm einen Anruf entgegen, fluchte und beriet sich mit Terry. Dann kam er auf sie zu.

„Wovon ausschließen, Pete?"

„Von Informationen."

„Liz, wenn das Briefing vorbei ist, kommst du bitte zu mir?", fragte Andy, während er vorbeiging.

„Klar doch."

Wenn auch nur, um herauszufinden, was verschwiegen wurde.

„Ich muss bald nach Hause. Schlafen", sagte Pete.

„Was bist du, ein Kleinkind?", fragte Liz und versuchte, es witzig klingen zu lassen, aber es kam nicht gut an. „Tut mir leid, ich hab nicht viel Humor in mir."

„Du hast gar keinen. Vor Mitternacht wird nichts passieren. Glaube ich zumindest. Besser, wenn ich morgen früh wach bin."

Er warf Liz einen seltsamen Blick zu, und sie wollte ihn gerade fragen, wovon zum Teufel er redete, als Candace das Wort ergriff.

„Danke für eure Zeit. Ich bin Dr. Candace Carroll. Mein Hintergrund liegt in Psychologie, Kriminologie und Forensik. Ich bin in privater Praxis tätig und für den Zweck dieses Briefings fungiere ich als das, was manche einen Profiler nennen würden. In den letzten Stunden habe ich ein erstes Profil der Person erstellt, die für die Entführung von Eliza Singleton gestern Morgen verantwortlich ist."

Mit einem Marker zeigte sie auf das Whiteboard.

„Die Informationen, auf die ich mich stütze, kommen aus vielen Quellen, und während wir sprechen, werden weitere Daten von anderen Mitgliedern des größeren Teams analysiert und berücksichtigt. Wir befinden uns in einer einzigartigen Position, und ich bin aus diesem Grund hier. Obwohl viele Jahre dazwischen liegen, gibt es auffällige Ähnlichkeiten zwischen Elizas Verschwinden und dem von Ellen Georgiou."

Mehrere Köpfe drehten sich zu Liz um. Sie bewegte sich nicht und reagierte nicht, sondern behielt Candace im Auge.

„Dementsprechend habe ich einige fundierte Schlussfolgerungen über die verantwortliche Person gezogen."

Sie tippte auf das Whiteboard.

„Fast zweifelsfrei handelt es sich um einen Mann im Alter von sechzig bis siebzig Jahren. Er ist gut ausgebildet. Er hat Ärger mit dem Gesetz vermieden. Das bedeutet nicht, dass er nicht straffällig geworden ist, nur dass er nicht erwischt wurde. Er ist geduldig. Er plant. Er nutzt ein kleines Netzwerk sorgfältig ausgewählter Helfer."

„Leute wie Bisley und Tompsett?", fragte einer der Detektive.

„Es gibt Hinweise darauf. Ja."

„Warum können wir sie dann nicht stärker unter Druck setzen?"

Terry antwortete: „Wir sind alle genervt von der Zeit, die das in Anspruch nimmt. Vertraut dem Prozess. Meg und ihr Team bekommen wertvolle Daten." Er blickte zu Candace. „Was wissen wir noch? Was treibt ihn an?"

„Verzweiflung."

Liz blinzelte. Verzweiflung?

„Dieser Mann wurde durch einen Verlust tiefgreifend verändert. Es gibt zwei Berichte, in denen er fünfjährigen Kindern erzählte, dass seine eigene Tochter gestorben sei. Oberflächlich betrachtet ist es eine Möglichkeit, Mitgefühl zu gewinnen, schließlich versteht ein Kind in diesem Alter den Tod bis zu einem gewissen Grad. Was mir sagt, dass mehr dahintersteckt als eine einfache Lüge, ist seine Wahl des Ziels... und hier ist noch etwas zu bedenken. Gab es ein weiteres vermisstes Kind oder Kinder, die zu den beiden passen, die wir kennen?"

„Sie sagen, er ist ein Serienmörder?", fragte jemand.

Liz begann aufzustehen, und Petes Hand schoss hervor, um sie zu stützen.

„Es gibt keine Beweise dafür, dass eines der Kinder verstorben ist, und es würde uns allen gut tun, sie für wohlauf und am Leben zu halten, bis das Gegenteil bewiesen ist." Candaces Stimme hatte sich nicht verändert, aber sie traf für einen Moment Liz' Blick.

Eine seltsame Ruhe legte sich über ihre Nerven, und sie warf Pete ein gezwungenes Lächeln zu.

„Lassen Sie mich das klarstellen, Dr. Carroll", sagte der erste Detektiv. „Wir haben einen Mann, der älter, gebildet und geduldig ist. Das sagt uns so gut wie nichts. Aber der Verlustaspekt? Welche Art von Verlust? Ist seine Tochter wirklich gestorben, oder sagt er das aufgrund eines anderen Verlustes?"

„Ausgezeichnete Frage. Während die Suche nach den Todesfällen junger Mädchen über einen beträchtlichen Zeitraum hinweg eine Liste von Möglichkeiten ergeben könnte, befürchte ich, dass sie nicht zu dieser Person führen wird. Der Verlust könnte durchaus von einer Scheidung, Trennung oder sogar einer zu früh verstorbenen jungen Schwester herrühren. Aber ich glaube, dass wir durch die Betrachtung der beiden Mädchen in Frage eine Chance haben, diese Suche einzugrenzen."

Sie drehte sich um und schrieb mehr an die Tafel, während sie sprach.

„Fünf Jahre alt."

„Blond. Mehr noch, langes, goldblondes Haar."

„Blaue Augen."

„Selbstständig. Das heißt, es sind beide selbstbewusste kleine Mädchen, die mit Fremden sprechen. Sie lassen sie einen Schnürsenkel zubinden."

Candace hielt inne und betrachtete die Beamten im Raum.

„Dieser Mann hat jemanden verloren, der auf diese Beschreibung passt. Es war vor mindestens achtzehn Jahren, aber ich glaube, es war viel länger her."

„Was ist die Bedeutung dieses Parks?"

„Vielleicht nicht der Park. Das ist der Ort, wo es ihm möglich war, ein Kind zu entführen. Ich glaube, die einzige Verbindung ist, dass beide Kinder dort waren. Nein, wo die Aufmerksamkeit mehr fokussiert werden muss, ist das Apartmentgebäude, in dem beide Kinder lebten oder zu Besuch waren", sagte Candace.

Terry sprach: „Jemand im Gebäude?"

„Es ist der vernünftige Ort zum Suchen, denn wenn nicht der Täter, dann lebt dort ein Komplize. Daran habe ich keinen Zweifel." Sie trat vom Whiteboard zurück, um es aus der Ferne zu betrachten. „Es gibt mehr. Etwas hat ihn dazu gebracht, Eliza zu entführen. Ich bezweifle, dass sie irgendeine Verbindung zu ihm hat. Wenn wir davon ausgehen, dass das Verschwinden dieser beiden Mädchen sein Werk ist, dann ist das zweite Kind eine Reaktion auf das erste."

„Nicht sicher, ob wir Ihnen folgen können, Doktor", sagte Terry, gefolgt von einem zustimmenden Murmeln.

Zum ersten Mal, seit Liz sie kennengelernt hatte, wirkte Candace unbehaglich, als sie zum Whiteboard zurückkehrte. Sie schrieb „Ellen" und kreiste es ein. „Nehmen wir an, dieses Kind war das erste, das entführt wurde, dass es vorher keine anderen gab. Die verantwortliche Person hat sie nicht einfach geschnappt und ist davongelaufen, weil sich eine Gelegenheit bot, um dann achtzehn Jahre später zurückzukommen und dasselbe zu tun. Er hatte eine Verbindung zu Ellen, entweder durch ihr Aussehen und Alter oder eine tatsächliche familiäre Beziehung."

Erneut ertönte Gemurmel und einige Köpfe drehten sich zu Liz um.

„Reiß dich zusammen", Petes Stimme war so leise, dass Liz die Worte kaum verstehen konnte.

„Etwas Bedeutendes ist passiert, das ihn dazu brachte, nach einer anderen Ellen zu suchen. Es könnte ein wichtiger Geburtstag sein. Eine Art Jahrestag."

„Hat er Ellen getötet und wollte sie ersetzen?"

Wer auch immer das gerufen hatte, wurde von anderen Detektiven zum Schweigen gebracht.

„Ellen wäre jetzt dreiundzwanzig", sagte Liz und stand auf. „Warum sollte er jemanden in diesem Alter töten? Warum sollte sie jetzt nicht ihr eigenes Leben haben?"

„Vielleicht hat sie das, Liz", nickte Candace. „Vielleicht hat sie sogar ein eigenes Kind. Sie war nicht länger das kleine Mädchen, das dieser Mann krankhaft in seinem Leben braucht, also hat er eine andere gefunden."

Ellen könnte noch am Leben sein. Sie könnte aufgewachsen sein und sich an nichts von ihrer Familie erinnern.

Liz hatte nie geglaubt, dass Ellen tot war, aber zum ersten Mal hatte sie einen echten Hoffnungsschimmer.

Während das Briefing mit Candace weiterging, schlich sich Liz hinaus. Es war sinnlos, weiter zu spekulieren, bis mehr Fakten bekannt waren.

Sie klopfte an Andys Tür und er zuckte zusammen. Er könnte gedöst haben.

„Tut mir leid, Chef. Wollten Sie mich sehen?"

Er rieb sich die Augen, als sie die Tür schloss.

„Setz dich, Liz. Was hast du aus dem Briefing mitgenommen?"

Liz gab ihm die Kurzversion.

„Wenn man Ellens Verschwinden nur von Anfang an ernst genommen hätte. Ich hatte schon lange das Gefühl, dass es etwas mit mir zu tun hat, und nicht mit dem Park oder dem Gebäude."

„Dein Vater?"

„Was? Nein."

„Wie lange hast du ihn nicht mehr gesehen, Liz?"

„Nicht seit ich ein kleines Kind war, und obwohl ich verstehe, warum du an ihn denkst, passt er nicht zu Candaces Profil, abgesehen von der Altersgruppe. Er war ein rücksichtsloser, gewalttätiger Mann, nicht gebildet. Keine Geduld. Er hatte überhaupt kein Interesse daran, mich oder meine Schwester nach der Scheidung zu sehen, und ich glaube, er hat nicht einmal Unterhalt gezahlt. Das ist ein Mann, der seine Kinder abgeschrieben hat, anstatt zu versuchen, sie zu ersetzen, indem er sein eigenes Enkelkind stiehlt."

Andy hörte zu und nickte.

„Und warum warten, bis sie bei mir war, anstatt bei den vielen Gelegenheiten im Kindergarten, bei Spielverabredungen oder in ihrem lokalen Park?"

„Das ergibt keinen Sinn", sagte Andy.

Liz atmete langsam aus. Alle mussten aufhören, kostbare Zeit mit Theorien zu verschwenden.

„Wenn überhaupt, wäre es ein Täter. Jemand, den ich verhaftet habe."

„Wir untersuchen diese Möglichkeit bereits." Andy streckte sich. „Du bist schon zu viele Stunden hier. Geh nach Hause."

„Was ist mit Brian und Darryl? Ich kann mit ihnen sprechen."

„Nein, kannst du nicht. Der Grund, warum ich das Briefing

verlassen habe, war Bisley, der Atembeschwerden und Schmerzen im linken Arm hatte."

„Hatte er einen Herzinfarkt?"

„Er ist im Krankenhaus. Und wir hatten ihn nicht verhaftet, also konnte ich nur einen Streifenpolizisten abstellen, der ein Auge auf ihn hat. Tompsett wird freigelassen."

„Was, nein!"

„Wir haben bei Weitem nicht genug, um ihn jetzt anzuklagen. Und klopf nicht an seine Tür."

Klar. Wie könnte ich nur davon träumen, so etwas zu tun?

„Geht es dir gut, Liz? Kann nicht angenehm gewesen sein, McNamara seinen bösen Polizisten an dir auslassen zu lassen."

Liz lächelte. „Er kennt nur einen Weg. Aber mir geht's gut. Wenn du mich wirklich nicht hier haben willst, besuche ich vielleicht Anna. Meine Schwester." Das Lächeln verblasste. „Sie muss sich langsam die Dinge zusammenreimen und Fragen haben."

„Wie lange habt ihr euch nicht gesehen?"

„Ist schon eine Weile her."

Und sie wird mir wahrscheinlich die Tür vor der Nase zuschlagen.

Anna lebte immer noch in Keilor in dem Haus, das sie und Sav vor dreißig Jahren gekauft hatten. Damals hatten beide in der Luftfahrt gearbeitet, Sav am Boden und Anna in der Luft. Als Ellen kam, war Anna nicht bereit, für längere Zeit von ihrem Kind getrennt zu sein, und ließ sich zur Reiseverkehrskauffrau umschulen. Wie Liz hatte sie es nicht übers Herz gebracht, aus dem Zuhause wegzuziehen, das Ellen kannte. Nur für den Fall.

Liz parkte ein paar Häuser weiter und brauchte ein paar Minuten, um ihren Mut zusammenzunehmen.

Das letzte Mal hatte sie ihre Schwester bei Savs Beerdigung gesehen.

Er hatte den Verlust von Ellen nie überwunden und trank, bis seine Leber aufgab. Das war vor vier Jahren. Bis zur Beerdigung hatten die Schwestern Kontakt gehalten - nicht oft -, aber genug, dass Liz glaubte, ihr könnte eines Tages vergeben werden. Die

Beerdigung war ein Wendepunkt für Anna, und die Worte, die sie benutzte, hatten sich in Liz' Gedächtnis eingebrannt. Nicht zuletzt, dass sie nie wieder Kontakt aufnehmen sollte, es sei denn, sie würde Ellen nach Hause bringen.

Auf die Gefahr hin, eine Wiederholung dieser Tirade zu erleben, klingelte Liz an der Tür.

Die Frau, die die Tür öffnete, hatte kaum Ähnlichkeit mit der Schwester, an die Liz sich erinnerte. Ihr einst glänzendes rotes Haar war stumpf und grau und mit einem Haarband zurückgebunden. Der Körper, auf dessen Schlankheit und Fitness Anna einst so stolz gewesen war, war plump und mit Kilos beladen. Ihr Gesicht war faltig und eingefallen, ohne eine Spur von Make-up.

„Ich hab mich schon gefragt, wann du hier auftauchst."

„Du hast es gehört?"

Anna zuckte mit den Schultern. „Schwer zu überhören. Komm rein."

Liz zog ihre Schuhe aus und ließ sie gleich hinter der Tür stehen. Anna ging in Richtung Küche. Entlang des breiten Flurs hingen die vertrauten gerahmten Fotos aus vergangenen Jahrzehnten. Ein Hochzeitsfoto. Anna schwanger. Baby Ellen. Ein Familienfoto. Liz eilte vorbei.

„Hast du gegessen?"

Liz schüttelte den Kopf und nahm den Verfall des Raums wahr, den Anna immer das „Herz des Hauses" genannt hatte. Keine Schale mit frischem Obst. Keine Blumen auf dem Tisch. Ein Stapel schmutziges Geschirr stand in der Spüle. Anna starrte in den Kühlschrank.

„Mir geht's gut, wenn du schon gegessen hast", sagte Liz.

„Kann mich nicht erinnern, wann. Sollte wohl was essen. Kann mich nur nicht entscheiden, was. Hab mich nie daran gewöhnt, für eine Person zu kochen."

Liz gesellte sich zu Anna am Kühlschrank. „Eier? Was, wenn ich ein Omelett mache?"

Anna trat beiseite. „Bitte sehr. Wein?"

„Gerne."

Sie aßen an der Küchentheke, Omeletts mit Toast und Wein.

„Eher Frühstück als Abendessen. Nicht, dass ich morgens Wein trinke", sagte Liz.

„Die Eier sind gut. Keine Ahnung, wann das letzte Mal jemand für mich gekocht hat. Wie sieht's bei dir aus? Kocht jemand für dich?"

„Zählt es, dass einer meiner Chefs gestern Abend thailändisches Essen mit mir geteilt hat?"

„Nö. Warum hat er das gemacht?"

„Alle gehen auf Zehenspitzen um mich herum bei der Arbeit. Andy dachte wohl, ich würde verhungern, wenn sich niemand erbarmt, während ich... na ja, eine Kiste durchsortiere."

Anna hielt das Weinglas, trank aber nicht. „Andy."

„Dreißiger. Ehrgeizig. Nicht mein Typ."

„Was auch immer das heißt." Anna stellte das Glas ab. „Ist es dieselbe Person, Liz? Die, die unsere Ellen genommen hat?"

Unsere Ellen. Unsere Kleine.

„Es besteht eine große Wahrscheinlichkeit. Ja."

„Und du wirst sie finden? Eliza Singleton nach Hause bringen. Und mein Baby?"

Das Zittern in ihrer Stimme zerriss Liz das Herz.

„Es gibt ein riesiges Team von Detektiven, Forensikern und einem Profiler, die ununterbrochen arbeiten. Wir haben diesmal Spuren."

Jetzt nahm Anna einen Schluck Wein und stellte das Glas zurück, ihre Augen weit geöffnet.

„Können wir über ein paar Dinge reden?", fragte Liz.

„Dinge?"

„Über unseren Vater."

Als hätte sie etwas gestochen, sprang Anna von ihrem Hocker, der krachend zu Boden fiel. Sie blickte verwirrt darauf und begann, die Teller abzuräumen.

Liz stellte den Hocker wieder auf und half ihr.

„Ich habe eine Weile nicht mehr abgewaschen. Keine

Ahnung, warum nicht." Anna begann das Spülbecken zu füllen und stapelte die Teller der Größe nach auf einer Seite. „Du solltest wissen. Ich nehme Antidepressiva. Die Dosis stimmt noch nicht und ich vergesse, Dinge zu tun. Sie machen mich zu hungrig. Und dann esse ich tagelang nichts. Bisschen chaotisch, Lizzie."

Und völlig verständlich.

„Soll ich abwaschen oder abtrocknen?"

„Such dir was aus."

Das Schrubben des Geschirrs schien Anna zu helfen, sich auf das Gespräch zu konzentrieren. „Unser Vater war ein schrecklicher Mann. Du musst dich doch erinnern?"

„Nicht viel. Ein bisschen. Er war nicht nett zu Mum. Viel Geschrei."

„Er hat uns geschlagen. Mum. Mich. Dich nicht."

„Was? Er hat dich geschlagen? Oh, Anna."

„Mach kein Theater. Zu lange her, um sich jetzt darum zu kümmern."

„Warum nicht mich?", wagte Liz zu fragen.

Anna lachte kurz. „Du warst sein perfektes Kind. Kamst nach ihm mit deinen blauen Augen und blonden Haaren und sagtest immer nein, als wärst du der Boss von allen. Damals schon ein herrschsüchtiges kleines Ding und das bist du immer noch."

Ein Schauer lief Liz über den Rücken. „Ich habe nicht mal ein Foto von ihm. Oder von mir aus der Zeit."

„Gut so. Unsere Kindheit war nichts als Elend. Das Beste war, als Mum sich von ihm scheiden ließ und mit Zähnen und Klauen kämpfen musste, um dich zu behalten. Mich wollte er nicht, aber die kleine Elizabeth? Er hat alle Drohungen dieser Welt ausgestoßen, bis wir umgezogen sind und er uns nicht mehr finden konnte."

Liz beendete den letzten Teller und hängte das Geschirrtuch zum Trocknen an einen Haken. Ihre Hände zitterten dabei und ihr Herz raste. Hatte Candace Recht und Ellens eigener Großvater hatte sie entführt?

„Sei froh über eine Sache, Liz." Anna ging zur Theke und nahm die Weinflasche. „Er kann niemandem mehr wehtun."

„Ich verstehe nicht."

„Aber du musst es doch wissen. Unser Vater ist vor Jahren gestorben."

ZWEIUNDZWANZIG

Die Nacht war die beste Zeit von allen. Vielleicht nicht so sehr, um seiner großen Leidenschaft – dem Surfen – nachzugehen, aber für fast alles andere. Familien waren für gewöhnlich sicher hinter den Mauern ihrer Häuser. Wenn der Abend in die frühen Morgenstunden überging, gab es weniger Verkehr. Weniger Leute unterwegs. Mehr Kriminelle auf Streifzug. Das war seine Welt.

Pete folgte einem kleinen, stämmigen Mann durch eine schattige Gasse in der Stadt.

Er hatte genug davon, darauf zu warten, dass die Oberen Entscheidungen trafen, und würde den Bastard, der die Kinder entführt hatte, selbst finden. Liz war für ein paar Stunden aus dem Spiel und wusste nicht einmal, dass sie morgen früh um drei einen Weckruf bekommen würde. Zumindest war das Montebellos Plan, und Pete war fest entschlossen, dessen Umsetzung zu verhindern. Nachdem Liz und der Arzt gegangen waren, hatte es eine hitzige Diskussion zwischen ihm, Montebello und Terry gegeben. Er hatte nachgegeben. Am besten, sie dachten, er wäre nach Hause gegangen, um seinen Ärger wegzuschlafen.

Der Mann, dem Pete folgte, klopfte an eine Tür in der

Mitte der Gasse, und als sie sich öffnete und Musik heraus-schallte, stand Pete direkt hinter ihm. Der Mann zuckte zusammen und griff unter seine Jacke, bevor er Pete erkannte.

„Bei allem, was heilig ist... gute Möglichkeit, erschossen zu werden, wenn man sich so an einen Mann anschleicht. Kommst du rein?"

„Nicht, wenn ich's vermeiden kann. Eine Minute, Tony?"

„Eine."

Sie gingen auf die andere Seite der Gasse und die Tür schloss sich, wodurch die Musik gedämpft wurde.

„Schulde ich dir etwa Geld?", Tony zündete sich eine Ziga-rette an.

„Ich wünschte. Nur einen Gefallen. Ich suche Kyle Moorland. Kennst du ihn?"

Tonys Gesicht war leicht zu lesen. Immer. Und es verriet, dass er ihn kannte.

„Ausgezeichnet. Wo finde ich ihn?"

„Laut dem Nachruf, den ich mal gelesen habe, liegt er auf dem Keilor Friedhof, zusammen mit der halben Unterwelt der Stadt."

„Laut?"

„Es zahlt sich nicht aus, den Zeitungen zu glauben, Kumpel. Das solltest du wissen. Schau dir den Mist an, der über das kleine Mädchen geschrieben wird. Ihr Daddy ist ein Verbrecher und ich glaube, da steckt was dahinter."

Eine Gruppe lauter Frauen und noch lauterer Männer torkelte die Gasse hinunter und fand dann ihren Weg wieder hinaus.

„Deine Minute ist um."

„Nachruf beiseite, wo soll ich suchen?"

Tony warf seine Zigarette auf den Boden. „Frag seine Tochter."

„Sie hat ihn seit Jahrzehnten nicht gesehen."

„Nicht die Polizistin. Das Kind, das er mit seiner zweiten

Frau hatte. Mensch, Alter. Muss ich deine Arbeit für dich machen?"

„Warte. Was für ein Kind? Wie alt?"

Tony wurde ungeduldig. Wahrscheinlich wartete auf der anderen Seite der Tür ein Schuss auf ihn.

Pete hielt einen Bündel Geldscheine hoch. „Alter. Name. *Irgendwas.*"

Tony streckte die Hand aus, nahm die Scheine, zählte sie und steckte sie in eine Tasche. „Schau oben bei Maisie's in Geelong nach. Sind wir fertig?"

Er wartete nicht länger und Pete hielt ihn nicht auf. Ein anderer Polizist hätte den Mann vielleicht zum Verhör mitgenommen, aber so schwierig es auch war, ihn aufzuspüren, Tony war einer seiner zuverlässigen Informanten auf der Straße, und Pete wollte, dass das so blieb.

Er begann, Liz' Nummer zu wählen, und hielt inne. Es war eine Spur zu Ellen. Nichts weiter.

Die Fahrt nach Geelong dauerte nicht einmal eine Stunde, und Pete ignorierte den zweiten und dritten Anruf von Andy in dieser Zeit. Er hatte den ersten beantwortet, als er die Stadt verließ, und wünschte, er hätte es nicht getan.

„Wo bist du, McNamara?"

„Zu Hause. Ich schlafe."

„Hör auf mit dem Scheiß."

„Gleichfalls."

„Denk nicht mal daran, die Sache selbst in die Hand zu nehmen."

„Brauchst du mich für irgendwas, *Boss*?"

Das Schweigen dauerte länger als fünf Sekunden an und Pete beendete das Gespräch.

Terry würde anrufen, wenn er wirklich gebraucht würde, aber Pete hatte Dienstschluss. Falls er jemals Dienstschluss hatte.

Maisie's befand sich in einem Industriegebiet außerhalb der Hauptstraßen von Geelong. Pete parkte und machte eine Suche über den Ort. Eine Besitzerin. Maisie Baker. Er besuchte die

Website des Etablissements und sah sich die angebotenen Mädchen an. Jede Menge blauäugige Blondinen neben einer Auswahl verschiedener Rassen und Körpergrößen.

Er machte eine Suche nach Kyle Moorland. Tot und begraben auf dem Keilor Friedhof.

„Vielleicht wird es Zeit für eine Exhumierung."

Todesursache war Ertrinken. Der Mann wurde in einem fast unkenntlichen Zustand gefunden, nachdem er anscheinend von einem Boot gefallen war. Er war vor einundzwanzig Jahren gestorben.

Wann hatte Liz gesagt, dass ihre Mutter gestorben war? Vor über zwanzig Jahren?

Pete machte sich einige Notizen auf seinem Handy mit dem Code, den er vor Jahrzehnten für sich selbst entwickelt hatte. Er schickte eine Kopie in die Cloud.

Bevor er das Auto verließ, überprüfte er den Spiegel und band dann seine Haare zu einem Pferdeschwanz zusammen. Diese Art von Ort war seine am wenigsten bevorzugte. Manche Leute wählten diesen Weg. Männer und Frauen, aber mehr von letzteren. Wählen war eine Sache, wenn sie wussten, worauf sie sich einließen und in der Lage waren, den Verkauf von Sex von ihrem Leben zu trennen. Fünf Jahre lang so viel Geld wie möglich verdienen und dann weggehen, bevor es sie zerstörte. Aber mehr Menschen fanden sich dort in oft schmutzigen Räumen wieder, mit wenig Mitspracherecht über die Männer, die sie besuchten, oder was mit ihren Körpern gemacht wurde. Drogen. Andere Abhängigkeiten. Dafür bezahlen und später, oft nicht viel später, den wahren Preis zahlen.

An der Vordertür drückte Pete auf die Klingel.

Einige der Melbourner Bordelle waren erstklassig. Die Frauen – und auch Männer – hatten jeden Schutz und kamen sogar so weit, ihre eigenen Kundenlisten zu haben. Dies war nicht Melbourne. Es war mehr Cloak and Dagger, wham bam danke Madam ... nicht oft ein Dankeschön, nur ein Hundert-Dollar-Schein.

Die Tür öffnete sich und Pete trat ein.

Es gab eine Treppe, die direkt nach oben führte. Keine Beschilderung. Nichts, was ihn ermutigen würde weiterzugehen, außer dass er wusste, was dieser Ort war, und dank Mundpropaganda wussten es auch die zwielichtigen Männer der Region.

Das Licht war gedämpft. Der Teppich auf den Stufen war in einem tiefen Rot, das zu den Wänden passte.

Er erreichte einen Treppenabsatz mit einer Tür an jedem Ende. Eine war schlicht und hatte ein Vorhängeschloss. Die andere war aus Glas, und auf Petes Seite stand ein stämmiger Mann, kahlköpfig, mit Goldketten um den Hals und Tattoos. Ein Klischee eines Türstehers.

Er musterte Pete.

Pete bot nichts an.

Der Türsteher öffnete die Tür.

Im Vorbeigehen steckte Pete dem Mann einen Fünfziger in die Tasche.

Auf der anderen Seite änderte sich alles.

Es duftete intensiv nach Sandelholz und leise Musik spielte. Der Raum war üppig. Samtene Sofas in Dunkelgrün. Noch dunklere grüne Wände und Teppich. Eine Kaffeestation mit einer Maschine und einer Auswahl an Fingerfood. Und ein Couchtisch mit einem aufgeschlagenen Fotobuch.

Frauen.

Frauen zur Auswahl.

Pete hätte am liebsten gekotzt. Wenn das der Ort war, an dem Ellen arbeitete, wie zum Teufel sollte er das Liz erzählen?

Es gab einen kleinen Tresen und daneben einen schmalen offenen Durchgang.

Nach ein oder zwei Minuten erschien eine Frau.

Sie war Anfang zwanzig und hatte die blauesten Augen, die Pete je gesehen hatte.

Abgesehen von einer Person.

Liz.

DREIUNDZWANZIG

Tagsüber war der Keilor Friedhof mit seinen endlosen Reihen von Grabsteinen, die bis in die Mitte des 19. Jahrhunderts zurückreichten, schon feierlich genug. Hier und da gab es kleine Gärten, wo Trauernde sitzen und nachdenken konnten. In Richtung der Western Ring Road ragte ein riesiges Mausoleum auf, umgeben von Grüften und weiteren Gärten.

Unter einem bewölkten Nachthimmel mit nur gelegentlichen Blicken auf den Mond war der Ort regelrecht unheimlich.

Liz war schon ein paar Mal hier gewesen und wusste genau über die letzten Ruhestätten einiger der berüchtigtsten Verbrecher Victorias Bescheid – unter anderem Unterweltfiguren. Sie hatte einige ihrer Beerdigungen als Teil der Polizeipräsenz begleitet, die bei solch hochkarätigen Versammlungen üblich war.

Nachdem sie Annas Haus verlassen hatte, saß sie eine Weile im Auto und machte sich Notizen über ihre Gespräche. Sie hatten sich lange unterhalten, bevor ihre Schwester schlafen musste, und sie hatten sich umarmt. Liz wollte sie nicht loslassen. Anna aus ihrem Leben zu verlieren, war fast so schlimm wie Ellens Verschwinden, und alles, was sie tun konnte, war ihr

Bestes zu geben, um endlich das Rätsel zu lösen, das so lange über ihren Köpfen geschwebt hatte.

Sie hatte den Namen ihres Vaters auf der Website des Friedhofs nachgeschlagen und wusste genau, welche Wege sie einschlagen musste, um seine letzte Ruhestätte zu finden.

Sein Grabstein war klein und auf den Punkt gebracht.

Kyle Moorland.

Sein Geburts- und Todesdatum.

Das war alles.

Anna hatte keine Ahnung gehabt, dass Liz nichts von dem Tod wusste, und hatte es selbst erst nach der Beerdigung erfahren. Es war nichts übrig geblieben. Kein Testament. Keine irdischen Güter zu verteilen. Einer von Annas Nachbarn hatte einen Nachruf in der Zeitung gesehen und war gekommen, um sein Beileid auszusprechen. Es war seltsam und doch irgendwie passend, dass keine Familie an der Beerdigung eines Mannes teilnahm, der sie verlassen hatte.

„Ich kann mich kaum an dich erinnern, Papa", flüsterte Liz.

Sie schaute sich um. Niemand sonst war so verrückt, mitten in der Nacht hier zu sein und mit den Toten zu sprechen. *Sie* sollte eigentlich auch nicht hier sein. Ein Wachmann war die wahrscheinlichste Person, die sie finden würde.

Liz ging in die Hocke. „Du hast Mum und meine Schwester verletzt. Was für ein Mann macht so etwas? Und was war so Besonderes an mir, dass du nie Hand an mich gelegt hast? War ich zu jung, um deinen Zorn zu provozieren?"

Anna hatte gesagt, es läge an Liz' blauen Augen und ihrer frechen Art.

„Die Leute denken, du hättest etwas mit Ellens Verschwinden zu tun, aber das ist unmöglich. Es sei denn, du liegst gar nicht hier drin."

Sie richtete sich auf und trat einen Schritt zurück.

War das überhaupt eine Möglichkeit?

Den eigenen Tod vorzutäuschen, war schwierig, aber bei weitem nicht unmöglich.

Aus Richtung des Mausoleums bewegte sich eine Taschenlampe von einer Seite zur anderen. Nach einem letzten Blick auf das Grab ging Liz denselben Weg zurück, hielt sich diesmal aber dicht an den Schatten.

Das Apartmentgebäude war ruhig.

Bisleys Büro lag im Dunkeln, also war die Arbeit des Teams, das dort gewesen war, erledigt. Liz prüfte ihr Handy auf neue Nachrichten, aber es gab nichts Neues.

Der Fernseher in Darryls Wohnung dröhnte, und es kostete Liz ihre ganze Selbstbeherrschung, weiterzugehen. Mit jeder Faser ihres Körpers wollte sie an seine Tür klopfen und ihm dann Vernunft einbläuen. Oder ein Geständnis aus ihm herausprügeln. Stattdessen senkte sie den Kopf und eilte vorbei.

Nachdem sie ihre Haustür hinter sich abgeschlossen hatte, zog Liz alle ihre Kleider aus. Sie ließ sie zusammen mit ihren Schuhen auf dem Boden liegen und machte sich nicht die Mühe, das Licht anzumachen. Im Schlafzimmer zog sie sich ein Männer-T-Shirt – etwa zehn Größen zu groß – über den Kopf. Neben ihrem Bett fanden ihre Füße Pantoffeln. Ein kleiner Luxus mit ihren weichen Innensohlen.

Liz öffnete ihren Laptop auf der Küchentheke und goss sich ein Glas Wein ein, während er hochfuhr. Sie warf einen Blick auf die Uhr am Ofen. Bald würde es Mitternacht sein und ein weiterer Tag ohne Eliza zu finden, wäre vergangen.

Sie zog einen Hocker heran und suchte nach Informationen über ihren Vater. Jedes Detail, an das sie sich erinnern konnte, was herzlich wenig war. Aber sie hatte sein Geburts- und Todesdatum. Das Datum seiner Hochzeit mit ihrer Mutter. Und Anna hatte ihr noch einen weiteren Informationsbrocken gegeben. Kyle war auf eine der angesehensten Jungenschulen Victorias gegangen und hatte dann als Datenanalyst gearbeitet.

Das war äußerst interessant.

Trotz vieler Versuche in den letzten Tagen, sich an seine Stimme zu erinnern, konnte Liz es nicht. Sie hatte eine Erinnerung daran, wie er schrie. Dinge warf. Türen zuschlug. Ihre

Mum so hart ohrfeigte, dass sie hinfiel, und sowohl Anna als auch Liz zu ihr liefen, um sie zu trösten. Aber seine Stimme war durch Wut und Wahnsinn und Chaos verzerrt. Candaces Erwähnung eines gebildeten Mannes passte nicht zu der Person, die Liz kannte. Nicht zu dieser Erinnerung. Und aus irgendeinem Grund war es die, die dominierte.

Es gab Berichte über den Unfall, der ihn getötet hatte. Er war an Bord eines Kreuzfahrtschiffes vor einer Insel gewesen. Es war Nacht. Er war von einem Geländer gefallen, auf dem er meinte balancieren zu können. Es gab einen Zeugen. Sie hatten sich auf der Kreuzfahrt angefreundet und kamen beide aus Victoria. Es war ein Abend mit Kartenspielen und Trinken gewesen. Ein paar Männer. Und die Dinge wurden dumm. Der Zeuge war so erschüttert, dass er medizinische Hilfe brauchte. Es gab keine Chance, Kyle zu retten, und seine stark verweste Leiche wurde Monate später an einem abgelegenen Strand gefunden.

Liz grub ein bisschen tiefer und fand den Namen des Zeugen, aber es war ein so häufiger Name, dass die Suche an den üblichen Stellen in Sackgassen endete. Angesichts der verstrichenen Zeit könnte der Zeuge längst verstorben sein oder außerhalb des Bundesstaates leben.

Sie seufzte und trank ihren Wein aus.

Im Flur war ein Klopfen zu hören. An jemand anderes Tür, nicht an ihrer. Hartnäckig.

Liz griff nach einer Jeans und schob ihre Füße in Turnschuhe, bevor sie hinausspähte.

Bisley stand vor Darryls Tür. Er stand mit dem Rücken zu Liz, klopfte und hörte dann auf. Der Fernseher dröhnte immer noch. Bisley klopfte härter und schlug dann mit der Handfläche gegen die Tür. Ein paar Sekunden später schwang sie auf.

„Was willste?"

Darryl stolperte in den Flur, in seiner typischen Boxershorts und knielangen Socken.

„Was für ein Idiot bist du eigentlich?", Bisley stieß mit dem Finger gegen Darryls Brust.

Im Ernst.

Sie würde nur eingreifen, wenn es sein musste.

„Dasselbe gilt für dich. Sie haben alle E-Mails gefunden, die du mir geschickt hast, und jetzt denken sie, ich hätte das Kind mitgenommen."

„Na, hast du nicht?", Bisleys Nacken war knallrot. „Sag mir, wo du sie versteckt hast."

„Hab sie nicht angerührt." Darryl jammerte und lehnte sich an die Wand. „Mir wurde gesagt, ich soll unter einem Busch nachschauen und die Kleidung, die dort liegt, auf die Straße legen. Es gab eine Karte mit Kreuzen und allem."

„Aber warum? Wer hat es geschickt?"

„Weiß nich."

„Du musst es wissen. Jemand muss dich dafür bezahlt haben." Bisleys Stimme wurde lauter. „Ich kann dich hier nicht wohnen lassen. Du hast die Bullen hergebracht, und jetzt reden und sorgen sich alle. Pack deine Sachen und verschwinde."

„Ich geh nirgendwo hin." Darryl versuchte, wieder hineinzugehen, aber Bisley blockierte den Türrahmen. Darryl holte aus und dann ging es los. Bisley wich zur Seite aus und seine Faust schoss geradewegs in die Wand. Er heulte auf und Türen im Flur begannen sich zu öffnen.

„Okay, das reicht. Hört beide auf." Liz winkte den anderen Bewohnern zu, wieder hineinzugehen. „Brian, hör auf zu schreien. Darryl, geh rein und schließ deine Tür ab. Ich komme gleich, um mit dir zu reden."

„Meine Hand ist gebrochen."

„Selbst verschuldet, Kumpel. Wir legen gleich etwas Eis drauf." Bisley schwankte.

„Setz dich hin. Warum bist du nicht im Krankenhaus?"

„Du warst im Krankenhaus?", Darryl machte keine Anstalten, Bisley zu helfen, als er zu Boden rutschte und mit einem Plumps sitzen blieb. „Dachte schon, du siehst beschissen aus."

„Ich hab dir gesagt, du sollst reingehen, Darryl. Geh und ruf einen Krankenwagen. Sofort, klar?" Liz hockte sich neben Bisley. Darryl verschwand, hoffentlich um zu tun, was ihm gesagt wurde. „Warum haben sie dich nicht dabehalten?"

„Ich hatte keine Lust mehr zu warten. Der Gebäudebesitzer hat dauernd Nachrichten geschickt, dass ich Tompsett rauswerfen soll."

Bisleys Gesichtsfarbe war zu einem kränklichen Ton verblasst, was Liz beunruhigte.

„Bleib kurz sitzen, ich hole mein Handy."

Sie rannte in ihre Wohnung, um ihre Tasche und ihr Handy zu holen, und schloss die Tür hinter sich ab, als sie wieder herauskam. Bisley sah krank aus und lehnte seinen Kopf gegen die Wand. Liz rief einen Krankenwagen. Darryls Tür war geschlossen und der Fernseher dröhnte wieder. Er war der Nächste auf ihrer To-Do-Liste.

„Brian? Die Sanitäter kommen. Atmest du okay?"

„Ja. Nur eng. Meine Brust."

Liz sah sich um. Die anderen Bewohner hatten getan, was sie gesagt hatte, und sie und Bisley waren die einzigen Menschen in Sicht.

„Warum hast du mich damals angerufen? An dem Tag, als Ellen entführt wurde. Das ist wichtig." Liz kniete sich neben den Mann. „Wer hat dir gesagt, dass du mich in diesem Moment anrufen und ablenken sollst?"

Er schüttelte den Kopf.

„Tu nicht so. Ich kann dir helfen, dem Gefängnis zu entgehen, aber es muss jetzt sein, Brian. Sag es mir, bitte."

Seine Lippen sahen seltsam aus. Bläulich. Schweiß lief ihm übers Gesicht. Aber seine kleinen Augen waren hart wie Nägel. „Dachte, du wärst so 'ne Spitzenermittlerin. Du musst doch wissen, wer sie beide mitgenommen hat."

„Ich weiß es nicht. Ich weiß es wirklich nicht. Bitte hilf mir, sie zu finden."

Bisley begann zu husten.

„Wag es ja nicht, mir hier wegzusterben, Bing. Hilfe ist unterwegs."

„Tut weh." Er wedelte mit der Hand, der blutigen, mit der er die Wand getroffen hatte. Dann fand er ihren Oberarm und packte ihn schmerzhaft, zog sie zu sich heran. „Nah dran, Elizabeth. Ganz nah." Seine Finger gruben sich in ihre Haut. „Direkt vor deiner Nase."

Seine Hand fiel herab und er kippte zur Seite.

„Steh auf! Stirb nicht, du Mistkerl!" Liz schrie ihn an und versuchte mit aller Kraft, ihn aufrecht zu ziehen, aber sein Gewicht war zu viel und seine Augen waren geschlossen.

Darryl öffnete seine Tür, ein Bier in der Hand.

„Hilf mir."

„Du machst Witze, oder?"

„Hilf mir, ihn aufzusetzen. Verdammt noch mal, Darryl, hilf mir."

Einen Moment lang zögerte Darryl. Er starrte Bisley an und drehte sich dann ohne ein Wort um und schloss sich in seiner Wohnung ein.

Es hatte keinen Sinn, dass Liz ins Krankenhaus fuhr. Die Sanitäter hatten quälend lange Minuten an Bisley gearbeitet, bevor sie ihn soweit stabilisiert hatten, dass sie ihn transportieren konnten. Liz hatte sie zum anderen Ende des Gebäudes geführt, um den funktionierenden Aufzug zu benutzen. Sie stand da und beobachtete die Lichter, die anzeigten, wann sie das Erdgeschoss erreichten, und selbst dann bewegte sie sich nicht.

Sie sehnte sich danach, Pete anzurufen. Aber er hatte Dienstschluss.

Stattdessen wählte sie Terrys Nummer.

Er nahm nach dem zweiten Klingeln ab und fragte, was los sei.

Alles. Es ist schlimmer als falsch.

Liz gelang eine einigermaßen zusammenhängende Erklärung, warum sie angerufen hatte. Bisley würde wahrscheinlich im Krankenhaus sterben, wenn er es überhaupt so weit schaffte.

„Wie um alles in der Welt?"

„Er versuchte, Darryl rauszuwerfen. Sie gerieten in eine Schlägerei und ich habe sie gestoppt."

„Und sein Herz hat aufgegeben."

„Ja. Darryl weigerte sich, mir zu helfen. Er war verdammt noch mal Sanitäter und hat mir den Rücken zugedreht, als ich ihn um Hilfe bat."

„Wo bist du, Liz?"

Ich starre eine Aufzugtür an.

„Zu Hause."

„Ich wollte dich in ein oder zwei Stunden anrufen und bitten vorbeizukommen."

„Zur Arbeit? Warum? Hast du eine neue Spur?" Liz ging in Richtung ihrer Wohnung.

„Früher ist etwas passiert. Nichts, was wir zu dem Zeitpunkt hätten unternehmen können. Keine neuen Sichtungen oder Informationen."

„Aber du hattest vor, mich um was... zwei Uhr morgens anzurufen?"

Er lachte kurz. „Etwas später. Hör zu, Liz, ich weiß, dass du heute in Gespräche reingeplatzt bist, die dann abgebrochen wurden, und das tut mir leid. Pete und ich hatten inständig gehofft, das vermeiden zu können, und er ist immer noch strikt dagegen, dass es weitergeht."

Sie schloss ihre Tür auf und ging hinein, wobei sie fast über die Schuhe und Kleider stolperte, die sie früher dort hingeworfen hatte. Sie hob sie mit dem freien Arm auf.

„Andy hat einen Anruf von jemandem bekommen, der behauptet, Eliza zu haben."

Liz blieb wie angewurzelt stehen und ließ die Kleider und Schuhe fallen. „Und das höre ich erst jetzt?"

Es gab eine Pause. Eine ärgerliche Pause, während Terry offensichtlich versuchte zu filtern, was er sagen musste.

„Die Person will ein Treffen vor Tagesanbruch heute Morgen."

Das irritierende Klingeln in ihren Ohren kehrte zurück.

„Er will mit dir sprechen, und nur mit dir."

„Terry?"

„Ich weiß. Tatsache ist, er sagt, Eliza gehe es gut und er werde sie unversehrt zurückbringen. Aber nur, wenn du dich mit ihm triffst. Und ich hasse das, weil jeder Knochen in meinem Körper schreit, dass dies das Gefährlichste überhaupt ist."

„Und es ist das Einzige, was zu tun ist."

„Bist du sicher, Lizzie?"

Liz machte das Licht an und blickte in den Spiegel im Wohnzimmer. Sie sah so ernst aus, wie sie zurückstarrte. Und so bereit.

„Ja, bin ich."

VIERUNDZWANZIG

„Wo findet es statt? Das Treffen?"

Liz und Terry saßen an einem kleinen Tisch in seinem Büro mit dampfendem Kaffee und irgendeiner Art von Nussschnitten auf einem Teller zwischen ihnen. Seit seiner Scheidung hatte er begonnen, das Team als Geschmackstester für unzählige Kochversuche zu benutzen, von denen einige erfolgreicher waren als andere.

„Brimbank Park. Sobald du von der Hauptstrecke abkommst, gibt es so gut wie keine Kameras mehr. Kilometer von Wegen. Hunderte Hektar Land."

„Also plant er nicht, sich zu stellen."

Terry schüttelte den Kopf. „Wir haben einen Helikopter in Bereitschaft am Flughafen Essendon. Ein paar Minuten Flugzeit von dort. Die Spezialeinheit richtet bereits einige Aussichtspunkte ein. Aber du wirst zeitweise auf dich allein gestellt sein."

„Warum ich?"

„Ich möchte dir die Aufnahme vorspielen und sehen, ob du die Stimme erkennst. Sie ist nicht perfekt, da Andy sein Handy benutzt hat, um das Festnetzgespräch aufzunehmen, aber es könnte helfen."

Sie gingen zu Terrys Schreibtisch, wo er auf seinem Computer herumklickte.

„Montebello."

Die Leitung knackte und es folgte eine lange Pause.

„Sprich oder leg auf."

„Du bist der Chef?"

„Einer von mehreren. Wie kann ich helfen?"

„Ich will den Verantwortlichen sprechen."

„Du willst sie zurück? Eliza? Du sprichst mit mir."

„Ich spreche mit dir."

„Aber du nimmst mich nicht ernst."

„Doch, das tue ich. Mein Name ist Andy. Wie soll ich dich nennen?"

„Irrelevant. Es gibt etwas, das du für mich tun musst, wenn du das Kind zurückhaben willst."

„Hast *du* das Kind genommen?"

„Irrelevant. Du hast eine Chance, also hör gut zu, Andy. Es gibt einen Ort, den ich dir beschreiben werde. Vor Tagesanbruch morgen früh will ich mich mit einem eurer Beamten treffen. Mit der Frau."

„Welcher Frau?"

„Der Detektivin, die ihr Kind allein im Park gelassen hat."

„Warum willst du dich mit ihr treffen?"

Wieder eine lange Pause.

„Lebt Eliza?"

„Es hätte keinen Sinn, mit dir zu sprechen, wenn nicht. Sie vermisst ihre Mutter."

Und noch eine.

„Sag Elizabeth Moorland, sie soll eine halbe Stunde vor Sonnenaufgang am Treffpunkt sein. Ich weiß, dass ihr das aufnehmt, also sage ich die Adresse nur einmal."

„Elizas Mutter ist verzweifelt. Bitte lass sie irgendwo sicher zurück. Lass sie nicht warten."

Liz bedeutete Terry, es noch einmal abzuspielen, und schloss die Augen, um zuzuhören. Es gab etwas an der Art, wie der

Mann sprach. Seine Stimme klang eher nach Büro als nach Fabrik.

Und das Wort „irrelevant" war seltsam. Wenige Leute benutzen es, geschweige denn zweimal in einem kurzen Gespräch.

„Irgendwas, Liz?"

Sie öffnete die Augen. „Bisley hat mich heute Abend Elizabeth genannt. Er sagte mir, ich müsse in der Nähe suchen und dass die Person, die Ellen genommen hat, direkt vor meiner Nase sei. Ich weiß nicht, ob er jemanden meinte, den ich kenne, oder jemanden, der in der Nähe wohnt. Aber alle nennen mich Liz oder Lizzie. Schon immer, abgesehen von ... na ja, das ist unmöglich."

„Dein Vater?"

„Der auf dem Friedhof von Keilor begraben liegt. Ich habe sein Grab vor ein paar Stunden gesehen und alles gelesen, was ich über seinen Tod finden konnte, der Jahre vor Ellens Verschwinden war. Wer weiß das schon wirklich?" Liz stampfte zu ihrem Platz. „Vielleicht hatte er einen geheimen Bruder oder so, der etwas gegen mich hat. Da unsere Mutter schon lange tot ist, können Anna und ich nur auf unsere Kindheitserinnerungen zurückgreifen, und uns wurde immer gesagt, es gäbe niemanden auf seiner Seite der Familie."

„Wir haben das überprüft. Eure Erinnerungen stimmen."

„Oh."

Warum überrascht es mich, dass sie nachgeschaut haben?

„Andy und Pete werden in der nächsten Stunde hier sein. Wir werden eine Karte durchgehen und einen Plan machen. Du wirst eine Schutzweste tragen und verkabelt sein."

„Aber er hat Eliza. Warum sollte er mir wehtun, wenn er mich doch als einfachen Weg sehen muss, sie zu übergeben?"

Terry stützte seine Ellbogen auf den Schreibtisch. Sein Gesicht sah so müde aus, wie Liz es noch nie gesehen hatte, aber seine Augen waren immer noch fokussiert und wachsam.

„Interessant, dass du das sagst. Dr. Carroll war ähnlicher

Meinung, oder zumindest war das eine davon. Weil du die Erfahrung gemacht hast, dass Ellen entführt wurde, und du Polizistin bist, könnte er glauben, dass er weniger wahrscheinlich erschossen wird, wenn die Situation angespannt wird. Die Frage ist, warum er sie nicht einfach irgendwo zurücklässt?"

„Welche anderen Meinungen hatte Dr. Carroll?"

Nach kurzem Zögern seufzte Terry und lehnte sich zurück. „Bis wir den Tod deines Vaters bestätigt haben, stand er ganz oben auf ihrer Liste als Täter. Sie glaubt immer noch, dass es hier ein persönliches Element gibt, aber bisher können wir niemanden in deiner Vergangenheit finden, der genug dem Profil entspricht – oder die paar, die es tun, sitzen im Gefängnis."

„Das ist kein Racheakt, Terry. Niemand nimmt ein Kind von seiner Familie weg, nur um einen Punkt zu beweisen. Okay, es passiert, aber sie wiederholen die Tat dann nicht fast zwei Jahrzehnte später."

Terrys interne Leitung klingelte und er ging ran, hörte zu und griff dann nach einer Fernbedienung, um einen Fernseher in der Ecke einzuschalten. Als er auflegte, ohne ein Wort zu sagen, ging der Bildschirm an und er tippte ein paar Mal.

Der Sender war der, der *Tonight at Six* ausstrahlte, und Teresa Scarcella war live, irgendwo im Dunkeln.

Er drehte den Ton auf.

„Dieser Sonderbericht kommt zu Ihnen vom Friedhof Keilor."

Liz' Herz pochte.

Teresas Gesicht war aufrichtig, intensiv, als sie in die Kamera blickte.

„Seltsame Szenen spielten sich heute Abend ab, als eine hochrangige Mordermittlerin dabei beobachtet wurde, wie sie den Friedhof lange nach Schließung der Tore besuchte. Detective Sergeant Liz Moorland steht im Zentrum des Falls der vermissten Eliza Singleton und ist am bekanntesten für das Verschwinden ihrer eigenen Nichte, Ellen Georgiou, vor achtzehn Jahren. Viele Experten glauben, dass die Fälle zusammenhängen, und alle Augen beobachten das Verhalten dieser Beamtin."

„Haufen Schwachsinn", murmelte Terry.

„Diese Aufnahmen wurden erst vor Kurzem gemacht."

Das Gesicht der Frau wurde durch ein Weitwinkelvideo ersetzt, das körnig war und zunächst nur Bäume zeigte. Dann, nach einigem Fokussieren, konzentrierte es sich auf eine Figur in der Nähe eines Grabes.

Teresas Stimme fuhr fort.

„Die Detektivin verbrachte einige Minuten am Grab. Sie schien wütend zu sein, berichtete unser Mann vor Ort. Fast bereit, das Grab auseinanderzureißen. Aber warum sollte sie das tun? Es war das Grab ihres eigenen Vaters, Kyle Moorland, eines Mannes, der schon lange aus ihrem Leben verschwunden war."

Auseinanderreißen? Was hast du denn geschnupft?

Das Video änderte sich und darauf eilte Liz vom Grab weg in Richtung der Kamera. Es war offensichtlich, dass sich hinter ihr eine Taschenlampe bewegte, und an einem Punkt blickte sie über ihre Schulter und schaute dann direkt auf denjenigen, der filmte.

Das Bild pausierte.

Eine Frau, die sich in den Schatten versteckte.

Eine Frau, die gefilmt wurde.

„Wo waren sie? Woher wussten sie, dass ich dort war?"

Dieses Bild verkleinerte sich in eine Ecke des Bildschirms und Teresa dominierte erneut. „So viele Fragen. Warum war die Detektivin mitten in der Nacht auf dem Keilor Friedhof? Warum verhielt sie sich, als würde sie sich verstecken? Oder als hätte sie Angst? Und was genau ist ihre Rolle beim Verschwinden zweier junger Mädchen im Abstand von achtzehn Jahren? Ich bin Teresa Scarcella und dies ist *At Six Tonight*. Rufen Sie unsere Hotline an, schreiben Sie eine E-Mail oder eine Nachricht, und wir werden Sie, unser geliebtes Publikum, immer ernst nehmen."

Terry schaltete den Fernseher aus und warf die Fernbedienung auf den Schreibtisch. Seine Augen trafen Liz'. Und sein Telefon begann zu klingeln.

Andy stürmte in Terrys Büro. „Wie zum Teufel hat diese Frau Aufnahmen von Liz bekommen?" Er bemerkte Liz, die eine Karte des Brimbank Parks am kleinen Tisch studierte. „Und was zum Teufel hast du zu dieser Zeit dort gemacht?"

„Grabräuberei."

Er hielt in seinen Schritten inne und blinzelte. Terry kicherte hinter seinem Schreibtisch.

„Das ist so ziemlich das Einzige, dessen sie mich nicht beschuldigt hat." Liz hatte nicht vor, Andy an sich heranlassen, und hielt seinem Blick stand. „Die eigentliche Frage ist, wer mir gefolgt ist. Und warum."

„Offensichtlich war es einer von Scarcellas gruseligen Reportern."

„Nicht offensichtlich, Andy", sagte Terry. „Nur weil sie den Begriff ‚berichtet' verwendet hat, bedeutet das gar nichts. Diese Sendung ermutigt ihre Anhänger, zufälligen Unsinn einzusenden, sodass sie ab und zu zwangsläufig etwas Brauchbares bekommen."

„Willst du damit sagen, dass jemand Liz verfolgt?"

Wie in der Nähe von Vince's?

„Ich habe gestern ein Kennzeichen überprüfen lassen", sagte Liz. „Ein weißer Toyota Sedan war hinter mir auf der Autobahn und fast den ganzen Weg bis zu Vince's Haus. Er bog ab, als ich langsamer wurde, und tauchte nicht wieder auf."

Andy setzte sich gegenüber von Terry, aber seine Aufmerksamkeit galt Liz. „Wem gehört er?"

„Ich habe die Überprüfung abgebrochen, als er abbog."

„Vielleicht sehe ich nach, ob es protokolliert wurde." Andy nahm sein Telefon und sprach ein paar Minuten. „Ich bekomme einen Rückruf. Ich möchte etwas wegen Teresa Scarcella unternehmen. Sie ist ohnehin aufdringlich, und diese Art von unverantwortlicher Berichterstattung lenkt die Öffentlichkeit von dem ab, was wichtig ist."

„Viel Glück dabei", sagte Terry. „Immerhin geht Liz von einem Eingang in den Brimbank Park, der vom Friedhof entfernt ist. Wenn das Filmteam immer noch herumschnüffelt, müssen wir vorsichtig sein, wenn wir vorbeigehen." Er sah auf seine Uhr. „Hat jemand von Pete gehört?"

Eine Art Grunzen kam von Andy.

„Weiß er, wann er hier sein soll?", fragte Liz.

„Das weiß er, aber falls du es nicht bemerkt hast, McNamara ist miserabel darin, Anweisungen zu befolgen." Andy wählte und hielt das Telefon so, dass alle es hören konnten. „Hinterlassen Sie eine Nachricht. Es sei denn, Sie sind Andy."

Terry brach in Gelächter aus und selbst Andy hatte ein schiefes Lächeln.

„Ich dachte, ihr zwei würdet euch ganz gut verstehen." Liz wünschte, sie würden es. Die Angst machte es ihr schwerer, sich auf die nächsten Stunden zu konzentrieren. „Er wird nur geschlafen haben, wenn er wusste, dass das ansteht."

„Ich habe vor ein paar Stunden mit ihm gesprochen und er war auf dem Weg nach Geelong."

„Was?" Das Wort kam lauter heraus, als Liz erwartet hatte.

„Er hat in einigen Aspekten dieses Falls herumgewühlt und ist einer Spur nachgegangen. Warum?"

Beide starrten sie mit seltsamen Ausdrücken an.

Gelächter. Verstecken spielen mit Anna. Ein großer Baum im Hinterhof. Groß genug, um sich dahinter zu verstecken. Heiße Sommertage, im Planschbecken planschen. Und regelmäßige Ausflüge zum Strand die Straße runter.

„29 Collaroy Street, Geelong."

Terry schrieb es auf, beide Augenbrauen hochgezogen.

„Ich glaube, ich habe dort als kleines Kind gelebt. Bevor Dad uns verließ."

Wie konnte ich mich daran nicht erinnern?

„Geelong ist riesig. Es ist nur ein Zufall oder eine falsche Fährte." Trotzdem nickte Andy Terry zu. „Wen können wir beauftragen, die Geschichte des Grundstücks zu überprüfen? Können wir jemanden vorbeischicken?"

Die Augenbrauen immer noch nicht an ihrem Platz, machte

Terry eine weitere Notiz. „Nicht um diese Uhrzeit, Kumpel. Lass uns keine unschuldigen Bewohner erschrecken."

„Ich habe keinen gewaltsamen Eintritt vorgeschlagen. Mein Name ist nicht McNamara." Andy murmelte den letzten Teil, aber er war deutlich genug.

Liz stand auf. „Ich gehe spazieren. Entweder das, oder ich erkläre ein paar Dinge über Pete, die ihr vielleicht nicht hören wollt, aber so oder so habe ich eigentlich genug von dem Mist über ihn. Jeder findet es lustig, über ihn zu reden, als wäre er ein Täter und würde illegal handeln. Fragt euch selbst, warum er immer noch Polizist wäre – ein *Mordermittler* –, wenn das wahr wäre."

Mit diesen Worten schnappte sich Liz einen der Nussriegel und stürmte hinaus, aber nicht, bevor sie gesehen hatte, wie Andy ihre Betonung bemerkte, dass Pete an dem Ort war, an dem er sein wollte.

Liz wanderte durch den Flur der Etage, ohne eine Menschenseele zu sehen. Die Mordkommission war verlassen, und sie fand sich an einem Fenster stehend wieder, das auf die Straße blickte.

Sie wählte Petes Nummer.

„Hinterlassen Sie eine Nachricht. Es sei denn, Sie sind Andy."

„Ich bin's. Bist du auf dem Weg? Ich möchte das nicht alleine machen." Sie verdrehte die Augen über sich selbst. „Was ich meine, ist, dass ich mit dir da weiß, wem ich vertrauen kann, abgesehen von Terry." Nicht viel besser. „Ruf einfach an, okay?"

Wenn er einer Spur von einem seiner zwielichtigen Kontakte folgte, dann war es ernst. Besonders in dem Wissen, dass er für dieses ... was auch immer es war, zurück in der Stadt sein musste. Er würde sie nicht im Stich lassen, und dass er sich nicht meldete, beunruhigte sie. Diese ganze Sache beunruhigte sie, und Liz wollte die Informationen der letzten Stunden verarbeiten, aber es war keine Zeit.

Sie lehnte ihre Stirn gegen das Glas.

War der Anrufer wirklich die Person, die Eliza hatte?

„Wirst du zum Frühstück wieder in den Armen deiner Mutter sein, Eliza?" Ihre Stimme war ein Flüstern. Es fühlte sich nicht real an. Die Suche nach dem kleinen Mädchen hatte nicht nachgelassen, mit Polizei und anderen Behörden aus dem ganzen Land, die beteiligt waren, und es konnte niemanden im Staat geben, der ihr Foto nicht kannte. „Du bist clever, wer auch immer du bist."

Wenn Eliza nur am Leben und wohlauf wäre.

Wenn Liz nur die nächsten paar Stunden überstehen und den Täter verhaften könnte.

Wenn sie dann nur Ellen finden könnte.

FÜNFUNDZWANZIG

Sie nannte sich Lena und war eine der Prostituierten.

Sie hatte Pete gebeten zu warten, während sie Maisie ausfindig machte. „Sie ist auf dem Dach und raucht 'ne Zigarette."

„Ich möchte nur etwas von deiner Zeit, wenn das möglich ist."

Lena lächelte wissend. „Was immer du willst, Schätzchen. Aber ich brauche Maisie, um die Transaktion abzuwickeln, also setz dich und wir sind gleich zurück."

Sogar ihre Art zu sprechen klang wie Liz. Nicht die Worte oder der anzügliche Ton, sondern der Klang ihrer Stimme. Er wartete und konnte sich nicht hinsetzen, weil alles, was er wollte, war, sie aufzuheben und zu ihrer Tante zu bringen. Den Albtraum zu beenden, der Liz schon verfolgt hatte, bevor er sie kennengelernt hatte.

Keine Ausbildung konnte einen Polizisten darauf vorbereiten. Er konnte sie nicht verhaften, weil sie als Kind entführt worden war. Er konnte sie nicht zwingen, zur Wache zu gehen. Und er sollte wahrscheinlich nicht einmal mit ihr reden, ohne Terrys Rat eingeholt zu haben. Aber irgendjemanden zu alarmieren, bevor er sicher war, dass dies Ellen Georgiou war, riskierte Herzschmerz für die Menschen, die sie als Kind geliebt hatten. Er musste sich sicher sein.

Maisie war näher an siebzig als an sechzig und hatte den abgestumpften Gesichtsausdruck, die Weltmüdigkeit, die Pete bei so vielen Arbeiterinnen in diesem Gewerbe beobachtet hatte.

„Hast du dir unsere Dienste angesehen, Süßer? Lena ist für alles auf den ersten beiden Seiten verfügbar, aber wenn deine Vorlieben eher auf der, ähm, abenteuerlichen Seite liegen, dann habe ich ein paar andere hübsche junge Frauen, die ich dir vorstellen kann."

„Ich bin eigentlich nicht wirklich auf der Suche nach etwas anderem als einem freundlichen Plausch. Fühle mich ein bisschen einsam. Wenn das okay ist?"

„Süßer, du kannst dein Geld ausgeben, wie du willst. Was hältst du davon, wenn wir dich ins Gartenzimmer bringen? Da gibt's ein schönes Sofa zum Sitzen und das Paket beinhaltet eine Flasche unseres feinsten Champagners."

Gerade als er den Wein ablehnen wollte, änderte Pete seine Meinung. Alkohol könnte das Gespräch erleichtern. Also zahlte er einen lächerlichen Aufpreis und folgte kurz darauf Maisie, während Lena die Flasche holte. Das Zimmer war schrecklich. In Lindgrün gestrichen, hatte es ein paar traurige Topfpflanzen und ein Gemälde einer Blume.

„So, da wären wir. Deine Stunde beginnt, wenn Lena den Raum betritt, und sie wird dir Bescheid geben, wenn die Zeit um ist. Aber bis dahin genieße ihre Gesellschaft."

Das war herzzerreißend. Die kleine Ellen, ihrer Familie gestohlen, um hier in einem Zimmer mit einem klumpigen Bett und einem noch schlimmeren Sofa zu landen, wo von ihr erwartet wurde, jeden widerlichen Mann zu akzeptieren, der zu ihr kam.

„Hier sind wir, Champagner und reizende Gesellschaft." Lena trug eine geöffnete Flasche und zwei Sektflöten zu einem kleinen Tisch. „Würdest du einschenken, während ich die Tür schließe?"

Pete kam der Bitte nach. Der „Champagner" war einer der billigen und miesen Schaumweine auf dem Markt, der ein Zehntel dessen wert war, was ihm berechnet worden war. Aber nichts davon spielte eine Rolle.

Lena nahm das Glas an, das er ihr anbot, und stieß mit ihm an. „Prost. Ich kenne deinen Namen nicht, Schätzchen."

„Pete. Sollen wir uns setzen?"

Er wartete, bis Lena sich an einem Ende des Sofas niedergelassen hatte, die Beine in seine Richtung übereinandergeschlagen, bevor er sich zu ihr gesellte und dabei bewusst seine Körpersprache entspannt hielt. Er musste seine besten Befragungsfähigkeiten einsetzen. Er nahm einen winzigen Schluck von seinem Getränk, um sie zu ermutigen, und sie tat es ihm gleich.

„Also, Pete, erzähl mir von dir."

„Ich arbeite oft nachts. Ein bisschen wie du, schätze ich", sagte er. „Nachts lässt sich mehr Geld verdienen."

„Was für eine Arbeit?"

Lena sah interessiert aus. Wirklich interessiert, als ob seine Worte etwas bedeuteten.

„Ein bisschen Sicherheit. Komme gerade von einem Club in Melbourne, wo es manchmal etwas rau zugeht."

„Ist das gefährlich?"

„Kann sein. Aber ich kann mich wehren, also ist es ein Narr, der sich mit mir anlegt."

Ein Anflug von Unsicherheit huschte über das Gesicht der jungen Frau. Er war vielleicht zu weit gegangen.

Mit einem Lachen deutete Pete im Zimmer umher. „Mein Job ist bei weitem nicht so gefährlich wie deiner. Ich wette, du bekommst hier alle möglichen Typen rein."

„Meine Kunden sind reizend. Und du bist sicher an unserem eigenen Sicherheitsmann oben an der Treppe vorbeigekommen.

Er sorgt dafür, dass wir sicher sind." Sie nahm noch einen Schluck. „Das Komische ist, dass ich mich oft hier, bei der Arbeit, sicherer fühle als draußen. Wenn es meinen Kleinen nicht gäbe, würde ich wahrscheinlich das Haus nur verlassen, um mit dem Bus hierher und zurück zu fahren."

Ein Kind. Heilige Scheiße.

„Mit Kindern ist es etwas schwieriger, oder? Sie mögen es, draußen zu sein. Die Großeltern zu besuchen. In den Park zu gehen und so."

Er hielt den Atem an und beobachtete sie aufmerksam.

Sie stellte ihr Glas auf den Tisch, ihre Augen überall, nur nicht auf ihm, und sagte nichts.

Er versuchte es erneut. „Ich? Keine Familie. Keine Kinder, die ich in den Park bringen könnte."

„Mein Junge ist noch ein Kleinkind, also ist er glücklich damit, im Garten zu spielen. Im Moment am besten, bis sie diesen Irren gefangen haben, der das kleine Mädchen entführt hat."

Jetzt sah sie Pete an und zum ersten Mal sah er sie als die Person, die sie wirklich war. Die Maske der Prahlerei wurde durch Ehrlichkeit ersetzt. Sie hatte Angst.

Er lenkte das Gespräch um. „Ich ziehe meinen Hut vor Frauen, die arbeiten und Kinder haben. Selbst verheiratet fällt, glaube ich, das meiste auf die Mutter zurück. Bei meinen Eltern war es so. Mum arbeitete Vollzeit, zog mich auf – was nicht das Einfachste war, weil ich früh lernte, das Wort Nein zu sagen und es oft übte – und kümmerte sich um meinen Vater, der MS hatte."

Lena zog ihre Beine aufs Sofa und umarmte sie, während sie zuhörte.

„Sie war immer müde und beschwerte sich nie. Nun ja, sie tat es schon, aber nicht oft."

„Deine Mutter klingt wunderbar." Es lag eine Sehnsucht in ihrer Stimme.

„Ist sie immer noch. Geht auf die achtzig zu und umsorgt die Bewohner des Pflegeheims, in dem sie jetzt lebt. Wie ist deine Mutter so?"

Ihr Gesicht verdüsterte sich. „Ich kann mich kaum an sie erinnern. Sie starb, als ich klein war."

„Tut mir leid. Das ist Mist."

In mehr als einer Hinsicht.

„Pop hat mir von ihr erzählt. Wie sie genauso aussah wie ich und strahlend blaue Augen hatte und mich ständig in den Park mitnahm." Lena griff plötzlich nach ihrem Glas und leerte den Wein in wenigen Schlucken. Als sie es absetzte, standen ihr Tränen in den Augen. „Das Ding ist, ich erinnere mich an jemanden wie sie, aber sie war nicht Mama."

„Eine Tante?"

Ihre Augen weiteten sich. „Vielleicht. Meine Mutter hatte rote Haare und ist oft mit Flugzeugen geflogen." Sie kicherte. „Hier rede ich einfach drauflos. Tut mir leid, Pete. Du wolltest reden und ich habe das Gespräch mit Erinnerungen übernommen, die ich fast vergessen hatte."

Petes Herz raste und sein Verstand überschlug sich. Das *war* Ellen.

„Du hast deinen Pop erwähnt. Hat er dich großgezogen?"

„Du hast den Champagner kaum angerührt, Pete." Sie entfaltete ihre Beine. „Maisie wird sich fragen, was wir hier drin machen."

Lena beugte sich näher und streckte ihre Finger aus, um sein Gesicht zu berühren. Pete tat so, als würde er es nicht bemerken, nahm die Flasche und füllte ihr Glas nach.

„Ich höre dir gerne zu, Lena. Es ist schön, von deiner Familie zu hören. Bitte erzähl mir von deinem Pop."

„Klar, wenn du möchtest. Er war großartig. Hat mich aufgenommen, als ich etwa fünf war, und mich wie sein eigenes Kind großgezogen, obwohl er sicher am Boden zerstört war, weil meine Mutter gestorben war, sie war ja seine einzige Tochter. Einziges Kind. Manchmal wurde ich gehänselt, weil ich so einen alten Vater hatte, und er lachte nur und sagte mir, er sei fitter und stärker als die meisten jüngeren Männer. Und das war er wohl auch. Ging oft ins Fitnessstudio. Lief. Oh, wie er das Laufen liebte!" Sie lächelte, ihre Gedanken waren weit weg. „Er hat noch vor ein paar Jahren ein Seniorenrennen gewonnen. Eines dieser Rennen um die Bucht."

Pete juckte es in den Fingern, zum Telefon zu greifen und eine Suche zu starten.

„Klingt nach einem guten Mann. Aber du sprichst, als wäre er gestorben?"

„Nein. Aber er könnte es genauso gut sein." Das Weinglas war wieder in ihrer Hand und Lena nahm einen Schluck. Etwas hatte sich verändert und es schien, als wolle sie wirklich reden. „Ich habe die Highschool als Jahrgangsbeste abgeschlossen. Hatte Angebote von drei Universitäten, entweder Jura oder Kriminologie zu studieren, beides finde ich faszinierend. Aber ich kam eines Nachts spät nach Hause und fand all meine Sachen draußen in Kisten."

„Warum?"

„Ich hatte seine Regeln gebrochen. Ich war nur mit Freunden zusammen, aber er beschimpfte mich und sagte, ich hätte ihn enttäuscht und ich hätte keine Ahnung, was er für mich aufgegeben hatte. Er stellte die finanzielle Unterstützung ein, nahm mir die Schlüssel weg und sagte, ich solle nie wieder zurückkommen. Sagte, ich wäre für ihn gestorben."

Lenas – Ellens – Stimme zitterte nie.

„Ich war am Boden zerstört. Geriet an die falschen Leute, anstatt mich aufzuraffen und meinen Träumen zu folgen. Landete hier. Erzählte Pop, als ich schwanger war, und er beschimpfte mich wieder. Aber Maisie? Sie hat sich um mich gekümmert. Die anderen Damen auch. Wir sind jetzt Freundinnen und teilen uns die Kosten für Kinderbetreuung und Babysitting. Die meisten von uns sind Mütter." Sie lächelte. Ein warmes, wunderschönes Lächeln, das genauso perfekt war wie die, die Liz gelegentlich der Welt schenkte.

„Du bist eine unglaubliche junge Frau", sagte Pete. „Ich kann mir vorstellen, dass das, was ich dir sagen muss, deine Welt erschüttern wird, aber wenn du mir zuhörst, wirst du endlich etwas Wahrheit in deinem Leben haben. Also, wirst du? Mir zuhören?"

SECHSUNDZWANZIG

~TAG DREI~

Die Fahrt zum Brimbank Park dauerte weniger Zeit, als Liz erwartet hatte. Kaum Verkehr auf der Autobahn half dabei, und als sie am Keilor Friedhof vorbeifuhren, war glücklicherweise kein Filmteam zu sehen.

Die Dämmerung näherte sich, und der Himmel begann sich bereits zu verändern.

Liz trug eine Schutzweste, ein Ohrstück, ein Mikrofon, einen Taser und eine Pistole. Sie war sich jetzt im Klaren darüber, was sie zu tun hatte und wie sie es anstellen sollte. Der Plan war bis zum Überdruss durchgegangen worden, bis jeder seine Rolle kannte und das Risiko menschlichen Versagens so gering wie möglich war. Sie waren nicht die einzigen Polizisten dort, aber die Spezialeinheiten würden sich gut außer Sicht halten und ihre eigenen Aktionen managen.

Terry fuhr. Andy saß neben ihm. Liz hatte den Rücksitz.

„Bist du sicher, dass Pete hinter uns ist?"

„Ist er. Wir werden das Auto nicht verlassen, bis er an seinem

Platz ist." Terry warf ihr einen Blick im Rückspiegel zu. „Er weiß, was zu tun ist."

Liz hatte Zweifel, nicht an Petes Fähigkeiten, sondern an der mangelnden Transparenz.

Pete war erst wenige Minuten vor ihrer Abfahrt eingetroffen und sofort mit Terry und Andy hinter verschlossener Tür in ein Gespräch vertieft. Liz wurde gerade ausgerüstet und konnte eine hitzige Unterhaltung sehen, aber nicht hören. Es drehte ihr den Magen um. Sie wurde immer noch aus Diskussionen herausgehalten, und dass ihr Informationen vorenthalten wurden, gab ihr ein Gefühl der Unsicherheit. Ein falscher Schritt würde genügen, um die Chance, Eliza zurückzubekommen, zunichte zu machen.

Er war wütend aus dem Büro gekommen, die Hände geballt, und hatte Liz kaum angesehen. Erst als sie kurz vor der Abfahrt aus der Damentoilette kam, tauchte er auf und umarmte sie untypischerweise. „Alles ist in Ordnung, Lizzie. Alles." Dann ließ er sie los und schritt davon. In gewisser Weise beruhigte das ihre Nerven. Aber ihr Kopf arbeitete auf Hochtouren. Er war in Geelong gewesen, um einer Spur zu folgen. Er hatte versucht, Andy und Terry für etwas zu gewinnen und war gescheitert.

„Das ist unser erster Halt", Andy drehte sich auf seinem Sitz um und sah Liz an. „Wir sind außer Sichtweite der öffentlichen Straßen und einen halben Kilometer vom Treffpunkt entfernt. Wenn der Täter nicht direkt an uns vorbeiläuft, sind wir unsichtbar."

„Und ich gehe von hier aus zu Fuß."

„Ja. Aber vorher wird Pete seine Position einnehmen, und sobald du das Auto verlässt, werden wir uns zu unserer begeben." Terrys Stimme war ruhig und beruhigend. „Alles, was du sagst, wird von uns gehört. Möchtest du deine Schlüsselwörter durchgehen?"

„Klar. Das wichtigste ist ‚Baby', wenn Eliza anwesend ist." Sie ging die anderen durch, um Eventualitäten abzudecken, wie wenn der Täter flüchtet, wenn sie glaubt, es sei ein falscher Alarm, bei unmittelbarer Lebensgefahr und so weiter. Wenn sie eine Extraktion brauchte, war „Hubschrauber" das Wort. Aber wenn sie von diesem Mann bedroht würde, würde sie alles tun, um ihn am Leben zu erhalten und nicht aus den Augen zu verlieren. Egal, was sie angeblich tun sollte.

Terry prüfte eine Nachricht. „Gut. Pete ist an seinem Platz. Alles klar, Liz?"

Nicht mal annähernd.

„Ich bin bereit."

„Prüf, ob dein Mikro funktioniert, bevor du losgehst. Wir fahren los, sobald du fünfzig Meter weg bist, also mach es vorher", sagte Andy. „Es wird zwei Minuten dauern, bis wir an unserem Platz sind, also geh langsam."

Sein Gesicht war das ernsteste, das Liz je gesehen hatte.

Sie nickte und stieg aus.

Die Luft war warm und feucht. Für später am Tag waren Gewitter vorhergesagt, aber im Moment war der Himmel klar und ein Halbmond spendete etwas Licht. Liz orientierte sich und ging zum Rand des kleinen Parkplatzes.

„Test. Das sollte besser funktionieren."

Das Ohrstück war glasklar. „Wir fahren jetzt los, Liz."

Hinter ihr startete das Auto und fuhr weg.

Sie verließ den Parkplatz, und der Abstieg war steil.

Der Brimbank Park war ein Ort, an dem man sich leicht verirren konnte, mit seinen Schluchten und Verstecken.

Liz folgte einer schmalen und gewundenen Straße im Mondlicht, anstatt ihre Taschenlampe zu benutzen. Das half ihren Augen, sich zu fokussieren und ihren Sinnen, sich an die Umgebung anzupassen. Sie hatte eine ausgezeichnete Nachtsicht und normalerweise starke Nerven. Aber hier, im entlegensten Teil des weitläufigen Geländes, war sie sich nicht so sicher.

Als sie den vorgesehenen Ort in Sichtweite hatte, hielt sie einen Moment inne. Sie konnte den Fluss von hier aus hören, aber nicht sehen. Bäume drängten sich um eine Informationstafel, und weitere fünfzig Meter dahinter war ihr Ziel. Von weiter oben, wo Pete und die anderen warteten, wäre es fast unmöglich, einen guten Blick auf den Täter zu werfen, geschweige denn einen Scharfschützenschuss von einem der Ops-Team abzugeben, falls es dazu kommen sollte.

Das ist es, Liz. Die beste Chance, diese Mädchen zu finden.

Das Drehen in ihrem Magen ignorierend, bewegte sich Liz näher heran, die Augen langsam das Gebiet vor ihr und zu beiden Seiten absuchend. Als sie unter ein Blätterdach trat, wollte sie fast umkehren.

Sie war isoliert und spürte es deutlich.

Es gab eine kleine Lichtung inmitten der Bäume, und sie zwang sich, dort stehen zu bleiben. Es war so still.

Bis auf das Knirschen eines Fußtritts, das Knacken eines Zweiges.

Ihr Herz begann zu rasen, und Adrenalin schoss durch ihren Körper.

Und dann war er da.

Was auch immer Liz in diesem Moment zu tun und zu sagen geplant hatte, wurde beiseitegeschoben. Sie hatte ein sorgfältig einstudiertes Skript, an dem Terry und Andy mit ihr gearbeitet hatten, das darauf ausgelegt war, sie emotional auf Distanz zu halten und die angemessensten Fragen zu stellen.

Aber in diesem Moment flammte eine Welle der Wut auf, und es kostete sie jede Unze ihrer Willenskraft, ihre Füße am Boden zu halten, anstatt den Mann mit ihren Fäusten anzugreifen. Oder ihre Waffe zu ziehen und ihn zu zwingen, die Wahrheit zu offenbaren.

Er stand wenige Meter entfernt.

Einen halben Kopf größer als Liz, war er schlank und trug schwarze, eng anliegende Hosen und ein langes Oberteil, schwarze Laufschuhe und schwarze Handschuhe. Er war muskulös, aber eher wie ein Läufer als ein Bodybuilder.

Sie konnte sein Gesicht nicht sehen. Er trug eine schwarze Maske von der Art, die in den letzten Jahren weit verbreitet war. Und eine Sonnenbrille. Wie er damit in der Dunkelheit klar sehen konnte, war merkwürdig, aber es könnte zu ihrem Vorteil sein, wenn er weglaufen und im Dunkeln stolpern würde. Sein Haar war weiß und sehr kurz. Clever, sich so zu verhüllen, aber erschreckend, weil er offensichtlich nicht die Absicht hatte, seine Identität preiszugeben.

„Also hast du getan, was ich gesagt habe."

Seine Stimme verriet sein Alter. Dies war kein junger Mann, nicht einmal ein Mann mittleren Alters.

„Wo ist Eliza?"

„Irrelevant."

Dieses Wort, persönlich überbracht, ließ ihr die Haare zu Berge stehen.

„Sag mir wenigstens, wie es ihr geht. Bitte."

Er machte einen Schritt nach vorn. „Eliza schläft. Sie ist in Sicherheit."

So beruhigend diese Worte auch an der Oberfläche waren, sie jagten Liz einen Schauer über den Rücken. Schlafend und sicher konnten auch andere Bedeutungen haben. Grimmige. Sie wartete darauf, dass er als Nächstes sprach. Seine Absichten mussten sich offenbaren, bevor sie entscheiden konnte, was sie mit ihm machen sollte.

„Du musst aufhören, nach Ellen zu suchen", sagte er.

„Was weißt du über sie? Hast du sie etwa auch entführt?"

Er machte ein missbilligendes Geräusch. „Entführen ist ein hartes Wort. Wie dem auch sei, die Zeit der Suche ist längst vorbei. Du hast sie im Stich gelassen, Elizabeth. Zu beschäftigt, um dich anständig um dein eigenes Kind zu kümmern. Was, wenn jemand ihr Schaden zufügen wollte?"

„Sie ist meine Nichte, nicht meine Tochter. Und sie ihrer Familie und ihrem Leben zu entreißen, war die Tat von jemandem, der Schaden anrichten wollte. Also tu nicht so, als hättest du sie gerettet."

„Ruhig, Liz." Petes Warnung in ihrem Ohr ließ sie fast zusammenzucken.

Der Mann verschränkte die Arme. „Es wäre zu deinem Vorteil, dein Temperament zu zügeln."

Liz kannte seine Stimme. Einige lang verschollene Erinnerungen klopften in ihrem Hinterkopf, aber so sehr sie auch versuchte, sie hervorzuholen, sie verspotteten sie nur.

„Wir reden hier von einem kleinen Mädchen, das nicht bei seinen Eltern aufwachsen durfte." Liz hatte sich wieder unter Kontrolle. „Mir zu sagen, ich solle nicht nach ihr suchen, wirft Fragen auf. Das musst du doch sicher verstehen. Ich habe diesen Tag im Park endlos wiedererlebt. Ich habe von Ellen geträumt. Ich habe in derselben schäbigen Wohnung gelebt, falls sie mich suchen würde, und ihre Mutter hat dasselbe getan. Wusstest du, dass ihr Vater kürzlich gestorben ist?"

Er zuckte mit den Schultern. „Eine schwache Persönlichkeit."

„Sag ihm, du wirst aufhören, nach Ellen zu suchen." Das war Andy. „Bring das Gespräch zurück zu Eliza."

Liz wünschte, sie könnte den Ohrhörer entfernen.

„Ich werde aufhören, nach Ellen zu suchen."

Jetzt lachte der Mann. „Braves Mädchen. Nicht dass ich dir glaube, aber es ist ein Schritt näher zu dem, was ich von dir will." Er ging ein paar Schritte vorwärts. „Manchmal passiert einer Person eine schreckliche Situation, ohne dass sie dafür etwas kann."

Wie gestohlen zu werden?

„Ein anständiger Mensch. Ein guter, fürsorglicher Vater, dem seine ganze Welt entrissen wird. An einem Tag sieht er seine Tochter aufwachsen, ihr Lachen und ihre Frechheit bringen ihm solche Freude, dass er glaubt, alles zu haben, was ein Mann sich je wünschen könnte. Wenn sie ihn anlächelt, fühlt er sich wie ein Gott, weil sie ihn vergöttert." Er senkte den Kopf und seufzte tief. „Und dann ist sie für immer aus seinem Leben verschwunden."

„Sag nichts, Lizzie." Pete kannte sie so gut. „Ich habe dir versprochen, dass alles in Ordnung ist, und das ist es auch. Spiel sein dummes Spiel mit."

Ein paar mehr Informationen wären hilfreich gewesen, denn seine kryptischen Kommentare ließen ihre Gedanken zwischen

Ellen und Eliza hin und her springen. Er wusste etwas Wichtiges, und dieser wütende Austausch mit Terry und Andy war darüber gewesen. Sie hatten ihn davon abgehalten, mit ihr zu sprechen.

Habt ihr Ellen gefunden?

„Das macht etwas mit dem Kopf eines Mannes, Elizabeth. Zuerst gibt es Zweifel. War ich ein schlechter Mensch? Habe ich meine Familie im Stich gelassen? Ich wusste, dass ich das nicht hatte. Aber ich hatte einen Fehler gemacht, indem ich die Frau geheiratet hatte, die ich geheiratet hatte. Eine Frau, die mir in jeder Hinsicht unterlegen war und besonders keine arischen Gene hatte."

Liz lief es eiskalt den Rücken runter. Was für ein Monster war dieser Mann? Sie grub tief. „Aber du hättest dieses Kind ohne sie nicht gehabt."

Das schien ihn innehalten zu lassen, und er starrte sie an – wenn das das war, was er hinter der Sonnenbrille tat. Er nahm die Maske ab und zerknüllte sie in einer Hand.

Sie hakte vorsichtig nach. „Ehen gehen ständig in die Brüche. Schrecklich, aber wahr. Ich werde nie heiraten, weil ich es nicht ertragen könnte, nach der meiner Eltern noch einmal eine Scheidung durchzumachen."

Die Wirkung ihrer Worte war unmittelbar. Er schritt auf sie zu, bis er nur noch eine Armlänge entfernt war. Er sagte lange Zeit nichts, und sie wusste nicht, wie sie weitermachen sollte. Das war heikel. Ein falsches Wort und Eliza könnte für immer verloren sein. Es gab keinen unaufgeforderten Rat in ihrem Ohr. Es lag alles an ihr.

„Es tut mir so leid", sagte sie im sanftesten Ton, den sie aufbringen konnte. „Du hättest Besseres verdient."

Der Atemzug, den er nahm, war hörbar, und seine Brust hob und senkte sich sichtbar.

„Ja, Elizabeth. Ja, das hätte ich. Und du auch. Ohne deinen Vater aufzuwachsen, hat dein Leben ruiniert. Stell dir vor, wie anders du jetzt wärst, wenn das nicht passiert wäre."

„Du weißt ziemlich viel über mich. Oder sprichst du rhetorisch?"

Sein Kopf neigte sich.

„Es ist unmöglich zu wissen, ohne dein Gesicht zu sehen. Ich glaube, ich weiß, wer du bist... Ich fühle, dass ich mit dir verbunden bin... aber es ist eine Ewigkeit her."

Wenn das nichts bringt, dann nichts. Nimm die verdammte Sonnenbrille ab.

Stattdessen schüttelte er den Kopf, und als er sprach, lag eine Schwere in seinen Worten. „Ich fürchte, es ist zu viel Zeit vergangen. Nicht deine Schuld. Nicht ganz. Aber lass mich dich das fragen: Wenn ich dich bitten würde, jetzt sofort mit mir zu kommen, würdest du es tun?"

„Nein, Liz." Der Chor kam von Terry und Andy. Pete schwieg.

„Bedeutet das, dass ich Eliza sehen kann?"

Die Hand des Mannes hob sich zu seiner Sonnenbrille. Und zögerte. Dann lächelte er. „Wisse dies, Elizabeth Moorland: Alles, was ich getan habe, war für dich. Aber jetzt ist es irrelevant, weil du eine Wahl getroffen hast. Du bist in erster Linie Polizistin. Keine Tochter. Du hast dieses Recht verloren."

Bevor Liz antworten konnte, fiel seine Hand zu seiner Taille, und plötzlich sprang er ihr ins Gesicht. Dann traf etwas ihren Bauch so hart, dass sie auf die Knie fiel. Sie konnte keinen Ton von sich geben oder sich vor Schmerzen und Atemnot bewegen, und selbst als er weglief, hatte Liz keine andere Wahl, als zuzusehen. Und dann fiel sie auf die Seite und die Welt wurde schwarz.

SIEBENUNDZWANZIG

Andy begann zu rennen, sobald der Täter „Arier" sagte. Sein Bauchgefühl schrie, dass Liz in großen Schwierigkeiten steckte, und unter den Bäumen hatten die Scharfschützen keine Chance, den Mann zu stoppen.

Er erreichte Liz als Erster und rief um Hilfe, während er neben ihr auf die Knie rutschte.

Sie lag auf der Seite, kaum bei Bewusstsein und stöhnte. Trotzdem zeigte sie in eine Richtung und brachte die Worte „Schnapp ihn" heraus.

„Liz!"

Pete raste in ihre Richtung.

„Lauf weiter. Er ist zum Fluss hin verschwunden", rief Andy.

So sehr es Pete auch geschmerzt haben muss zu gehorchen, zu seiner Ehre änderte er die Richtung mit kaum verminderter Geschwindigkeit und verschwand in der Dunkelheit.

Andy beugte sich hinunter, um Liz zu untersuchen. „Wurdest du angeschossen?"

„Schlagstock. Bauch. Geh."

Er richtete sich auf und tippte auf sein Funkgerät. „Ich brauche sofort Unterstützung in der Treffzone. Und einen Krankenwagen."

Es war Terry, der als Nächstes auftauchte und Andy wild gestikulierend aufforderte, Pete zu folgen, während er in seiner Eile, sie zu erreichen, durch die Bäume stolperte.

„Terry ist hier. Ich werde diesen Mistkerl fangen", sagte Andy zu Liz, und dann begann er zu rennen, unsicher, ob der Mistkerl der Täter oder Pete war. Er war fit von jahrelangem Fitnessstudio- und Straßentraining und hatte in einer Minute Pete in der Ferne im Blick, der am Fluss entlang rannte.

Das Gelände war nicht gut zum Laufen, ohne richtigen Pfad und mit Senken und Löchern, die es zu vermeiden galt. Was als fast schluchtartige Bedingungen begann, öffnete sich allmählich, als der Fluss breiter wurde. Andys Beine und Lungen schmerzten, als er die Lücke schloss. Es muss ein Kilometer gewesen sein, bevor er in einer Kurve fast in Pete hineinlief.

„Brauche eine Wassereinheit am Maribyrnong River zwischen Avondale Heights und Brimbank Park."

Pete war fast zusammengeklappt, um Atem zu schöpfen, und keuchte Anweisungen in sein Telefon.

„Schwarzes Schlauchboot... mit Außenbordmotor. Ein Insasse. Männlich. Sechzig... bis siebzig. Eins achtundachtzig. Schlanke Statur. Gekleidet... in schwarzem Oberteil, Hose, Schuhe. Trägt einen Schlagstock und möglicherweise andere Waffen. Nicht töten. Er ist der Hauptverdächtige im Verschwinden von Eliza Singleton. Tötet ihn nicht."

Er beendete den Anruf und richtete sich langsam auf.

Andy blickte den Fluss hinunter, wo in weiter Ferne ein kleines Boot tuckerte.

„Warum bist du nicht bei Liz?", forderte Pete.

„Terry ist da. Sie wurde nicht angeschossen und sagte mir, ich solle den Mann verfolgen. Aber ein verdammtes Boot?"

„Wo ist der Hubschrauber?"

„Zwei Minuten entfernt. Ich werde dem Fluss folgen, falls er irgendwo anhält." Andy setzte sich in Bewegung und joggte am Wasser entlang.

Pete holte schnell auf, scheinbar über seine Atemprobleme

hinweg. Sie bewegten sich schweigend, bis das schwere Dröhnen von Hubschrauberrotoren von hinten näher kam und sie anhielten, um zuzusehen, wie er über ihre Köpfe hinwegfegte und geradeaus die Mitte des Flusses entlang flog, tief und schnell, wobei er das Wasser kräuseln und die Bäume an den Seiten schwanken ließ. Riesige Scheinwerfer bewegten sich von Seite zu Seite während des Fluges und stiegen kurz an, um über eine Brücke an einer der Hauptstraßen zu kommen.

„Wir müssen in seiner Nähe bleiben. Kyle Moorland könnte irgendwo landen oder zumindest versuchen, unter eine Deckung zu kommen."

„Du weißt nicht, ob er Kyle Moorland ist."

„Doch. Das weiß ich." Pete lief wieder los, schneller als im Jogging-Tempo.

Sie hatten keine Chance, den Hubschrauber einzuholen, aber beide liefen weiter, verlangsamten an den Steigungen des Weges und beschleunigten wieder, wenn es eben wurde. Schweiß lief Andys Rücken und Nacken hinunter, und McNamara sah genauso schlimm aus. Der Himmel wurde etwas heller und er schaltete die Taschenlampe aus. Als sie eine Verengung des Flusses erreichten, verschwand der Pfad und sie hielten an.

Irgendwo weiter vorne schwebte der Hubschrauber, aber es gab eine Biegung zwischen ihm und ihnen.

„Glaubst du, er hätte den Hubschrauber in einem Schlauchboot abgehängt?"

„Warst du schon mal in einem, Kumpel? Hubschrauber sind verdammt schnell", sagte Andy.

„Er war voraus. Hatte Zeit, aus dem Wasser zu kommen." Pete holte sein Handy heraus und wählte. „Terry. Ja, noch nichts. Wie geht's Liz?"

„Frag nach dem Hubschrauber", drängte Andy.

Pete funkelte ihn an und drehte sich weg, während er zuhörte. „Danke. Sie kommt ins Krankenhaus? Okay. Oh ja, Detective Senior Sergeant Montebello erbittet ein Update, warum der Hubschrauber da vorne kreist." Einen Moment später steckte er das Telefon weg und wandte sich Andy zu, die Arme verschränkt. „Sie haben für einen Augenblick ein Schlauchboot gesichtet. Suchen jetzt danach."

„Glitschiger Bastard."

„Er hat das so sorgfältig geplant wie die Entführungen von Ellen und Eliza. Das Problem ist, dass wir fast keine Informationen über ihn haben, abgesehen von der Adresse in Geelong, an die sich Liz erinnerte."

„Da wart ihr nicht? Nicht mal vorbeigefahren?" Andy konnte den Spott in seiner Stimme hören, und selbst im schwachen Licht war klar, dass Pete aufgebracht war.

„Kumpel, das erste Mal, dass ich davon gehört habe, war heute Morgen in Terrys Büro, und ich war gerade aus Geelong gekommen. Konzentrier dich darauf, Eliza zu finden, und hör auf, mich die ganze Zeit anzugiften."

Hatte Liz Pete etwas über die früheren Kommentare im Büro gesagt? Es war nicht hilfreich, wenn sie das getan hatte, aber gleichzeitig hatte Andy nicht beabsichtigt, seine Deckung fallen zu lassen und hinter Petes Rücken über ihn zu reden. Viel besser, es ihm ins Gesicht zu sagen.

„Wenn du keine negativen Kommentare willst, dann mach es nicht so einfach. Ich habe dich gestern Abend mehrmals angerufen und du hast mich ignoriert."

„Ich war beschäftigt."

„Und ich musste mit dir sprechen. Anstatt unverantwortlich zu sein und Entscheidungen außerhalb der Befehlskette zu treffen, warum versuchst du nicht, ein Teamplayer zu sein?"

Pete bewegte sich schnell. Er berührte Andy nicht, war aber plötzlich direkt vor seinem Gesicht, und obwohl Andy einen Kopf größer war, war Petes bloße Präsenz einschüchternd. „Du hättest mich Lizzie von Ellen erzählen lassen sollen. Was, wenn sie gerade gestorben wäre, anstatt nur verletzt zu werden? Was, wenn sie gestorben wäre, ohne je zu erfahren, dass ihre Nichte am Leben ist? Kannst du damit leben? Kumpel."

Er drehte sich weg und hockte sich an den Rand des Flusses, spritzte sich Wasser ins Gesicht.

Der Hubschrauber kam in ihre Richtung, aber langsam, die Flutlichter verweilten auf einer Stelle am Ufer und dann einer anderen.

„Schau, wir müssen zusammenarbeiten, Pete. Terry und ich haben die beste Entscheidung in kurzer Zeit getroffen. Diese Frau, Lena? Ich will, dass sie Ellen ist. Gott, wie sehr ich das will, aber du weißt, dass ein langer Weg vor uns liegt. DNA-Tests. Eine Menge Zeug, bevor ihre Identität bewiesen ist, und trotzdem wolltest du Liz verunsichert in dieses Treffen gehen lassen."

Pete schüttelte den Kopf, als er aufstand. Wasser tropfte von seinem Gesicht und seinen Haaren. „Du kennst sie nicht. Es gibt keinen stärkeren Polizisten in der Truppe, aber sie braucht Informationen und muss den Stand der Dinge kennen. Wenn du dir vorstellst, dass sie sich nicht bewusst ist, dass etwas Großes passiert ist, dann bist du kein sehr guter Detektiv."

Der Hubschrauber war jetzt nah genug, um jede Unterhaltung zu übertönen, und als der Scheinwerfer sie erfasste, zeigte Andy ihm einen Daumen nach oben. Er drehte ab und flog zurück, woher er gekommen war. „Sollen wir noch ein Stück weitergehen? Ich kann rüberwaten und das andere Ufer absuchen."

„Du? Nee. Ich werde rüberwaten. So siehst du, dass ich ein Teamplayer bin." Pete zog seine Schuhe aus, band die Schnürsenkel zusammen und warf sie sich über die Schulter. Mit einem breiten Grinsen ließ er seine Hose fallen. „Du kannst dich umdrehen, wenn du nicht etwas sehen willst, das dich für den Rest deines Lebens neidisch macht."

Andy konnte sich ein Kichern nicht verkneifen. „Träum weiter, Sonnenschein."

Natürlich war es Pete, der das Schlauchboot fand. Keine zehn Minuten nachdem Andys Augen fürs Leben geschädigt wurden, weil er Petes Hintern in Unterhosen im Fluss verschwinden sah, folgte auf einen triumphierenden Ruf eine Textnachricht. „Team-player gewinnt."

„Ich sollte wohl besser an deine Wettbewerbsseite appellieren", murmelte Andy vor sich hin.

Nicht weit voraus war eine Brücke, und er rannte hinüber und ging zurück zu Petes Standort, während er über Funk mit Terry sprach. Pete hatte sich wieder angezogen und war begierig darauf, loszulegen.

„Wir müssen ihn verfolgen. Kommt eine Hundestaffel?"

„Ist unterwegs. Der Hubschrauber sucht diese Seite von außen nach innen ab. Hast du das Schlauchboot überprüft?"

Pete ignorierte ihn und führte den Weg zu dem kleinen Boot, das komplett aus dem Wasser gezogen und mit einer Tarnplane bedeckt war. „Siehst du, er plant alles. Und bevor du fragst, er ist nicht unter der Plane, und das Boot sieht sauber aus, *und* ich habe keine Spuren verwischt."

„Dann lass es so."

Andy scannte die Umgebung. Obwohl es einige Bäume gab, war es nicht so dicht bewachsen wie der Ort, an dem Liz dem Mann begegnet war. Innerhalb weniger Meter gab es einen steilen Anstieg ohne sichtbare Pfade.

„Da erwartet er, dass wir suchen." Pete hielt seine Stimme leise. „Ich habe keine Spuren von ihm in der Richtung gesehen, aus der ich kam, was ein paar Möglichkeiten übrig lässt."

„Den Weg, den ich kam, den Fluss, oder er hat die offensichtliche Route genommen."

„Was meinst du?"

Andy schaltete seine Taschenlampe wieder ein und konzentrierte sich auf die Bäume, aber nicht einmal ein Vogel war darin zu sehen. Und das allein war aufschlussreich. Er hatte keinerlei aufgeregte Vögel gehört, und hier waren auch keine.

„Er ist uns mindestens fünf Minuten oder mehr voraus", sagte Andy.

„Fünfzehn. Denk an seine Geschwindigkeit. Ich schätze, er

hat geplant, das Boot hier zu lassen, und hatte für alles, was wir wissen, Taucherausrüstung bereit."

„Mist." Andy tippte an sein Funkgerät. „Terry?"

„Irgendwas?"

„Gibt es eine Möglichkeit, den Fluss zu überwachen? Nicht nur Boote, sondern auch jemanden im Wasser? Unter Wasser?"

Es gab einen Moment Stille, dann fluchte Terry. „Kyle Moorland hatte einen Tauchschein. Hat ihn auf der Kreuzfahrt gemacht, bevor er starb. Angeblich starb. Ich kümmere mich drum."

Pete sank zu Boden, den Kopf für eine Minute in den Händen. Dann atmete er tief ein und sah Andy an. „Warum wussten wir das nicht früher?" Er war nicht wütend. Wenn überhaupt, war er ratlos, traurig, ungläubig. „Unser Team erzielt Ergebnisse, aber wir haben eine unserer Besten in Gefahr gebracht und sie ist verletzt. Wir haben zugelassen, dass ein Serienkindesentführer uns überlistet. Wie?"

Andy ließ sich neben ihm ins Gras fallen.

„Willst du die offizielle Version? Überlastet. Nicht genug Beamte, um mit einer so weitreichenden Situation fertig zu werden, geschweige denn ein Geheimnis aus der Vergangenheit zu ergründen."

Pete sah ihn an.

„Es gibt keine Entschuldigung, die gut genug ist, Pete. Ellens Verschwinden hätte von Anfang an anders behandelt werden müssen. Elizas wurde es – denke ich. Aber es gibt eine Diskrepanz zwischen den beiden Fällen und niemand kann das jetzt beheben."

„Liz muss über Ellen Bescheid wissen."

„Und sie wird es erfahren. Wohin jetzt? Ich werde nicht herumsitzen und ich bezweifle, dass du das tust. Welche Richtung, Pete?"

Das Tageslicht hatte die Nacht bereits vertrieben, als ein paar hundert Meter entfernt eine verlassene Sauerstoffflasche gefunden wurde. Von dort aus war es ein steiler, aber machbarer Aufstieg zu einem abgelegenen Parkplatz.

„Keine Kameras in der Gegend. Die Luftüberwachung sucht nach Aufnahmen, die möglicherweise ein Fahrzeug dort zeigen, aber zu diesem Zeitpunkt ist der Täter weg."

Sie waren zurück in der Abteilung für Vermisste Personen. Terry hatte die Leitung übernommen, um Andy die Chance zu geben, zu duschen, sich umzuziehen und zu essen. Als er ins Büro zurückkehrte, gab es ein Whiteboard mit einer Karte darauf und rot eingekreiste Bereiche. Ein Dutzend Beamte, die meisten gerade erst ihre Schicht begonnen, stellten Fragen und machten sich Notizen. Pete stand mit dem Rücken zu ihnen allen und starrte aus dem Fenster. Er hatte weder geduscht noch sich umgezogen und brodelte vor Wut.

„Wir untersuchen die starke Möglichkeit, dass der Täter Kyle Moorland ist, für tot erklärt und auf dem Friedhof von Keilor begraben. Was ich brauche, sind Informationen über die Person, die auf der Kreuzfahrt über Bord ging – angeblich Kyle. Alles über die Person, die den sogenannten Unfall bezeugt hat, von ihrem Namen bis zu ihrem Erstgeborenen."

Es gab zustimmendes Gemurmel von den Detektiven.

Andy trat nach vorne. „Wir haben gerade ein Update über Liz bekommen."

Pete drehte sich um.

„Sie wird in Kürze entlassen. Nichts gebrochen oder ernsthaft verletzt. Der Schlag mit dem Schlagstock traf Weichgewebe und vermied alle Organe."

„Chef, kannte sie den Täter? Hat sie irgendwelche Informationen?"

Die Frage kam von einem Detektiv, den Andy nicht kannte.

„Liz wird zur Nachbesprechung kommen und dann werden wir bessere Informationen haben. Was ich mitteilen kann, ist, dass der Täter während des Gesprächs mit Liz mehrere Bemerkungen machte, die uns zu der Annahme veranlassen, dass er persönliche Kenntnisse über ihr Leben hat. Mehr denn je ist es wichtig, nach den kleinsten Hinweisen in jeder Kommunikation zu suchen, die uns zu ihm führen könnten. Das Schlauchboot ist auf dem Weg zur Spurensicherung zur Untersuchung."

„Er trug Handschuhe. Er hat alles geplant. Es wird nichts geben", sagte Pete.

„Aber er hat das Boot irgendwoher bekommen, und die Sauerstoffflasche könnte eine gute Spur sein." Terry tippte auf das Whiteboard. „Es gibt jede Menge Kameras, sobald er eine Straße erreicht hat, und Meg ist dabei, die Aufnahmen zu verfolgen."

„Was ist mit der Adresse in Geelong?"

Alle sahen Pete an.

„Wo Liz als Kind gelebt hat. Wäre ein guter Ort, um ein Kind zu verstecken, denke ich."

Andy warf einen Blick auf Terry. Sie hatten das bereits besprochen.

„Lasst uns das vorerst abschließen", sagte Andy. „Pete, hol dir was zu essen und frische Kleidung und triff uns in einer Stunde in meinem Büro."

Ohne ein weiteres Wort stürmte Pete hinaus. Ein paar der Beamten grinsten hämisch, und Andy starrte sie an, bis sie verstummten.

ACHTUNDZWANZIG

Alles tat weh, aber nichts so sehr wie ihr Herz.

Liz hatte Schmerzmittel abgelehnt und darauf bestanden, das Krankenhaus zu verlassen, sobald sichergestellt war, dass keine lebensbedrohlichen Verletzungen vorlagen. Anstatt die Ressourcen eines Streifenwagens zu verschwenden, rief sie einen Uber und fuhr zuerst nach Hause, verzweifelt darauf, zu duschen und sich richtig anzusehen.

Die Prellungen kamen gerade erst zum Vorschein, waren aber schon erschreckend genug mit dunklen Flecken um eine zentrale Ansammlung herum. Sie berührte die Stelle, wo der Schlagstock, mit dem Ende zuerst, mit genug Kraft aufgetroffen war, um sie zu Boden zu werfen, aber nicht genug, um langfristigen Schaden anzurichten. Das allein war merkwürdig, aber Liz hatte kein Verlangen danach, ihn zu verstehen.

Mein Vater.

Sie konnte sich im Spiegel nicht in die Augen sehen.

Er sagte, er hätte das für sie getan.

Ellen gestohlen.

Eliza gestohlen.

So viele Leben zerstört.

Für mich.

Wenn Eliza nicht immer noch irgendwo da draußen wäre und sie bräuchte, würde sie sich ins Bett legen und weinen.

Aber es gab keine Tränen. Keine Gefühle, außer unerklärlicher Trauer und Kummer. Und nur ihr Versprechen an Eliza und Ellen, sie zu finden, konnte sie weitermachen lassen. Später... sobald es eine Lösung gab, musste sie sich vielen Wahrheiten stellen und einige Entscheidungen treffen. Und die eine, die in ihrem Hinterkopf hämmerte, betraf ihren Job.

Sie hatten sie im Stich gelassen.

Damals bei Ellen und jetzt bei Eliza.

Sie war zu dieser Lichtung gegangen, ohne vollständiges Wissen darüber, worauf sie sich einließ, und es spielte keine Rolle, ob es zu ihrem Schutz war oder um sie davon abzuhalten, einen Rückzieher zu machen. Terry und Andy hatten kein Recht, Informationen zurückzuhalten. Und Pete war der Einzige, der gerade auf ihrer Seite stand.

Angezogen machte sie Kaffee und rief Vince an. Es ging auf die Mailbox. Sie hinterließ keine Nachricht. Sie hatte einen Kloß im Hals. Sie hatte seine Beruhigung hören müssen. Seine Meinungen. Seine unverblümten Ratschläge. Ohne den Kaffee auch nur angerührt zu haben, verließ sie die Wohnung.

Darryls Tür schwang von innen auf und sie erhaschte einen Blick auf ihn, bevor sie zugeschlagen wurde und die Sicherheitskette einrastete.

Sie hatte jetzt keine Energie für ihn und ging weiter, wobei sie bemerkte, dass er die Tür wieder öffnete, als sie vorbeiging. Liz ging langsam die Treppe hinunter und wünschte, sie wäre den anderen Weg zum Aufzug gegangen, mit dem sie hochgefahren war.

War Brian Bisley noch am Leben? Der Gedanke an den Aufzug ließ sie an ihn denken, und es war ein weiterer Teil des Puzzles, das mit jeder Minute komplizierter wurde.

Der einzige Weg, wie sie das durchstehen konnte, ohne den Verstand zu verlieren, war, die Emotionen beiseite zu lassen und sich auf eine Sache zu konzentrieren. Ihren Vater zu fangen und

Eliza zu finden. Alles andere würde sich fügen, sobald sie das erreicht hatte.

Am Fuß der Treppe hielt sie inne, um Atem zu schöpfen, und zog eine Visitenkarte aus ihrer Tasche. Sie drehte sie in ihren Fingern. Candace Carroll hatte gesagt, sie sei für Liz da. Jederzeit. Aus jedem Grund. Und Liz hatte jede Menge von Letzterem.

Candace war eine Komplikation.

Liz war nicht bereit, jemandem Neuem zu vertrauen.

Liz würde niemandem vertrauen.

Das Debriefing war angespannt und kurz, und Liz war froh, Andys Büro zu verlassen. Er und Terry verheimlichten ihr immer noch etwas. Das war offensichtlich. Sie hatte gefragt, wo Pete sei, und sie hatten sich angesehen und Terry hatte etwas davon gesagt, dass er eine Pause zum Schlafen mache. Sie war nicht überzeugt.

Liz machte sich auf die Suche nach Meg.

In einen Raum zu treten, in dem eine Handvoll Leute alle auf ihre Daten konzentriert waren, war seltsam beruhigend. Es gab ein leises Summen. Tippen. Gelegentlich ein Wort. Stühle, die sich bewegten.

„Liz?"

Meg war in einem Augenblick von ihrem Sitz aufgesprungen und hätte Liz fast umarmt, hielt aber in letzter Sekunde inne. „Du musst solche Schmerzen haben."

„Nur wenn ich mich bewege. Atme. Spreche. Ansonsten habe ich mich nie besser gefühlt."

Ernste Augen betrachteten sie. „Wir *werden* ihn finden. Und Eliza."

Sie hätte Erleichterung fühlen sollen. Hoffnung. Tat sie aber nicht.

„Komm und setz dich zu mir, damit ich dir zeigen kann, woran ich arbeite." Meg eilte zurück zu ihrem Arbeitsplatz und sprach den uniformierten Beamten an, der am nächsten saß. „Lou? Beweg dich, Kumpel."

Es war der junge Beamte, der Liz im Apartmentgebäude so hilfreich gewesen war und sich kurzfristig mit einem veralteten Videosicherheitssystem vertraut gemacht hatte. Er warf Liz einen mitfühlenden Blick zu und räumte seinen Platz.

„Danke." Liz war froh, sich setzen zu können, und rückte den Stuhl vorsichtig etwas näher zu Meg.

„Also gut, drei Suchen laufen gerade." Meg hatte heute drei Bildschirme und jeder war voll mit Informationen. „Während Lou die Quelle des Tauchtanks aufspürt, stehe ich in Verbindung mit der Wasserschutzpolizei und den Parkbehörden wegen des Flusses. Niemand springt einfach zum ersten Mal in ein fremdes Gewässer, wenn er weiß, dass sein Leben davon abhängt, also hat unser Mann eine Vorgeschichte mit Tauchen dort oder Bootfahren, irgendetwas, das ans Licht kommen wird."

„Und das Schlauchboot?"

„Wird gerade untersucht. Eines von Tausenden im Bundesstaat, also nicht sehr hoffnungsvoll, einen Besitzer zu finden, aber der Außenbordmotor könnte helfen. Weißt du, wie lange er schon taucht?"

„Ich?"

Meg verzog ihr Gesicht, als hätte sie nicht sprechen sollen.

„Du glaubst, er ist Kyle Moorland. Mein Vater."

„Jap. Ich habe den Live-Mitschnitt deines Gesprächs mit ihm gehört und ich finde keinen Grund, etwas anderes zu glauben. Du etwa?"

Es war etwas, das Liz nicht laut sagen konnte, also zuckte sie mit den Schultern. Und bereute es. Selbst diese kleine Bewegung tat weh.

„Hier drüben habe ich ein Programm laufen, um ihn zu finden. Kyle. Es ist seltsam einfach für etwas so Ausgeklügeltes." Meg starrte mit einem kleinen Lächeln auf den Bildschirm.

„Bist du verliebt in es?"

„Möglicherweise. Software ist weniger anspruchsvoll als ein Mensch."

Du sprichst mir aus der Seele.

Meg fuhr fort. „Ich bin bis zu dem Tag zurückgegangen, an dem deine Mutter ihm die Scheidungspapiere zustellen ließ. Ich kann den Tag nicht identifizieren, an dem er das Haus verlassen hat – es sei denn, du kannst das?"

„Ich nicht. Ich war klein. Aber ich könnte Anna fragen. Meine Schwester. Sie ist zehn Jahre älter als ich und erinnert sich an viel mehr als ich." Und nach ihrem Abendessen gestern Abend könnte sie bereit sein zu helfen.

„Würdest du sie fragen, ob sie eine halbe Stunde mit mir verbringen würde? Glaubst du, sie würde das tun?"

Wenn sie nicht trinkt, von Tabletten benebelt oder am Schlafen ist, vielleicht.

„Ich rufe sie an."

„Cool. Jede zusätzliche Information wird die Parameter eingrenzen. Ich suche nach Verhaltenshinweisen – Dinge, die Kyle vor seinem angeblichen Tod getan hat. Wo er lebte und was er jeden Tag machte. Wo er arbeitete. Und dann vergleiche ich das mit dem Leben des Mannes, der angeblich gesehen hat, wie Kyle über Bord ging." Meg warf Liz einen Blick zu. „Das mag ungefragt sein, aber meine Meinung ist, dass Kyle den Typen getötet hat, wobei er sicherstellte, dass dessen Gesichtszüge zerstört wurden, und ihn dann über Bord warf und seine Identität annahm. Und es tut mir wirklich leid, wie direkt ich heute bin."

„Direkt ist in Ordnung. Zumindest teilst *du* etwas mit mir."

Meg warf ihr einen seltsamen Blick zu.

„Du sagtest drei Dinge?"

„Tat ich das?" Meg blickte auf den entferntesten Bildschirm. „Stimmt. Ich arbeite an Ellens Fall."

Liz' Herz setzte einen Schlag aus.

„Wie meinst du ..."

„Ich sollte eigentlich nicht darüber reden, aber wenn diese Jungs so verschlossen und beschützend sind, dann brauchen sie einen Weckruf. Ich habe mir einige Informationen angesehen, die in der Vergangenheit möglicherweise übersehen wurden, und bevor du zu aufgeregt wirst: Dir alles Drum und Dran zu erzählen, würde eine Stunde dauern, die ich nicht habe."

„Geht es um die Haare? Die DNA?"

Meg machte eine Reißverschluss-Geste über ihren Mund.

Liz erhob sich und ging wortlos weg. Sie kam bis zum Flur, bevor Meg sie einholte und ihren Arm berührte. Beide blieben stehen.

Meg schaute in beide Richtungen und wartete, bis niemand in Hörweite war.

„Kannst du mir bitte vertrauen? Ich stecke zwischen Baum und Borke und habe mit Bürokratie und Old-Boys-Club-Mist zu tun, also gib mir bitte etwas Spielraum. Bitte, Liz."

Es stimmte. Von allen hatte Meg den Kern der Ermittlungen auf ihrem Teller. Das Wesentliche und weit darüber hinaus. Und jeder wollte ein Stück von ihr und erwartete Antworten. Gestern schon.

„Ich vertraue dir. Dir und Pete, und das war's so ziemlich in diesem Gebäude."

„Nein, Liz. Du kannst den anderen vertrauen. Sie haben nur ihre eigenen Vorgesetzten zu besänftigen, und was Terry betrifft, er hat diesen väterlichen Sinn, dich beschützen zu wollen. Ziemlich altmodisch, aber er ist so ein Typ Mann."

„Aber warum will mir niemand die Wahrheit sagen? Ich weiß, dass etwas passiert ist. Oder passiert. Pete ist verschwunden."

„Er schläft. Geh nachsehen, wenn du mir nicht glaubst."

„Hä?"

„Auf dem Boden in einem der Verhörräume, Lichter aus, schnarchend."

Unsicher, ob das traurig oder lustig war, brachte Liz ein Lächeln zustande.

„Alles gut zwischen uns?"

„Alles gut, Meg. Tut mir leid."

„Kein Grund. Du hast in den letzten Tagen die Hölle durchgemacht und dann schlägt dich dein Idiot von Vater – sorry –

mit einem Schlagstock. Ruf Anna an, okay? Je eher ich mit ihr sprechen kann, desto besser."

Meg verschwand wieder und Liz lehnte sich gegen die Wand.

Sie wollte weinen und schreien und Dinge werfen.

Alles Reaktionen, die ihr fremd waren. Tränen ab und zu. Aber keine dummen Wutausbrüche und Kontrollverluste. Doch in letzter Zeit hatte sie davon fantasiert, Brian und Darryl jenseits aller rechtlichen Grenzen zu verhören. Das war nicht sie.

Oder vielleicht verwandelte sich Liz in die Person, die sie sein sollte.

„Ich muss mich entschuldigen." Liz sprach laut mit sich selbst, und sie würde es nicht durchziehen, weil sie die dunklen Gedanken, die sie über Terry und Andy gehabt hatte, nicht mit ihnen geteilt hatte.

Pete lag auf der Seite an der Wand des Verhörraums, eine Decke bedeckte ihn kaum und sein Arm diente ihm als Kissen. Er schnarchte nicht, aber er schlief tief. Sein Handy, seine Brieftasche, seine Waffe und sein Dienstausweis lagen in einem Haufen auf dem Tisch, zusammen mit einer leeren Wasserflasche.

Sie saß eine Weile im Dunkeln des Beobachtungsraums. Hier gab es keinen Lärm. Kein Chaos. Keinen Mann, der ihre Welt und die ihrer Schwester zerstört hatte, alles im Namen eines schrecklichen Glaubens.

Arier. Ein Anhänger der weißen Vorherrschaft.

Eine Frau, die in jeder Hinsicht unter mir stand und insbesondere keine arischen Gene hatte.

Dieses Monster hatte das über ihre Mutter gesagt. Eine schöne, freundliche und intelligente Frau, die die beste Mutter gewesen war, die Liz sich hätte wünschen können. Hatte sie gewusst, wer er war, bevor sie ihn heiratete? Wie konnte sie das? Menschen, die so böse waren wie Kyle, konnten ihre Absichten so lange verbergen, wie sie es brauchten ... bis sie es nicht mehr taten.

Liz holte schnell Luft. Und noch einmal.

Ihr eigener Vater hatte sie als würdig für eine anständige

Behandlung ausgewählt, weil sie blonde Haare und blaue Augen hatte.

Monster.

Sie wippte auf ihrem Sitz vor und zurück.

Ihre Mutter war nicht gut genug. Anna war nicht gut genug. Aber Annas Kind war es. Eine Kopie von Liz. Kyles Version guter Gene. Hatte er Ellen genommen, um Elizabeth zu ersetzen – das Kind, das er durch die Scheidung verloren hatte?

Der Raum drehte sich. Schloss sich um sie.

Liz schloss die Augen und versuchte, sich an ihren Vater zu erinnern. Wie sah er aus? Wie klang er? Die Stimme von vorhin kam ihr bekannt vor, aber sie hatte den Anruf gehört, den er bei Andy gemacht hatte, also konnte sie nicht wissen, ob es das war, woran sie sich erinnerte.

Ein großer schattenspendender Baum in einem großen Garten. Ein oberirdischer Swimmingpool.

Gelächter.

Geschrei.

Kreischen.

Weinen.

Irgendwie stand sie auf den Beinen. Am Fenster hämmerte sie, damit Pete aufwachte. Mach, dass das aufhört.

Dann drehte sie sich um, um wegzulaufen, und fiel über einen Stuhl. Stolpernd kam sie wieder auf die Füße und schrie vor Schmerz auf.

Sie riss die Tür auf.

Der Flur war hell erleuchtet.

„Liz. Lizzie, ich bin hier."

Sie verzog ihr Gesicht, als die Tränen kamen.

Vince.

Er rannte auf sie zu.

Und dann lag sie in seinen Armen und er hielt sie so fest, dass es wehtat, aber sie klammerte sich an ihn, als hinge ihre Seele davon ab.

NEUNUNDZWANZIG

Gott sei Dank hatte sie Pete nicht geweckt. Das war zunächst alles, woran sie denken konnte. Er war so müde und es bestand kein Zweifel daran, dass er etwas Gutes getan hatte ... vielleicht etwas, das mit Ellen zu tun hatte. Früher hatte er sie umarmt, ihr versichert, dass alles in Ordnung sei, und obwohl er offensichtlich von ihren Vorgesetzten einen Maulkorb verpasst bekommen hatte, war es ein Hoffnungsschimmer an einem ansonsten düsteren Ort.

„Liz? Irgendwann müssen wir einen privateren Ort finden, um zu reden."

Vince hatte Recht. Sie standen immer noch im Flur, und obwohl sie nicht mehr wie eine Klette an ihm hing, hielt er schützend einen Arm um sie und hatte interessierte Beamte weggeschickt. Hier gab es nichts zu sehen.

Er war ein Fels in der Brandung.

Für einen Moment ließ sie ihre Stirn gegen seine Brust sinken, dann richtete sie sich mit einem scharfen Atemzug auf, als ein Schmerz durch ihren Bauch schoss.

„Verdammt, warum bist du nicht im Krankenhaus?", knurrte er. „Oder zu Hause."

„Ich halte es zu Hause nicht aus."

„Dann komm mit zu mir. Es gibt ein Gästezimmer, und du kannst schlafen und dich ausruhen. Melanie wird begeistert sein."

Wie gerne hätte sie ja gesagt. Zwischen frische Laken zu kriechen, in dem Wissen, dass jemand auf sie aufpasste. Zu schlafen, ohne ein Auge offen zu halten.

Liz sah Vince an. „Danke. Ich kann noch nicht, aber danke."

Er war so besorgt. Falten zeichneten sich in seinem Gesicht ab, und er sah aus, als wollte er sie hochheben und zurück in das Cottage bringen, das er mit seinem Enkelkind teilte. Und wenn er das täte, müsste sie sich vielleicht damit abfinden.

„Ich bin nicht glücklich darüber, aber ich verstehe es. Also, irgendwo privat?"

„Ich weiß, wo."

„Kann nicht behaupten, dass ich je hier drin war." Vince schlenderte durch den Konferenzraum. „Bezweifle, dass viele Streifenpolizisten das wären."

Selbst als Liz in ihrem ersten Jahr zum ersten Mal mit Vince zusammengearbeitet hatte, hatte er jeden in Uniform als Streifenpolizisten oder Ähnliches bezeichnet. Damals war es seltsam gewesen, und sie hatte ihre Gründe dafür vorgebracht. Alle Polizisten seien gleich. Sie hätten nur unterschiedliche Aufgaben zu erledigen. Und außerdem, verbrachten Detektive nicht auch Zeit auf der Straße?

Er hatte gelacht und den Kopf geschüttelt, und nach einer Weile hatte sie es verstanden. Ein Cop auf Streife war seine Geschichte. Die Straßen waren sein zu schützender Bereich in seinem zugewiesenen Gebiet, und er hatte es geliebt. Schließlich wurde er Sergeant und verbrachte mehr Zeit im Büro, als ihm lieb war, aber er vergaß nie seine Wurzeln.

„Das ist erst etwa das fünfte Mal, dass ich hier bin, Vince, und gestern war das vierte Mal." Liz ließ sich vorsichtig auf einen Stuhl sinken. Sie hatte zwar im Krankenhaus Schmerzmittel abgelehnt, die sie schläfrig oder benommen machen würden, aber sie war bereit, einige rezeptfreie Mittel einzunehmen.

Vince wühlte in einem kleinen Kühlschrank am Ende des Raums und holte zwei Flaschen Wasser heraus. „Weißt du, dass hier Wein drin ist? Bier auch. Wofür wird dieser Raum eigentlich benutzt?"

Er schien keine Antwort zu erwarten und zog einen Stuhl ihr gegenüber heran.

Gestern hatte sie auf diesem Platz gesessen und Candace hatte auf Vinces Platz gesessen. Die Frau hatte in ihre Seele geblickt. So fühlte es sich an. Einfühlsam. Fürsorglich. Nachdenklich. Sie schob den Gedanken beiseite. Niemand konnte ihr jetzt nahe kommen. Sie war Gift.

„Hey. Hey, Lizzie? Was war das für ein Blick?"

„Warum bist du gekommen, Vince?" Ihre Stimme klang scharf in ihren Ohren und seine Augen verengten sich. „Warum jetzt?"

Er nahm sein Handy aus der Tasche und legte es auf den Tisch. „Du hast angerufen, aber keine Nachricht hinterlassen. Das machst du nie."

„Tut mir leid. Hast du zurückgerufen? Habe ich einen Anruf von dir verpasst?"

Sie wusste, dass sie keinen verpasst hatte. Gott weiß, sie hatte in den letzten Stunden oft genug auf ihr Handy geschaut.

„Es *war* dein Vater. Was für ein schrecklicher Schock."

Liz konnte nicht sprechen. Ihre Kehle schnürte sich zu, wie es in letzter Zeit oft der Fall zu sein schien, und die Welle der Übelkeit stieg auf. Sie zwang alles mit reiner Willenskraft weg. Sentimental darüber zu sein, war sinnlos und Zeitverschwendung.

„Das sagen alle."

Seine Augenbrauen hoben sich. „Du denkst nicht, dass es das ist?"

„Du kennst mich, Vince. Ich arbeite mit Fakten und Beweisen, und der Mann, den ich getroffen habe, ist mir nicht vertraut. Weder seine Stimme noch sein Körperbau oder seine Haltung.

Nichts außer Worten in dem Sinne, dass er alles für mich getan hätte. Dass er Ellen und Eliza *für mich* genommen hätte." Sie spuckte die letzten beiden Worte fast aus. „Er glaubt sicherlich, dass er mein Vater ist, oder will, dass ich es glaube, aber etwas zu wollen, macht es noch nicht wahr."

„Aber warum zwei Kinder entführen? Wie hängt das auch nur im Entferntesten mit dir zusammen?"

Liz lehnte ihre Unterarme auf den Tisch, die Finger gegeneinander tippend. „Eliza war ein Fehler, denke ich. Ich glaube, er erwartete, dass sie der perfekte Ersatz für Ellen sein würde, die inzwischen entweder tot oder erwachsen ist, aber sie passte nicht gut, und das macht mir Angst, weil er will, dass wir glauben, sie sei am Leben."

„Ich verstehe nicht."

„Was er zu mir sagte. Eliza schläft. Sie ist in Sicherheit. Was ein Code für tot sein könnte."

„Oder es könnte bedeuten, dass sie sicher ist. Du hast mir gerade gesagt, dass du mit Fakten und Beweisen arbeitest, und du hast keine Leiche gesehen." Vince starrte sie an. „Lass den Quatsch, Liz. Vater oder nicht, dieser Täter will deinen Kopf verwirren, und du musst dich wehren. Wenn er dein Vater ist, wirst du damit umgehen. Aber nichts davon –" Er beugte sich vor, um seine Hand über ihre zu legen. „*Nichts* davon ist deine Schuld."

„Was soll ich dann tun?" Ihre Stimme war nicht mehr als ein klägliches Flüstern. „Wie finde ich ihn und, was noch wichtiger ist, wie finde ich Eliza?"

„Indem du das tust, was du am besten kannst. Logik. Instinkte. Informationen. Geh zurück zu den Grundlagen, die du kennst. Vertraue deinem Urteilsvermögen, denn es ist fundiert. Und stelle diejenigen in Frage, die dir im Weg stehen."

„Terry steht mir im Weg. Genauso wie Andy, der mich anfangs von diesem Fall abziehen wollte. Nur Meg und ... Pete glauben an mich."

Vinces Lippen kräuselten sich. „Wie geht's dem Arschloch?"

Das brachte Liz endlich dazu, richtig zu atmen und fast zu lächeln. „Zuletzt gesehen schlief er in einem Verhörraum. Und da ist noch etwas. Bevor ich zum Brimbank Park ging, umarmte er mich und sagte, alles sei in Ordnung. Es war, als wüsste er etwas, könnte es aber nicht teilen, und ich habe gesehen, wie Terry und Andy über mich sprachen."

„Nicht paranoid sein? Ich war's."

„Warst du das wirklich? Vince, sie haben mich angeschaut, während sie geredet haben, und mich trotzdem ausgeschlossen, als ich gezielte Fragen gestellt habe. Ist das Paranoia?"

Vielleicht würde er ja sagen, nur um sie davon abzuhalten, sich in noch mehr Sorgen zu verstricken. Vince war von Herzen gut und er liebte Liz. Sie hatte keinen Zweifel an der Stärke ihrer Freundschaft. Aber er hatte sie nie belogen. Nicht dass sie wüsste.

„Nein. Das ist keine Paranoia. Ich würde sagen, das ist irgendeine idiotische Vorstellung, dich vor Informationen zu schützen, die dich entweder verletzen oder vielleicht falsche Hoffnungen wecken könnten. Und sie wissen noch nicht genug, um eine fundierte Entscheidung darüber zu treffen, was es ist. Was denkst du, worum es da geht?"

Sie würde sich lächerlich anhören. Wie eine Träumerin. Aber das war Vince und das Schlimmste, was er sagen würde, wäre, realistisch zu sein.

„Ellen. Vince, ich glaube, es gibt Neuigkeiten über sie. Vielleicht wurde sie irgendwo gesehen?"

Liz' Handy piepste mit Nachricht um Nachricht. Die meisten von Pete, der wissen wollte, wo sie war. Zwei von Anna.

„Meine Schwester ist hier, Vince."

„Geh. Ich finde selbst raus."

Vince hatte einen Unterschied gemacht. Seine ruhigen, sachlichen Vorschläge halfen Liz, vom sprichwörtlichen Abgrund wegzukommen. Sie hatte jetzt einen Plan. Solide Ideen, wie sie mit den Verantwortlichen und ihren eigenen Emotionen umgehen konnte. Niemand würde sie zermürben. Oder sie durch Provokation verdrängen.

„Bedien dich ruhig an allem hier", grinste Liz. „Ich werde alle Aufnahmen von uns in diesem Raum löschen."

„Liz Moorland, du schockierst mich. Und machst mich stolz, dich zu kennen." Vince überprüfte sein Handy. „Ich komme mit. Soll ich eine Weile bleiben?"

„Ich wünschte, du wärst die ganze Zeit hier. Aber kannst du mir einen Gefallen tun?"

„Den Scheißkerl erledigen?"

„Nein, aber wenn ich dir ein paar digitale Dateien schicke, würdest du sie dir ansehen? Dinge, an die ich noch nicht rankomme oder die ich noch nicht verstehe. Ich brauche eine zweite Meinung und deine zählt."

Er nickte. „Schick, was du willst. Ich werde auch meine Erinnerungen an diese Zeit durchgehen."

Sie fuhren mit dem Aufzug nach unten und als er sich öffnete, kam ein uniformierter Beamter auf sie zu und fing ihren Blick auf. „Jemand möchte Sie sehen. Sie wartet in der Nähe der Verhörräume." Er warf Vince einen seltsamen Blick zu.

„Ich lass dich dann mal." Vince hob die Hand und ging.

Liz funkelte die Neugierigen an und sie wandten sich schnell wieder dem zu, was sie gerade taten. Einige kannten Vince persönlich und hatten ihre Vorurteile gegen ihn. Andere waren jünger, neuer, aber trotzdem genauso interessiert an dem Mann, der an einem Anzac Day vor Jahren zahlreiche Leben gerettet hatte, nur um fast alle seine Brücken abzubrechen, als er die Polizei verließ.

Ist das das, was ich tun werde?

Es hatte in Liz' Karriere nie einen Moment gegeben, in dem sie ans Aufhören gedacht hatte. Nicht einmal in den Wochen und Monaten nach Ellens Verschwinden. Irgendetwas hielt sie am Laufen, ließ sie glauben, und sie hatte genau die Dinge ausgeblendet, die sie jetzt wegtrieben.

Polizistin zu sein war alles, was Liz seit ihrer Kindheit gewollt hatte.

Auf dem Weg dorthin überprüfte sie die Zeit und war schockiert zu sehen, dass es fast sechs Stunden her war, seit sie den Täter im Brimbank Park getroffen hatte. Sie hatte noch nicht einmal angefangen, eine Aussage zu schreiben.

Vor den Verhörräumen stand eine Reihe von Stühlen, von denen nur einer besetzt war.

Anna. Ihr Kopf lag in ihren Händen. Auf dem Nachbarstuhl stand ein Becher Kaffee zum Mitnehmen. Das Bild war eines der Trostlosigkeit.

Liz' Herz brach ein wenig.

„Bitte sag mir alles, was er gesagt hat. Was du gesagt hast. Ich muss es wissen."

Anna umklammerte Liz' Hand. Sie waren in einem Beobachtungsraum, die Lichter im angrenzenden Verhörraum waren ausgeschaltet. Es war bequemer und privater hier drinnen.

„Ich verarbeite immer noch vieles davon und einiges hat nichts mit Ellen zu tun."

Liz hatte keine Ahnung, was sie filtern sollte. Ihre neu gefundene Nähe zu ihrer Schwester war zerbrechlich und Anna war nicht stark. Nicht in diesen Tagen.

„Nun, was war über Ellen?"

„*Du hast sie im Stich gelassen, Elizabeth.*"

Seine Stimme war in ihrem Kopf und sie hob ihre freie Hand, um ihren Bauch zu berühren, wo er sie geschlagen hatte.

„Er sagte, ich solle aufhören, nach Ellen zu suchen."

„Er was? Das bedeutet, er weiß, wo sie ist oder was mit ihr passiert ist? Oder nicht?" Annas Augen waren weit aufgerissen. „Hast du ihn gefragt?"

„Natürlich habe ich das und er ist um die Frage herumgeredet, hat es aber nicht abgestritten."

„Aber du hast ihn nicht verhaftet!" Annas Stimme wurde lauter.

„Bitte bleib ruhig, sonst kann ich nicht weitermachen. Ich habe noch nicht einmal einen Bericht geschrieben und sollte gar nicht darüber reden."

Tränen füllten Annas Augen und sie nickte, zog aber ihre Hand zurück.

„Er redete davon, seine Familie durch keine eigene Schuld verloren zu haben. Davon, die falsche Frau geheiratet zu haben."

„Es ist Kyle. Unser Vater."

„Ich verstehe nicht."

Anna wischte die Tränen mit einem Taschentuch aus ihrer Tasche weg. „Lange nachdem er gegangen war, fand Mum ein Notizbuch mit Zeug über uns. Mich und Mum. Es war ziemlich schrecklich und ich durfte es nicht lesen, aber Mum sagte, er hätte nur dich als sein Kind anerkannt. Ich hätte komplett seine genetische Reinheit verpasst und all die von Mum bekommen, die minderwertig war."

„Meine Güte. Er ist wahnsinnig."

„Er ist ein Rassist. Dad wurde aus mehreren Religionen rausgeworfen, weil er versuchte, Elemente alter heidnischer Glaubensvorstellungen einzuführen, sodass er nie eine Plattform oder Kumpel hatte. Nicht dass Mum davon wusste. Als Einzelgänger richtete er seine Frustration wieder gegen seine Familie."

Schreien. Weinen. Dinge, die geworfen werden. Erinnerungen tief in ihrem Geist wurden klarer und es tat weh.

„Er fragte, ob ich mit ihm gehen würde."

„Wann? Heute? Oh, Liz."

„Es tut mir so leid, Anna. Er ist ein Monster und ich werde ihn finden." Liz berührte Annas Gesicht und wischte eine weitere Träne weg. „Wir werden ihn finden. Aber jetzt, wenn du dich dazu in der Lage fühlst, würdest du dich mit Meg treffen? Sie ist die forensische Analystin und arbeitet nicht nur daran, Eliza zu finden, sondern versucht auch, eine Spur von Ellen zu bekommen."

Annas Augen leuchteten auf. „Ellen lebt?"

„Wir wissen es nicht. Aber Meg denkt, es würde helfen, mit dir über unseren Vater zu sprechen. Wenn es dir nichts ausmacht."

„Können wir jetzt gehen?"

DREISSIG

Liz nahm ein paar Schmerztabletten und spülte sie mit Wasser hinunter, bevor sie ein paar Münzen in einen Automaten warf, um einen Schokoriegel zu bekommen. Sie musste etwas essen, um die Tabletten zu sich zu nehmen, hatte aber keinen Appetit.

„Wenn du Schokolade willst, bedien dich ruhig an meinem Schreibtisch. Besser als dieser Pappkram."

Andy war vorbeigegangen und kam zurück.

„Wie geht's dir?"

Immerhin sprach er mit ihr, anstatt ihr aus dem Weg zu gehen.

„Ich habe gerade meine Schwester zu Meg gebracht, um mit ihr zu sprechen. Anna hat bestätigt, dass unser Vater ein weißer Rassist und ein Einzelgänger war. Ich sollte Dr. Carroll wahrscheinlich diese neue Information zukommen lassen."

„Stimmt. Aber du hast meine Frage nicht beantwortet", sagte Andy. Seine Augen waren ernst, und wenn sie es nicht besser wüsste, würde Liz denken, dass er sich tatsächlich um sie sorgte. Aber was ihn interessierte, war, seiner beeindruckenden Liste gelöster Fälle einen weiteren hinzuzufügen.

„Noch ein bisschen Restschmerz, aber auszuhalten. Was muss ich aufholen, Andy?"

„Komm mit."

Sie durchquerten ein paar Großraumbüros und fuhren dann mit dem Aufzug zur Abteilung für vermisste Personen. Er plauderte über Belanglosigkeiten, während sie sich zwang, den Schokoriegel herunterzuwürgen. Aber als sie sein Büro betraten, ließ er die Maske fallen.

„Setz dich, Liz. Wir haben die Teenager ausfindig gemacht, die im Park waren."

„Die, die Maureen geholfen haben, nach Eliza zu suchen?"

„Ja. Sie haben kurz bevor sie den Rucksack fanden, einen Mann gesehen. Ich habe sie gerade bei den Phantombildzeichnern, aber es gibt noch etwas anderes, was wir tun." Andy schob einen offenen Ordner über den Schreibtisch. „Das sind Fotos, die wir von deinem Vater und dem Zeugen seines angeblichen Todes auf dem Kreuzfahrtschiff aufgetrieben haben."

Liz nahm den Ordner und begann, ein Dutzend oder so Bilder durchzugehen. Sie hatte kein Bild von ihm gesehen, das nach der Scheidung – eigentlich sogar noch früher – aufgenommen worden war. Diese waren etwas aktueller. „Wo ist das hier aufgenommen?" Sie zeigte Andy das Bild. Es war Kyle, der sich mit einem breiten Lächeln an ein Geländer lehnte. Es verschlug ihr den Atem. Er sah glücklich aus, und eine alte Erinnerung bestätigte seine Identität.

„Auf dem Kreuzfahrtschiff am Tag der Abfahrt aus Melbourne. Schau dir das nächste Bild an."

Ein anderer Mann in einer ähnlichen Pose.

„Er sieht aus, als hätte er die gleiche Größe und Statur. Gleiche Augenfarbe. Ist das der Zeuge?" Liz blickte auf. „Du weißt, dass der Zeuge der Tote ist."

Andy nickte. „Es tauchen einige überzeugende Beweise auf. Meg hat diese an einen Experten geschickt, den sie kennt und der beide Fotos altern lässt. Wir werden eine ziemlich gute Vorstellung davon bekommen, wie sie beide jetzt aussehen würden, und wenn die Jungs einen von ihnen identifizieren ..."

Das war gut.

„Gibt es nichts Neues über die Tauchausrüstung oder das Boot?"

„Ein Team arbeitet gerade daran. Liz, es ist nur eine Frage der Zeit, nicht ob, wir ihn finden. Ich wünschte nur, ich wäre heute Morgen schneller gewesen." Andy fuhr sich mit der Hand durchs Haar. Er war frustriert über sich selbst.

„Du hast angehalten, um mir zu helfen."

„Ich dachte, er hätte dich erschossen."

„Er will mich nicht tot sehen. Er hatte die Chance, mich zu töten. Der Schlagstock war für den Fall dabei, dass seine Fantasie, ich würde wieder zu seinem kleinen Mädchen werden, in Frage gestellt würde."

Andy schnaubte. „Wohl gründlich in Frage gestellt. Willst du nach Hause gehen und dich ausruhen? Es gibt wenig zu tun, während wir warten."

„Ich muss Pete finden. Und Dr. Carroll. Aber danke." Liz gab den Ordner zurück. „Wenn du das gealterte Bild von Kyle hast, schickst du mir dann eine Kopie?"

„Wir werden es ohnehin bald verbreiten, aber ja. Und bist du sicher, dass du nichts von meinem geheimen Schokoladenvorrat willst?"

Candace Carroll war in Terrys Büro. Als Liz anklopfte, bedeutete Terry ihr hereinzukommen und wollte wie Andy wissen, wie es ihr ging. Sie gab die gleichen Antworten und war sich der Augen der Ärztin auf ihr bewusst.

„Wir bereiten aufgrund der zusätzlichen eingehenden Informationen eine neue Akte vor", sagte Terry. „Obwohl der heutige Morgen nicht der erhoffte Erfolg war, lieferte er wertvolle Daten."

„Ich könnte noch etwas hinzufügen", sagte Liz. „Meine Schwester hat mir erzählt, dass Kyle aus mehreren Religionen oder Kulten rausgeworfen wurde, bevor die Ehe endete. Er hatte versucht, radikale Überzeugungen einzuführen und endete ohne jegliche Unterstützung. Ich kann mir vorstellen, dass ihn das auf irgendeine Weise geprägt hat."

„Auf welche Weise." Candace sprach leise. Sie machte sich Notizen, aber ihr Blick huschte immer wieder zu Liz.

„Irgendwann, als Anna und ich noch klein waren, begann er, sein Leben zu hassen. Seine rassistischen Ansichten verhärteten sich, wenn überhaupt, besonders was meine Mutter und Schwester betraf. Und ich muss mich fragen, warum er eine Frau heiratete, der es an dem mangelte, was er als ‚reine Gene' betrachtete."

Er muss Mum irgendwann geliebt haben, also was ist passiert?

„Ich habe ein paar Erinnerungen, aber nichts Klares. Bruchstücke meiner Kindheit, in denen gelacht wird und Anna und ich in einem dieser aufblasbaren Planschbecken spielen. Ein großer Baum. Und es gibt andere Erinnerungen, die nicht glücklich sind. Erwachsene, die schreien. Dinge, die geworfen werden. Türen, die zuschlagen. Ich erinnere mich an meinen Vater, aber nicht so sehr an seine Stimme."

Candace hörte auf zu schreiben und schenkte Liz ihre volle Aufmerksamkeit. „Wenn Sie diese Erinnerungen jemals erforschen möchten, gibt es Techniken, die dabei helfen. Sobald die Mädchen gefunden sind."

Was auch immer es an der anderen Frau war, das Ruhe und stille Zuversicht ausstrahlte, Liz wünschte sich etwas davon für sich selbst. Zu keinem Zeitpunkt wurde sie unter Druck gesetzt, in einer Geschichte herumzuwühlen, die zweifellos schmerzhaft war. Und dafür war sie dankbar.

„Liz, wir haben Grund zu der Annahme, dass dein Vater nicht nur noch am Leben ist, sondern auch einen anderen Mann ermordet und dann dessen Identität angenommen hat. Wir möchten den Prozess zur Exhumierung der Leiche auf dem Keilor Friedhof einleiten, und du kannst uns dabei aus rechtlicher Perspektive helfen." Terry seufzte tief. „Was es auch wert ist, es tut mir so leid, dass das alles passiert ist. Ellen, Eliza und dann heute."

„Mir geht's gut."

„Du lagst halbbewusst am Boden, Lizzie. Ich dachte, ich würde dich verlieren."

Die ganze Wut darüber, dass sie aus allem, woran Terry, Andy und Pete arbeiteten, herausgehalten wurde, löste sich auf. Sie konnte sie nicht aufrechterhalten. Zu erschöpfend. Terry war ein guter Mann. Ein guter Polizist. Wenn er sie aus der Sache raushielt, dann musste sie glauben, dass es dafür einen verdammt guten Grund gab.

Liz' Handy piepte.

Ich hole Mittagessen. Worauf hast du Lust?

Sie antwortete Pete schnell.

Pommes. Salzig. Bin gleich da.

„Gibt es Neuigkeiten über Brian Bisley?", fragte Liz und steckte das Handy weg. „Das Letzte, was ich gehört habe, war, dass sein Zustand kritisch ist."

Terry sah grimmig aus. „Es steht auf Messers Schneide. Keine Chance auf ein Gespräch, bis sich sein Zustand verbessert, falls er sich verbessert. Aber... es gibt eine Verbindung, eine schwache Verbindung, zwischen Bisley und Garry Ford."

„Wer ist das?"

„Der Zeuge vom Kreuzfahrtschiff."

„Eine Verbindung zu meinem Vater? Das meinst du doch." Liz' Gedanken rasten. „Welche Verbindung? Das Glücksspiel oder die Apartmenthäuser?"

„Garry Ford besaß das Apartmenthaus, in dem Bisley in Geelong arbeitete. Als er es verkaufte, wurde Bisley geschickt in seinen jetzigen Job eingeschleust. Über das Glücksspiel bin ich mir noch unsicher, aber das hat jetzt keine Priorität."

Liz starrte ihn an. „Weißt du, wo er wohnt? Garry Ford?"

„Wir haben mehrere Adressen und bevor du voreilig handelst, es gibt Teams, die jede einzelne vorsichtig überprüfen."

„Ich muss helfen, Terry."

„Das wirst du, sobald wir bessere Informationen haben. Geh für eine Weile nach Hause. Iss etwas. Ich wette, das hast du noch nicht getan."

Als Liz aufstand, versuchte sie, ihr Unbehagen nicht zu zeigen, aber Candace bemerkte es. In ihren Augen lag Mitgefühl, aber sie sagte nichts.

„Ich treffe mich mit Pete zum Mittagessen und um die letzten paar Stunden aufzuholen, aber ich kann sofort zurück sein, wenn du mich brauchst."

Hör auf, so anhänglich zu klingen.

Terrys Telefon klingelte und Liz wartete lange genug, um sicher zu sein, dass es nicht um ihren Vater ging. Vince hatte ihr gesagt, sie solle auf ihr Bauchgefühl hören, und das sagte ihr, wachsam zu bleiben. Es bestand eine große Chance, dass Terry sie bei Razzien an diesen Adressen aus dem Spiel lassen würde, und das konnte sie nicht zulassen. Nicht solange Elizas Leben davon abhing, dass Liz nach ihr suchte.

Liz und Pete schlenderten einen Weg entlang des Yarra River. Draußen zu sein, weg von der Station, half, und der Spaziergang nach Southbank hatte ihr Zeit zum Nachdenken gegeben.

Die Pommes waren heiß und knusprig und ihr Appetit war zurückgekehrt.

Pete verschlang einen Kebab und seine eigene Portion Pommes.

Erst als sie sich auf einer Bank niederließen, sprachen sie über die vergangenen Stunden. Pete gab einen kurzen und manchmal amüsanten Bericht über die Verfolgungsjagd entlang des Flusses, übertrieb dabei offensichtlich seinen Anteil und nutzte die Gelegenheit, ein paar weitere Seitenhiebe gegen Andy auszuteilen. Aber dann blickte er weg, über das Wasser zu den geschäftigen Cafés und Restaurants.

„Ich hätte näher dran sein sollen. Ihn ausschalten, bevor er dir wehtun konnte."

Er war die dritte Person, die so etwas sagte, und ihr gingen die Antworten aus. Die ganze Sache war schlecht durchdacht gewesen und hatte sie in extreme Gefahr gebracht. Wäre der Schlagstock ein Messer oder eine Pistole gewesen, könnte sie jetzt tot sein.

„Lizzie... sobald wir Eliza gefunden haben, werde ich mich verabschieden."

„Verabschieden? Urlaub machen?"

Pete drehte sich zu ihr um. Seine Augen waren unlesbar.

„Dauerhafter Urlaub vom Polizistendasein. Ich bin damit fertig."

„Fertig mit dem Job oder fertig mit der Bürokratie?"

„Ist in letzter Zeit irgendwie das Gleiche."

Wieder fand sie keine Worte und sie verstand. Pete war so weit gekommen, wie er in der Polizei kommen würde, ohne den Antrieb oder die Unterstützung seiner Vorgesetzten, um weiterzukommen.

„Was wirst du tun?"

Er grinste. „Mich an jedem Strand der Surf Coast entlang arbeiten und dann nach Queensland hochfahren, um ein bisschen Kitesurfen auszuprobieren. Und danach, wenn mir langweilig ist, gehe ich vielleicht in die Privatwirtschaft."

„Pete McNamara, Privatdetektiv. Das klingt gut."

„Liz Moorland, Privatdetektivin. Wir könnten eine Detektei eröffnen. Trenchcoats. Art-Deco-Möbel. Schlechter Kaffee."

„Wir bekommen schon schlechten Kaffee."

„Wenn du genug von dem Mist bei der Arbeit hast, komm und such mich."

Er meinte es ernst.

„Was weißt du über Garry Ford?", fragte Liz und stand auf. Sie zerknüllte die leere Pommes-Schachtel in ihrer Hand. „Sollen wir zurückgehen?"

„Hier in der Sonne ist es viel schöner, aber klar."

Pete nahm ihren Müll und seinen mit zum Mülleimer und holte sie dann ein.

„Garry Ford?", fragte sie nochmal.

„Der angebliche Zeuge des Todes deines Vaters."

„Außer?"

„Es muss Kyle sein. Er lebt seit zwei Jahrzehnten das Leben eines anderen Mannes, direkt unter aller Augen. Hat Terry dir erzählt, dass er Polizisten drei Immobilien beobachten lässt, die Ford gehören?"

„Hab's gerade erfahren. Aber du bist nicht dort draußen", sagte Liz.

„Noch nicht. Erst wenn sie die wahrscheinlichste als Wohnsitz identifiziert haben und hoffentlich mit Eliza drin. Mir wurde gesagt, ich soll später heute verfügbar sein. Durchsuchungsbefehle werden eingeholt und die Spezialeinheiten machen sich bereit."

Liz blieb stehen. Sie würde wieder außen vor gelassen werden.

Pete kam zurück. „Gehe ich zu schnell? Willst du dich ausruhen?"

„Nein, Pete! Ich will, dass alle aufhören, mich in Watte zu packen, und dass alle anfangen, mir die Wahrheit zu sagen!"

Ein paar Leute starrten sie an und sie biss sich auf die Lippe. Es sah ihr nicht ähnlich, die Stimme zu erheben.

„Schon gut. Erinnerst du dich an unser kürzliches Gespräch? Übers Aufhören?" Er lächelte, aber in seinen Augen lag Verständnis. Er nahm nie etwas persönlich. „Die Zeit wird kommen, Liz. Meine ist da."

„Du könntest recht haben. Aber zuerst muss ich sie finden. Ich muss die Mädchen nach Hause bringen."

Da sie nicht zu weit von der Station weggehen wollte, schrieb Liz ihren Bericht über die Ereignisse im Brimbank Park. Terrys Büro war nicht weit entfernt und sie behielt ihn halb im Auge. Zwischen Telefonaten und Leuten, die ein und aus gingen, arbeitete er an seinem Computer und holte sich gelegentlich einen Kaffee. Einmal brachte er ihr einen an den Schreibtisch.

„Ich werde ein Schild aufhängen, auf dem steht, dass es mir gut geht und ich arbeitsfähig bin", sagte sie mit einem gezwungenen Lächeln. „Und das bin ich."

Terrys eigenes Lächeln war müde. „Gut. Dann frage ich nicht danach."

„Tut mir leid. Ich bin frustriert wie die Hölle, weil ich seinen

Angriff nicht vorausgesehen habe. Ich hätte ihn aufhalten können. Ihn zum Reden bringen." Ihre Hand griff nach dem verbliebenen Bleistift. „Als Bisley am Boden lag, sich an die Brust fasste und blaue Lippen hatte, sagte er etwas über die Person, die die Mädchen entführt hat. Dass sie in der Nähe von zu Hause und direkt unter meiner Nase sei."

„Und wenn sich die Verbindung zwischen Bisley und Ford bestätigt, dann hat er dir die Wahrheit gesagt."

„Schade, dass er so lange gewartet hat." Liz zerbrach den Bleistift in zwei Teile.

Eine hochgezogene Augenbraue war die einzige Reaktion, als Terry in sein Büro ging.

Liz legte beide Stücke zurück in den Behälter. Sie konnte sie immer noch benutzen. Sie senkte den Kopf, um weiterzuarbeiten.

Als ihr Telefon kurz darauf klingelte, zuckte sie zusammen. Müdigkeit und Nervosität überwältigten sie.

„Kriminalhauptkommissarin Moorland am Apparat."

Es gab eine Pause.

„Wie kann ich Ihnen helfen?"

„Ruf sie zurück, Elizabeth."

Sie war auf den Beinen und bewegte sich zu Terrys Büro.

„Warum hast du mir wehgetan, Papa?"

Liz betrat das Büro, und als Terrys Kopf überrascht von seinem Computerbildschirm hochschoss, deutete sie auf das Telefon.

„Mich mit einem Schlagstock zu schlagen und zurückzulassen, ohne zu wissen, wie schwer ich verletzt war, ist schrecklich."

„Du warst von Polizisten umgeben. Kamen sie nicht angerannt, um zu helfen?", fragte er.

„Irrelevant." Die Wortwahl war bewusst, und Liz hörte, wie ihr Vater scharf die Luft einzog.

Dann lachte er.

Terry war an ihr vorbeigestürmt und gab jemandem Anweisungen, vermutlich um etwas mit ihrer Telefonnummer zu machen.

„Bitte, Papa. Sag mir, wo Eliza ist. Lass mich sie abholen."

„Das Problem ist, Elizabeth, dass deine Polizeifreunde um mein Anwesen herumschnüffeln. Sie denken, ich könne sie nicht sehen, und da irren sie sich. Es wäre bedauerlich, wenn einem Detektiv etwas zustoßen würde. Oder einem Kind. Ruf sie zurück."

„Papa, warte mal... verdammt, verdammt, verdammt."

Sie ließ sich auf einen Stuhl fallen, als Terry zurück hereingestürmt kam.

„Er sagt, er könne Polizei um sein Anwesen herum sehen, und es wäre bedauerlich, wenn einem Detektiv etwas zustoßen würde. Oder einem Kind. Das waren seine Worte." Sie hielt ihr Handy hin und Terry nahm es. „Aber er sagte Anwesen. Nicht in der Mehrzahl."

„Ich werde alle Teams vorerst zurückrufen lassen. Meg kann sich das ansehen. Wurde eine Nummer angezeigt?"

„Anonym. Lass mich es zu ihr bringen."

„Oder du setzt dich eine Weile. Du bist ganz blass geworden, Liz."

„Nur der Schock. Je eher Meg es sich ansieht, desto eher habe ich es zurück. Ist der Durchsuchungsbefehl genehmigt?" Sie stand auf und nahm das Handy wieder.

„Wir warten noch. Sag Meg, sie soll das ganz oben auf ihre Liste setzen."

Das Zittern hörte erst auf, als Liz aus dem Aufzug in Megs Etage trat.

EINUNDDREISSIG

Andy blickte von seinem Handy auf und beobachtete die vorbeiziehende Landschaft durch das Beifahrerfenster. Sie fuhren schnell. Die Sirenen waren an, und der Detektiv am Steuer hatte kein Problem damit, ordentlich aufs Gas zu treten.

„Wie lange noch?"

„Ungefähr zwanzig Minuten bis zum Treffpunkt."

Dank der Aufnahmen des Hubschraubers von heute Morgen wurde ein Auto identifiziert, das Garry Ford gehörte. Es wurde in einer Seitenstraße am Fluss gesichtet und passte zu dem Kennzeichen, das Liz neulich gemeldet hatte. Wie anders die Dinge jetzt sein könnten, hätte sie die Überprüfung nicht abgeblasen. Sie hatte einen Fehler gemacht, indem sie nicht bemerkt hatte, dass die Verfolgung ernst war, und es dann offensichtlich machte, als sie endlich aufmerksam wurde.

Eliza könnte jetzt schon zu Hause sein.

Obwohl Andy in seinem Inneren wusste, dass er unfair war, schob er den Gedanken beiseite.

Liz redete ständig davon, Eliza finden zu wollen, und trotzdem hatte sie nichts gegen ein verdächtiges Fahrzeug unternommen, das ihr gefolgt war, obwohl sie in Richtung eines ihrer alten Partner unterwegs war. Sie hätte aufmerksamer sein müssen.

Er mochte Liz. Er hatte sie lange Zeit als Detektivin bewundert. Aber er hatte noch nie so eng mit ihr zusammengearbeitet wie in diesem Fall und sah nun beunruhigende Risse. Ihre Besessenheit von ihrer Nichte, von Ellen, war eine Schwäche.

Und sie wusste immer noch nicht, dass es eine hohe Wahrscheinlichkeit gab, dass Ellen am Leben und wohlauf war.

Er hatte dafür gesorgt.

Bis Eliza gefunden wurde, war es eine Situation, in der nur die Notwendigsten informiert wurden. Wie er Terry dazu gebracht hatte zuzustimmen, war ein Wunder, aber er hatte es aus der Perspektive des Schutzes von Liz' geistiger Gesundheit angegangen. Was brachte es, ihre Hoffnungen zu wecken, bis es Fakten gab, die Petes Behauptung unterstützten, dass Lena Ford Ellen sei?

Du weißt, dass sie es ist.

Andy wandte sich wieder seinem Handy zu. Nachricht um Nachricht häufte sich an. Mitteilungen von Terry, Meg, Pete. Letztere waren spärlich und respektlos, und sobald sich der Staub in diesem Fall gelegt hatte, beabsichtigte Andy, eine Untersuchung gegen McNamara einzuleiten. Ihre gelegentlichen Momente der Übereinstimmung waren ein Staubkorn im Vergleich zu der Weigerung des Detektivs, Befehle zu befolgen, und seinem Beharren darauf, jede Entscheidung zu diskutieren. Es war Zeit für ihn zu gehen.

Die Geschwindigkeit nahm ab, als die Autobahn in Hauptstraßen überging. Geelong war eine alte Industriestadt, die sich sowohl entlang der Küste als auch ins Landesinnere erstreckte und damit zur zweitgrößten Stadt Victorias nach Melbourne geworden war.

Meg musste mit ihm sprechen, also wählte er ihre Nummer.

„Dauert nur eine Minute, Boss", antwortete sie. „Diese Bilder waren sehr hilfreich. Wir haben jetzt eine gute Vorstellung davon, wie Kyle Moorland aussieht, und beide Teenager haben ihn als den Mann identifiziert, den sie im Park gesehen haben."

„Brillante Neuigkeiten."

„Und es kommt noch besser. Erinnerst du dich an den Anrufer, der dachte, er hätte ein Video von einem älteren Mann und einem jungen Mädchen auf seiner Dashcam?"

„Ich dachte, dabei sei nichts herausgekommen."

„Nein, aber doch. Die Qualität war schrecklich, aber ein paar Minuten später gibt es ein paar Sekunden Filmmaterial weiter die Straße runter. Der Fahrer bog ab und wusste es nicht, aber er hatte Kyle und Eliza aufgenommen, wie sie in Kyles Auto einstiegen. Ein weißer Toyota Sedan."

Andy schloss für einen Moment die Augen. Das war gut und würde ihr Vorgehen weiter rechtfertigen.

„Noch da?", Meg wartete keine Antwort ab. „Alle werden das neue Bild von Kyle Moorland oder wie auch immer er sich nennt, bekommen."

„Noch zwei Minuten oder so", sagte der fahrende Detektiv.

„Danke. Ich muss los, Meg. Bin fast an meinem zugewiesenen Objekt."

„Lass dich nicht umbringen."

Er lachte kurz. „Danke."

Die Spezialeinheiten waren diejenigen, die ein Risiko eingingen, und sie hatten die Expertise, um sicher zu bleiben, während sie die gefährlichsten Kriminellen außer Gefecht setzten. Kyle Moorland war ein einzelner Mann und noch dazu ein älterer.

Der dir davongelaufen ist.

Terry schickte eine weitere Nachricht.

Liz ist zu einer Störung in ihrem Apartmentgebäude gefahren. Uniformierte vor Ort. Darryl mittendrin.

Das würde Liz von den Füßen halten. Er tippte zurück.

Weiß wahrscheinlich, dass sein Kumpel kurz davor ist, verhaftet zu werden. Wir sind fast da.

Die Nachrichten über Brian Bisley waren etwas ermutigender mit einem Update, als er die Stadt verließ, was auf einen positiveren Ausgang hindeutete. Aber immer noch keine Chance auf ein Gespräch mit dem Herrn über seine Beziehung zu Kyle und möglicherweise Darryls Beteiligung. Wenn diese Operation erfolgreich wäre, könnten sie warten. Nur für eine Weile.

Das Haus war aus Holz, schlicht, in einer gewöhnlichen Straße in einem der älteren Vororte von Geelong. An der Vorderseite waren die Vorhänge zugezogen. Der Briefkasten quoll über vor Werbung. Es gab einen leeren Carport an der Seite.

„Sie ist nicht hier, Kumpel", sagte Pete.

Er war Andy unangenehm nah und plapperte ständig über seine Theorien.

„Wenn sie überhaupt je hier war, hat Kyle sie weggebracht. Sie wird in keinem von Garry Fords Häusern sein."

„Warum sagst du mir dann nicht, wo sie ist?", schnauzte Andy.

„Das habe ich. Mehrmals. Er wird sie in der Collaroy Street festgehalten haben. Wo Liz als Kind gelebt hat."

Andys Funkgerät knackte mit einer Warnung, und plötzlich sammelten sich Polizisten um das Haus. Spezialeinheiten, Uniformierte, und dann rannte er auch. Es wurde gerufen, als die Polizei warnte, dass sie hereinkommen würden, und dann wurde die Tür dreimal gerammt, bevor sie aufgebrochen wurde. Um das Haus herum kletterten weitere Beamte über die Zäune der angrenzenden Grundstücke.

Als er und Pete an der Haustür ankamen, kam ein Beamter bereits wieder heraus und schüttelte den Kopf. „Niemand drin."

„Hab's dir ja gesagt", murmelte Pete und drängte sich vorbei.

Das Haus hatte keine Möbel. Keine Bilder an den Wänden. Nichts in der Küche oder im Waschraum. Es war sauber und gut in Schuss. Wahrscheinlich eine Mietwohnung zwischen zwei Mietern.

Draußen rief Andy Terry an.

„Alle drei wurden gleichzeitig gestürmt und alle drei sind leer", sagte Terry. „Habe gerade mit dem Leiter der Spezialeinheit telefoniert. Kommt zurück. Bring Pete mit."

Pete stürmte aus dem Haus, direkt zu Andy, und wartete, während er das Telefongespräch beendete.

„Terry will dich zurück."

„Wir müssen zur Collaroy Street."

„Weder Kyle noch Garry besitzen es." Andy hatte langsam genug. „Es gibt keine Aufzeichnungen darüber, dass die Moorlands es je besaßen, und keinen Grund für einen Durchsuchungsbefehl."

„Vielleicht haben sie es gemietet. Vielleicht besaß Kyle es unter einem anderen Namen. Aber ich kann dir eines sagen, was du vielleicht nicht weißt. Lena ist dort aufgewachsen. Aber klar, ignorier ruhig alles, was ich zu sagen habe, in deinem Streben, gut dazustehen."

Andy drehte sich um und stapfte zum Haus zurück. Er blickte zurück. Pete joggte in die Richtung, wo ihre Autos geparkt waren.

„McNamara!"

Pete zeigte ihm den Mittelfinger, hörte aber nicht auf zu laufen.

Mit zwei Detektiven im Schlepptau fuhr Andy zur Collaroy Street 29. Das beste Ergebnis wäre, Eliza zu finden. Das schlimmste ein weiteres leeres Haus oder verärgerte Bewohner. Beides würde zu einer Beschwerde gegen McNamara führen, also gab es keinen Nachteil.

Pete hatte ein paar Häuser weiter geparkt und lehnte mit verschränkten Armen an seinem Auto.

Andy wies die Detektive an, um den Block zu gehen und nach möglichen Fluchtwegen für einen Täter zu suchen. Er glaubte keine Sekunde lang, dass jemand Gefährliches drinnen war, wollte McNamara aber keine Angriffsfläche bieten.

Am anderen Auto grinste Pete. „Konntest du nicht widerstehen?"

„Ich habe dir gesagt, wir haben keinen Durchsuchungsbefehl."

„Kein Gesetz verbietet uns, an der Tür zu klopfen, Kumpel.

Wenn wir das tun, gibt's vielleicht einen Hilferuf. Brandgeruch von einem Hausbrand. Such dir was aus."

Wenn das nötig war, um in die Mordkommission zu kommen, dann war es widerlich. Andy bog und brach keine Regeln. Sie existierten aus gutem Grund.

„Ich unterstütze das nicht."

„Gut. Überlass es den Erwachsenen." Pete überquerte die Straße, die Hände in den Jeanstaschen, als hätte er nicht eine Sorge auf der Welt.

Andy informierte die anderen Detektive kurz und folgte dann.

Dieses Haus war nett, zumindest von außen. Rote Ziegel, weißer Zaun, ein Cottage-Garten. Hinter dem Haus stand ein großer Baum und Liz' Erinnerung an ein Planschbecken kam ihm in den Sinn. Die Straße war baumgesäumt. Mittelschicht.

Andy blieb am Tor zurück. Pete schaute vorsichtig durch die Fenster an der Vorderseite. Er blickte zu Andy und schüttelte den Kopf.

Die Haustür des Nachbarhauses öffnete sich und eine ältere Dame schob sich mit einem Rollator heraus. Das war das Letzte, was sie jetzt brauchten. Andy beeilte sich, sie zu erreichen, bevor sie ihr eigenes Tor erreichte.

„Gnädige Frau?" Er zeigte kurz seine Marke. „Ich bin Detective Senior Sergeant Montebello. Würde es Ihnen etwas ausmachen, in Ihr Haus zurückzukehren?"

Sie war mindestens achtzig und von seiner Bitte überhaupt nicht beeindruckt. „Erst wenn ich Ihnen erzählt habe, was ich gesehen habe, junger Mann. Der weiße Wagen war wieder hier und dieser schreckliche Mann hat das arme kleine Mädchen vor etwa einer halben Stunde hineingesetzt."

Pete klopfte an die Tür.

„Ich höre Ihnen zu."

„Sie ist so ein süßes kleines Ding und ich habe zweimal die Nummer wegen eines vermissten Kindes angerufen, aber niemand hat mich ernst genommen."

Andys Herz sank.

„Ich nehme Sie ernst. Darf ich kurz meinen Kollegen holen und dann zu Ihnen zurückkommen?"

„Ich werde den Kessel aufsetzen. Wollte schon immer mal Kaffee für die Polizei machen, statt dieses Zeugs, das ihr in den Fernsehsendungen trinkt." Sie drehte den Rollator. „Kommen Sie einfach rein, wenn Sie so weit sind."

Pete klopfte gerade an die Haustür, als Andy ihn erreichte. „Hallo! Ist jemand zu Hause?"

„Hör auf."

„Ich bin sicher, ich höre jemanden rufen."

„Wenn wir vor einer halben Stunde hier gewesen wären, vielleicht."

„Was?"

„Die alte Dame nebenan hat gesehen, wie ein kleines Mädchen mit einem Mann, den sie als schrecklich bezeichnet, in ein weißes Auto gestiegen ist."

„Dann sag's Terry. Lass alle daran arbeiten. Ich rede mit ihr."

Andy stellte sich Pete in den Weg. „Das werde ich. Du wirst beobachten. Und dann kannst du es melden."

„Du verschwendest Zeit. Ich informiere Terry jetzt."

„Worüber? Wir haben keine Ahnung, wo das Auto ist."

„Und wir werden es auch nicht herausfinden, wenn niemand sucht." Pete begann zu wählen.

„Deine Herangehensweise, bei jedem Hinweis, egal ob real oder eingebildet, vorschnell zu handeln, ist unprofessionell."

Pete schob sich vorbei, während er das Telefon ans Ohr hielt. „An mir ist nichts vorschnell. *Chef*."

Andy fühlte sich von Minute zu Minute unsichtbarer.

Obwohl Andy erwartet hatte, dass die ältere Dame – die sich als Mrs. Marsden vorgestellt hatte – es vorziehen würde, mit ihm zu sprechen, hatte sie sofort Sympathie für McNamara gefasst. Wie versprochen hatte sie Kaffee gemacht, und es war einer der besten, die Andy je getrunken hatte. Es gab auch einen Teller mit winzigen Buttergebäcken, die sie, wie sie erwähnte, an diesem Morgen gebacken hatte.

Nachdem sie sie gebeten hatte, in einem altmodischen Wohnzimmer Platz zu nehmen, richtete sie ihre Worte sofort an den langhaarigen Lümmel, der als Detektiv durchging. Andy öffnete sein Notizbuch.

„Um genau siebzehn Uhr siebzehn goss ich meinen Vorgarten. Nicht mit dem Schlauch, sondern mit einer Gießkanne, die meine spezielle Mischung aus natürlichem Dünger enthielt, um die nächste Blüte der Blumen anzuregen. Er hätte mich nicht bemerkt, aber ich habe ihn ganz sicher gesehen. Er parkte auf der Straße statt in der Einfahrt und ging durch die Haustür ins Haus. Er hatte einen Schlüssel."

Mrs. Marsden machte eine Pause und sah Andy an.

„Schreiben Sie das auf, junger Mann?"

„Das tue ich. Was geschah als Nächstes?"

Ihre Augen verengten sich, als ob sie sich vergewissern wollte, dass er schrieb. „Es dauerte genau drei Minuten, bis er das Haus verließ. Ich weiß das, weil die Gießkanne drei Minuten braucht, um sich zu leeren, wenn ich meiner Routine folge."

Andy schrieb *Zwangsstörung?* auf.

Sie sprach wieder mit McNamara. „Ich hörte, wie die Haustür zuschnappte, aber dann begann das kleine Mädchen zu weinen. Es brach mir das Herz. Sie ist ein liebes Ding und klammerte sich an ein Spielzeug, das ich nicht sehen konnte. Er trug sie und sagte immer wieder, es sei alles in Ordnung."

„Mrs. Marsden, hatte sie Ihrer Meinung nach Angst vor ihm?"

„Oh nein. Sie sagte etwas davon, dass sie ihre Mutter sehen wolle. Aber sie hatte ihre Arme um seinen Hals geschlungen, und nur die Tatsache, dass sie sich anscheinend um ihn kümmerte, hielt mich davon ab, sofort hinüberzulaufen und ihn zur Rede zu stellen."

Mit einiger Anstrengung vermied Andy ein Lächeln. Mrs. Marsden war schon lange nirgendwo mehr hingelaufen.

„Das ist sehr hilfreich. Sie erwähnten meinem Kollegen gegenüber, dass der Mann schrecklich sei. Können Sie das näher erläutern?"

Mrs. Marsden griff nach dem Teller mit Shortbread und bot es zuerst Pete an, der eines nahm, dann Andy. Er wollte eigentlich nichts essen, nahm aber aus Höflichkeit eines.

„Er *ist* schrecklich. Mr. Ford. Seine Enkelin ist so ein süßes und liebes Mädchen. Lena. Aber er hat sie rausgeworfen, als sie ihn am meisten brauchte. Ich frage Sie, was für ein Mann tut so etwas?" Sie starrte Pete eindringlich an. „Nachdem das passiert war, habe ich ihn kaum noch gesehen, bis er vor fünf Tagen zurückkam. Er parkte in der Einfahrt und trug vier Kisten hinein. Er ließ eine fallen und was herausfiel, war seltsam."

„Seltsam?"

„Spielzeug. Stofftiere und Puppen und so Zeug."

Pete warf Andy einen Blick zu. Und da begann sich sein Magen umzudrehen. Das war vor der Entführung. Er richtete das Haus ein, um Eliza herzubringen.

Ich lag falsch. Idiot.

„Mrs. Marsden, Sie waren so hilfreich. Haben Sie bemerkt, wann das Kind im Haus ankam?"

„Nun, nicht genau. Aber es war vor drei Tagen und am Nachmittag. Ich schaute gerade Frauencricket im Fernsehen, und erst als ich in der Trinkpause aufstand, um mir einen Snack zu machen, hörte ich ihre kleine Stimme aus dem Garten. Zu Beginn des Spiels war sie noch nicht da."

Andy schrieb schnell, um sich sowohl Notizen zu machen als auch ihre Worte festzuhalten. Er konnte die Zeiten für den Beginn und die Trinkpause des Cricketspiels herausfinden.

„Dieses Shortbread schmeckt genau wie das meiner Mutter. Viel echte Butter." Pete nahm sich ein zweites.

Mrs. Marsden strahlte. „Alte Rezepte sind die besten. Ich packe Ihnen ein paar in einen Behälter zum Mitnehmen."

„Das klingt wunderbar, Mrs. M. Nur noch ein paar Fragen, dann sind wir auch schon weg."

So sehr Andy Pete auch loswerden wollte, musste er doch dessen Umgang mit Menschen bewundern. Zumindest mit den Menschen, bei denen es ihm passte, nett zu sein. Es änderte nichts an Andys Entscheidung, Schritte gegen den anderen Detektiv zu unternehmen, aber im Moment schien die Suche nach Eliza zu entgleiten, und er brauchte jeden Hinweis, um das Netz enger zu ziehen.

ZWEIUNDDREISSIG

„Er will nur mit Ihnen sprechen, Detektivin Moorland.“

Das war schon die zweite Person, die Liz sagte, was sie bereits wusste. Darryl hatte sich in seiner Wohnung eingeschlossen, nachdem er ihre Haustür mit einem schweren Hammer in Stücke geschlagen hatte.

Alle Wohnungen auf der Etage waren von den Bewohnern geräumt worden, und an beiden Enden des Flurs standen Polizisten, die den Zugang versperrten.

Liz starrte auf ihre Haustür. Alles, was übrig geblieben war, waren die Scharniere und der Griff. Der Rest bestand aus Splittern und Holzstücken, die sowohl im Flur als auch in ihrer Wohnung verstreut lagen. Entgegen dem Rat des Beamten, der gerade mit ihr gesprochen hatte, trat sie hindurch. Zuerst wollte sie mehr Schmerzmittel und eine Toilettenpause. Dann würde sie sich um Darryl kümmern.

Sie überprüfte ihr Handy auf Neuigkeiten über die Geelong-Operation, die jeden Moment beginnen sollte. Es war schwer zu schlucken, dass sie nicht im Team war, und es ärgerte sie, dass Terry ihre Verletzung als Ausrede benutzt hatte, sie aber nicht davon abgehalten hatte, bei diesem Vorfall dabei zu sein.

Ich hab die Schnauze voll von diesem Mist.

Vorerst musste sie sich um Darryl kümmern und kehrte in den Flur zurück.

„Wir sollten auf Verstärkung warten." Es war derselbe Beamte, der nicht wollte, dass sie ihre eigene Wohnung betrat.

„Die machen gerade etwas viel Wichtigeres, und Darryl wird mir nichts tun."

Beide drehten sich um und schauten auf ihre Haustür und lachten.

„Er hat den Hammer zurückgelassen. Ich werde mich nicht in Gefahr bringen."

Liz lehnte sich an die Wand und streckte die Hand aus, um an die Tür zu klopfen. „Darryl? Hier ist Liz. Lust auf ein Gespräch?"

„Hab's mir anders überlegt."

Die Worte wurden aus der Ferne gerufen.

„Weißt du, ich mag es, mich in meiner Wohnung einschließen zu können, genau wie du es gerade tust. Aber dafür brauche ich eine Tür, und mit meiner scheint etwas nicht zu stimmen."

Es kam keine Antwort, aber es hörte sich an, als würde Darryl näher kommen.

„Wissen Sie, ob er getrunken hat?", flüsterte Liz dem Beamten zu.

„Einer der Nachbarn sagte, er stinke nach Bier."

Sie wartete ein paar Minuten in der Hoffnung, dass Darryl die Tür aufschließen würde. Eine Nachricht von Pete kam an, dass niemand in den Gebäuden gefunden wurde und er woanders suchen würde.

Woanders? Collaroy Street?

„Darryl, hör zu, Kumpel. Entweder du redest mit mir, oder ich gehe. Du hast verlangt, dass ich herkomme, also hör auf, mich hinzuhalten."

„Niemand kümmert sich um mich."

Liz konnte nicht anders, als mit den Augen zu rollen. „Doch, das tun wir, Darryl. Warum hast du meine Tür zu Kleinholz gemacht?"

„Tut mir leid. Du hast nicht geantwortet, als ich geklopft habe."

„Also hast du härter geklopft und zwar mit einem verdammt großen Hammer? Ich war nicht zu Hause", sagte sie.

„Ich musste mit dir reden. Dir von Tina erzählen."

„Was ist mit Tina? Mach die Tür auf, Kumpel. Es ist einfacher, von Angesicht zu Angesicht zu reden."

Der Türgriff drehte sich und hielt dann inne.

„Du wirst mich wieder verhaften."

„Wo ist Tina?"

„Ich glaube, ich habe ihr wieder wehgetan."

Liz' Magen sackte ab. Sie gab dem Beamten ein Zeichen, sie ein paar Schritte weiter zu treffen.

„Spüren Sie Tina Pollock auf. Sie ist seine Ex und er war in der Vergangenheit gewalttätig ihr gegenüber. Detective Senior Sergeant Hall weiß, wie man sie kontaktieren kann."

Der Beamte ging weg, um das Funkgerät zu benutzen.

„Liz? Liz, geh nicht weg." Darryl jammerte.

„Darryl, das ist sehr wichtig. Wie hast du Tina verletzt? Sei konkret."

„Wir sind aneinandergeraten. Haben uns wegen Eliza gestritten. Und sie sagte, es sei meine Schuld, wenn ihr etwas passiert, weil ich dir nicht gesagt habe, was ich weiß. Also wollte ich es dir sagen, aber du warst nicht da."

„Sag es mir jetzt. Aber zuerst, Darryl, hast du Tina verletzt?" Liz' Stimme klang in ihren eigenen Ohren verzweifelt. Der Beamte näherte sich, diesmal wählte er eine Nummer auf seinem Handy.

„Könnte sie getötet haben. Wollte ich nicht. Sie wollte einfach nicht aufhören zu reden." Darryl begann zu schluchzen.

Aus der Wohnung begann ein Telefon zu klingeln.

Da Darryl nicht mehr auf Liz' Aufforderung reagierte, ihn reinzulassen, brachen zwei der Beamten seine Tür auf. Sie zerrten einen weinenden Darryl in den Flur, während Liz und ein anderer Beamter in die Wohnung stürmten.

Das klingelnde Telefon lag auf der Küchentheke in einer Damenhandtasche.

Liz durchsuchte die kleine Wohnung. Keine Spur von Blut oder Unordnung außer einem Haufen leerer Bierflaschen im Wohnzimmer. Sie verließ das Schlafzimmer und hielt inne, sicher, dass sie ein dumpfes Geräusch gehört hatte.

„Tina?"

Ein weiterer dumpfer Schlag, gefolgt von einem gedämpften Schrei. Ein weiblicher Schrei.

„Kann ich Hilfe bekommen?", rief Liz, als sie zurück ins Schlafzimmer eilte.

Es gab einen Einbauschrank mit einem Bügelbrett, das gegen die Tür lehnte. Liz hob es an und ließ es mit einem Keuchen wieder fallen, als Schmerzen in ihren verletzten Bauch schossen. Ein anderer Beamter war da und entfernte es, und Liz öffnete die Tür.

Tina lag auf dem Boden, Hände und Füße mit Verbänden gefesselt und Blut rann ihr Gesicht herunter. Ihre Augen waren weit geöffnet und verängstigt, aber auf Liz fixiert.

„Wir sind jetzt hier. Tina, wo bist du verletzt?"

„Kopf. Hat mich mit einer Flasche geschlagen. Hilf mir hoch."

„Es ist besser, dich erst zu untersuchen", Liz hockte sich neben sie. „Unten wartet ein Krankenwagen, also wird gleich jemand hier sein." Sie schob eine Reihe hängender Kleidungsstücke beiseite. „Am besten überprüfen wir die Kopfverletzung."

Ein anderer Beamter brachte eine Schere und schnitt vorsichtig die Verbände durch, um Tina zu befreien.

Sie rieb ihre Handgelenke und berührte dann ihren Kopf. „Ich hätte wissen müssen, dass er wieder zur Gewalt greifen würde. Wo ist er?"

„Im Flur und in Handschellen. Wir werden ihn aus dem Blickfeld bringen, wenn du gehst. Was hast du hier gemacht?"

„Ich dachte, ich könnte an sein wahres Wesen appellieren.

Das, das früher Kinder geliebt und die Bedürfnisse anderer vor seine eigenen gestellt hat. Ich wusste, dass er etwas verheimlicht, und ich sah es in seinen Augen, als ich ihn bat, mit dir zu sprechen."

Das Geräusch von Schritten näherte sich.

„Ich werde jetzt mit ihm sprechen. Die Sanitäter sind da." Liz tätschelte Tinas Arm und richtete sich auf.

Sie wartete, bis Tina versorgt wurde, und machte sich dann auf die Suche nach Darryl.

Er saß auf dem Boden, die Hände hinter dem Rücken gefesselt, und weinte immer noch. Liz fing den Blick des Beamten auf, der ihn bewachte.

„Bringen Sie ihn in meine Wohnung. Ich will ihn nicht in Tinas Nähe haben."

Darryl wurde auf die Füße gezerrt und durch die Überreste von Liz' Haustür geführt.

„Geradeaus in die Küche und setzen Sie ihn auf einen Stuhl. Ich komme gleich."

„Liz, ich muss die Handschellen loswerden."

Der Beamte bei ihm sagte etwas zu leise, um es zu verstehen, und Darryl hörte auf zu jammern, aber das Geräusch seines Schluchzens folgte Liz zurück in den Flur.

Sie rief Terry an und informierte ihn kurz über die Ereignisse der letzten Minuten. „Tina ist überzeugt, dass er etwas weiß, und er wollte mit mir reden. Ich hoffe nur, dass er es immer noch will."

„Verhaften Sie ihn und lassen Sie ihn erkennungsdienstlich behandeln", sagte Terry.

„Das werde ich tun. Gibt es etwas Neues aus Geelong?"

„Pete und Andy sind in der Collaroy Street. Es ist niemand da, aber ein Nachbar hilft mit Informationen."

Liz' Herz machte einen Sprung. „Über Eliza?"

„Es gab eine Sichtung eines kleinen Mädchens und eines Mannes, der Kyles Beschreibung entspricht, aber mehr weiß ich nicht, bis Andy mich auf den neuesten Stand bringt."

„Ich sollte dorthin fahren."

„Es gibt nichts für dich zu tun, außer Darryl zum Verhör mitzunehmen. Okay?"

Sie holte tief Luft, um ihre Stimme zu beruhigen. „Okay. Ich sehe dich später."

Liz hatte nicht die Absicht, Darryl zu verhaften, bevor er sich erklärt hatte. In dem Moment, in dem er belehrt würde, würde er nach seinem Anwalt fragen, und das bedeutete nicht nur Zeitverschwendung, sondern möglicherweise auch den Verlust der Informationen für immer.

Sie bat den Beamten, nach Tina zu sehen, und lehnte sich gegen die Küchentheke.

Darryl hatte sich wieder unter Kontrolle, obwohl seine blutunterlaufenen Augen immer noch glänzten. „Bitte, Liz. Die Handschellen tun weh."

„Ich nehme sie dir ab, aber du musst mir erzählen, was auch immer dich dazu gebracht hat, meine Haustür zu zerstören. Wenn du das tust, lasse ich dich frei."

Seine Augen huschten in Richtung der Tür.

„Tina wird in Ordnung sein. Du hast sie nicht getötet oder warst nicht einmal nahe dran. Was weißt du über Eliza?" Liz senkte ihre Stimme und setzte sich ihm gegenüber. „Dies ist eine Chance, etwas zu bewirken, Kumpel."

Und wenn du nicht hilfst, werde ich dich wirklich zu Brei schlagen.

Eine kleine Blase Hysterie drohte in ein Lachen überzugehen. Der Gedanke war komisch, besonders wenn sie nicht einmal ein Bügelbrett heben konnte. Liz nahm ein Notizbuch heraus und wartete, ihr Gesicht so freundlich und erwartungsvoll, wie sie es zustande brachte.

Nachdem er auf seinem Stuhl herumgerutscht war und zur Decke geblickt hatte, schien Darryl zu einer Entscheidung zu kommen und sah ihr in die Augen. „Ich werde dir alles erzählen, aber ich möchte, dass du verstehst, dass ich gezwungen und erpresst wurde."

„Und ich werde das berücksichtigen, Darryl."

„Es fing an, nachdem ich bei meiner Arbeit angegriffen wurde."

Darryl sprach zusammenhängend und ausführlich über seinen Krankenhausaufenthalt, seine Genesung und den Verlust seiner Beziehung. Im Gefängnis begann der eigentliche Abstieg, und es wurden bestimmte Verbindungen geknüpft, die ihn dazu brachten, in das Apartmentgebäude zu ziehen. Liz schrieb mit, während er redete, und ließ ihn sein Herz über kriminelle Aktivitäten ausschütten, meist im Rahmen des illegalen Glücksspielrings.

„Bing ließ mich Dinge tun, die er nicht selbst machen wollte. Dasselbe bei Maureen. Sie war nicht Teil des Glücksspiels, aber ihr Alter saß im Knast und Bing benutzte das gegen sie. Ließ sie Gott weiß was an Unerwünschte liefern."

Er verschwendete Zeit mit Klagen, und zweimal lehnte Liz Anrufe von Terry ab. Pete rief ebenfalls an, und sie hatte keine andere Wahl, als es zu ignorieren.

„Wusstest du, dass Eliza entführt werden würde?"

Er schüttelte den Kopf. „Niemals. Daran hätte ich mich nicht beteiligt. Ich bekam nur die Anweisung, das Kleidungsstück zu finden und dann liegen zu lassen. Ich hatte keine Ahnung, dass es einem Kind gehörte, bis ich es aufhob, und selbst dann dachte ich, es wäre Teil eines Glücksspielereignisses. Es gab viele solcher Dinge ... ein Rennen, bei dem Leute Sachen an verschiedenen Orten finden mussten?"

„Eine Schnitzeljagd?"

„Ja, genau. Manchmal wurde es hässlich und Leute wurden dabei verletzt. Mochte die nicht."

Liz sehnte sich danach zu fragen, warum er nicht für sich selbst eingestanden war. Warum hatte er zugelassen, dass ein einzelner Vorfall in seinem Leben – obwohl schrecklich – ihn von einem gesetzestreuen Menschen zu jemandem machte, der es für in Ordnung hielt, den Schuh eines Kindes zu bewegen und dann darüber zu lügen.

„Ich fragte Bing, was zum Teufel los sei. Weißt du, ich hatte getan, was mir gesagt wurde, und den Schuh aufgehoben und bewegt, und es war eindeutig ein Kinderschuh. Fühlte sich falsch an, Liz. Das Kind war aus unserem eigenen Gebäude. Ihre Mum tat alles, was sie konnte, um sich um sie zu kümmern und eine kleine Zukunft aufzubauen."

„Und was hat Bing gesagt?"

Darryls Gesicht rötete sich. Er beugte sich vor und sah ihr in die Augen. „Er sagte mir, ich solle mich zusammenreißen, und wenn ich ihn je wieder in Frage stellen würde, würde er dafür sorgen, dass ich wieder im Gefängnis lande." Die Tränen kehrten zurück und strömten über seine Wangen. „Ich kann nicht zurück, Liz. Es hätte mich fast umgebracht."

„Aber ich habe gehört, wie er sagte, dass er wüsste, dass du sie genommen hättest. Er fragte, wo du sie versteckt hättest. Bevor ihr beide in diesen dummen Kampf geraten seid."

„Und das war alles eine Show, weil er wollte, dass ich die Schuld für alles auf mich nehme."

Unsicher, ob sie tatsächlich etwas Neues erfahren hatte, außer Brian Bisleys Beteiligung zu bestätigen, lehnte sich Liz zurück.

„Liz. Komm schon. Du glaubst mir doch, oder?"

„Ich möchte es. Aber so sieht die Lage aus: Eliza wird vermisst. Ihr Entführer ist mit ihr verschwunden. Er ist clever und entschlossen. Und wir sind keinen Schritt weiter, um zu wissen, wie wir ein verängstigtes kleines Mädchen finden können, das nur seine Mutter sehen will."

„Dann mach dir ein paar Notizen, denn ich kenne einen Ort, den die meisten Leute nicht kennen. Einen Ort, für den Garry Miete zahlt. Und ich bin vielleicht der Einzige, der davon weiß, außer Bing, weil ich dort war. Und weißt du was? Ich wette, das ist der Ort, an den er mit dem Kind fliehen wird."

DREIUNDDREISSIG

Liz ließ Darryl von dem uniformierten Beamten verhaften. Als die Bewohner wieder zurück durften, bat sie einen der wenigen Nachbarn, die sie kannte, ein Auge auf ihre Wohnung zu haben, und rief eine Firma an, um die Tür zu ersetzen. Sowieso würde noch eine Weile ein Polizist da sein, um bei Darryl fertig zu werden, und er hatte seinen Spaß damit gehabt, Polizeiabsperrband über ihren Türrahmen zu kleben.

Tina war auf dem Weg ins Krankenhaus, um sich untersuchen zu lassen, aber sie hatte ernsthafte Verletzungen vermieden. Obwohl sie sich selbst in Gefahr gebracht hatte, hatten Tinas Aktionen zur besten Spur seit Elizas Verschwinden geführt.

Mutige, fürsorgliche Frau.

Zurück in ihrem Auto tippte Liz die Adresse in ihr Navigationsgerät ein und fuhr von den Polizeiautos weg, die immer noch um das Apartmentgebäude herum parkten. Terrys Nummer erschien.

„Chef, tut mir leid. Ich wollte gleich zurückrufen.“

„Wo bist du, Liz?“

„Ich verlasse gerade die Wohnung. Darryl kommt mit den Uniformierten mit.“

„Das war nicht das, was wir vereinbart haben."

„Nicht? Nun, er ist verhaftet und Tina geht ins Krankenhaus, aber nur zur Kontrolle. Wie steht's mit Eliza?"

Terry machte eine Pause und sprach mit jemandem, aber zu leise, als dass sie es hören konnte. „Entschuldigung. Meg hat mir gerade mitgeteilt, dass sie eine neue Analyse zu den Haaren aus Ellens Akte bekommen hat."

„Wie das? Ich dachte, wir könnten nichts machen?"

„Sie hat einen Weg gefunden. Also, die Haare stammen von einem kaukasischen Mann, zum Zeitpunkt etwa fünfundvierzig bis fünfzig Jahre alt. Sie stimmen ausreichend mit deiner DNA und einer Probe überein, die Anna gegeben hat, als Ellen verschwand, um die Haare als die deines Vaters, Kyle Moorland, zu identifizieren."

Liz umklammerte das Lenkrad und unterdrückte ihren Ärger, konnte aber nicht verhindern, dass sich ihre Augen mit Tränen füllten. Sie hielt an und wischte sie weg.

„Noch da?"

„Die ganze Zeit, Terry. Die ganze verdammte, verschwendete Zeit, in der wir nach Kyle hätten suchen können. Und doch hat mir niemand gesagt, dass Haare gefunden wurden. Niemand hat sich genug darum gekümmert, die Anomalie in ihrem Erscheinungsbild im Vergleich zu Haaren eines kleinen Kindes zu bemerken. Wir hätten Ellen gefunden. Zumindest Kyle gefunden." Sie ballte ihre Hände zu Fäusten, bereit, auf das Lenkrad einzuschlagen.

„Ich weiß, Lizzie."

Eine Nachricht von Pete poppte auf.

Ruf mich an. Dringend.

„Pete will mich sprechen, Terry. Ich schicke dir die Adresse, die Darryl mir gegeben hat. Das muss der Ort sein, wo Kyle mit Eliza hingegangen ist."

„Geh nicht alleine hin."

„Muss Pete anrufen."

Liz legte auf und schickte Terry schnell den Standort per

SMS. Ihr Telefon klingelte wieder, Terry als Anrufer, und sie lehnte ab, dann wählte sie Petes Nummer, während sie wieder losfuhr.

Im Hintergrund war eine Sirene zu hören, als er antwortete. „Hab Neuigkeiten."

„Ich auch. Du zuerst."

„Wir haben gute Informationen, dass Kyle und Eliza die Collaroy Street-Adresse vor etwa einer Stunde und fünfzehn Minuten verlassen haben. Es gab eine mögliche Sichtung seines Fahrzeugs auf der M1 in der Nähe von Altona Meadows. Die Luftüberwachung ist unterwegs und wir haben eine Fahndung rausgegeben."

„Macht Sinn. Er mietet ein Boot in Williamstown. Wenn er aufgeschreckt genug ist, um mit Eliza zu fliehen, sehen wir die beiden vielleicht nie wieder. Ich fahre jetzt dorthin." Liz schaltete Lichter und Sirene ein. „Bin aber mindestens fünfzehn Minuten entfernt."

„Konfrontiere ihn nicht alleine, Liz."

„Klar, *Terry*. Ich warte einfach, bis die Männer eintreffen."

„Haha. Wenn Terry dir schon gesagt hat zu warten, dann tu es. Hast du nichts aus dem Schlagstock in den Bauch gelernt?"

„Sag Liz, sie soll sich zurückhalten."

„Ich kann dich hören, Andy, und ich bin nicht nur am nächsten dran, sondern auch diejenige, die ihn zumindest aufhalten kann, wenn er abhaut. Kyle hat Ellen mir und Anna weggenommen, und ich werde nicht zulassen, dass er Eliza ihrer Mutter wegnimmt."

„Und ich sage dir, Detective Sergeant Moorland, dass du dich zurückhalten sollst. Ich befehle dir, nicht weiter als bis zur Melbourne Road zu fahren und zu warten auf-"

Liz beendete den Anruf.

Sie kannte die Gegend gut. Liz und Vince waren ein paar Monate lang Streifenpolizisten in Williamstown gewesen, und obwohl es gewachsen war, war vieles gleich geblieben.

Der Pier, an dem das Boot ihres Vaters lag – angeblich –, war abgelegen und klein. Es erinnerte sie an einen in Altona, wo die Familie von Ben Rossis jetziger Freundin ihre Yacht hatte. Weniger wahrscheinlich, dass neugierige Augen sehen, was jemand vielleicht verbergen möchte.

Liz ließ das Auto zwei Blocks entfernt stehen, nachdem sie eine Schutzweste angelegt und ihre Waffe überprüft hatte. Ihr Handy hatte nicht aufgehört zu klingeln oder mit Nachrichten zu piepsen, und sie hatte nicht vor, darauf zu reagieren. Sie hatte alles vermasselt, indem sie nicht einen, sondern zwei Vorgesetzte ignoriert hatte, und es war ihr egal. Sie stellte es auf lautlos.

Die Polizei hatte sie im Stich gelassen.

Die Aufdeckung der Wahrheit über die Haare in Ellens Akte war der letzte Nagel im Sarg.

Der Sarg meiner Karriere.

Sobald der Pier in Sicht war, näherte sich Liz vorsichtig und nutzte die Deckung, die Bäume und andere Menschen boten. Es war fast Ladenschluss für die Geschäfte und Unternehmen in dem Vorort an der Bucht. Dann würden die Jogger und Hundebesitzer und Familien zum Spazierengehen oder Schwimmen kommen. Das musste gelöst werden, bevor ein höheres Risiko bestand, dass die Öffentlichkeit in irgendetwas hineingezogen würde.

Nur acht Boote waren festgemacht, eine Mischung aus Typen – meist ordentlich große Yachten, und dann ganz am Ende war nur eines. Kleiner, vielleicht sechs Meter lang und altmodisch im Stil. Zwei Personen standen auf dem Pier daneben.

Ein Mann und ein kleines Mädchen.

Liz positionierte sich im Türrahmen eines Toilettenhäuschens, von wo aus sie sie im Blick behalten, aber hoffentlich nicht gesehen werden konnte. Sie schrieb Pete eine SMS.

Ich habe sie im Blick. Beide auf dem Pier. Boot ist ganz am Ende. Ich werde beobachten, es sei denn, er macht Anstalten zu gehen. Kommt ohne Sirenen her.

Sie machte eine Reihe von Fotos vom Boot, dem Pier und den

Personen und schickte diese an Pete. Dann benutzte sie ihr Handy, um auf das Kind zu zoomen.

Eliza saß auf den Holzbrettern des Piers und hielt in einer Hand ein Stoffeinhorn und in der anderen eine Wasserflasche. Sie trug ein Kleid und einen kleinen Sonnenhut und schaute sich um. Nicht ängstlich, aber vielleicht ein bisschen besorgt oder unruhig, und wer wäre das nicht, wenn man von Ort zu Ort gebracht wird und nicht weiß, ob man jemals nach Hause kommt? Welche Lügen hatte man ihr aufgetischt?

Fast ängstlich, sein Gesicht zu sehen, zwang sich Liz, den Fokus auf den Mann zu richten. Kyle. Ihr Vater. Ihr Hals schnürte sich zu.

Er verstaute Taschen auf dem Boot. Zwei auf einmal, eine Mischung aus Einkaufstüten und Gepäck, während er auf den Steg und wieder herunter trat. Seine Augen schweiften ständig umher, und für einen Herzschlag lang starrte er direkt in Liz' Richtung. Doch dann sah er weg. Es war zu weit und sie stand im Schatten.

Sie kannte sein Gesicht. Nicht nur von dem neuen Profilbild, das Meg verteilt hatte. Sondern aus ihrer Kindheit. Er mochte gealtert sein, aber die Linien seines Kiefers und seiner Nase waren dieselben.

Das war unwirklich und sie geriet fast ins Wanken. Er war ihr Vater. Ein Mann, an den sie sich kaum erinnerte und den sie gerne gekannt hätte, mit all seinen Fehlern und schrecklichen Überzeugungen. Ihr Fleisch und Blut.

Der einen Mann getötet und dessen Identität angenommen hatte als Teil eines großen Plans, sein Enkelkind zu stehlen.

Der bittere Geschmack von Galle füllte ihren Mund und sie zog sich in den Toilettenblock zurück, um ihn auszuspucken. Er würde sie nicht kontrollieren.

Sie war nur wenige Sekunden weg, aber als sie wieder heraustrat, war Eliza nicht mehr auf dem Steg. Ihr kleiner Hut war zu sehen, wie sie um das Boot herum lief.

Liz bewegte sich im Zickzack zum Wasser hin. Hier ein Baum. Dort eine Gruppe von Spaziergängern.

Und dann war sie am Landende des Stegs und musste eine Entscheidung treffen.

Sie tastete nach ihrer Waffe. Es war das letzte Mittel.

Aber Eliza kommt heute mit mir.

VIERUNDDREISSIG

„Ist sie wirklich so dumm, Befehle zu missachten?", Andy konnte nicht aufhören, über Liz zu schimpfen, die den Anruf beendet hatte. „Ihre Entscheidungen sind heute völlig daneben."

Pete knirschte mit den Zähnen. Alles, was ihn interessierte, war, Williamstown zu erreichen, bevor Liz sich Kyle zu erkennen geben musste. Sie hatten die Autobahn verlassen und schlängelten sich nun durch Hauptverkehrsstraßen, die ihm zu voll waren. Noch zu viele Minuten Fahrzeit vor ihnen. In dieser Zeit konnte alles Mögliche passieren.

„Nichts zu sagen? Normalerweise bist du nicht zu bremsen", sagte Andy.

„Willst du lebend ankommen?"

„Hast du mir gerade gedroht?"

„Nicht mal annähernd", erwiderte Pete. „Ich versuche mich darauf zu konzentrieren, dass wir nicht von einem Lkw erfasst werden."

Als wolle er den Punkt beweisen, überholte Pete einen Container-Lkw und scherte knapp vor ihm ein, um einem entgegenkommenden auszuweichen, was in einem Hupkonzert endete. Andy hielt sich am Haltegriff fest und blieb glücklicherweise still, bis sie auf eine schmalere Straße abbogen und Pete gezwungen war, langsamer zu fahren.

Terry rief an und Andy nahm das Gespräch über die Freisprechanlage an.

„Wie weit noch, Pete?"

„Weniger als zehn Minuten. Bist du in einem Auto?"

„Liz braucht Verstärkung."

„Terry, hier ist Andy. Das könnte eine heikle Situation sein. Wäre es nicht angemessen, auf die Spezialeinsatzkräfte zu warten?"

„Die sind dreißig Minuten entfernt."

„Dann sehen wir uns die Lage an und bewerten sie."

Pete öffnete den Mund, um etwas zu sagen, aber Terry antwortete bereits.

„Was ich von Ihnen brauche, Detective Senior Sergeant, ist zu wissen, dass Sie tun können, was von Ihnen verlangt wird, unabhängig von welchem Kodex auch immer Sie sich verpflichtet fühlen. Es gibt keine Schwarz-Weiß-Antwort auf eine Situation wie diese, aber ich kann Ihnen garantieren, dass Liz in diesem Moment die richtige Person ist, um dort zu sein. Unsere Aufgabe, Ihre Aufgabe, ist es, sie zu unterstützen, anstatt zurückzutreten und auf das sogenannte richtige Team zu warten."

Andys Gesicht war bei den strengen Worten rot angelaufen.

Pete tat er kein bisschen leid.

„Ich parke gleich in der Nähe von Liz' Auto und werde mich mit ihr treffen."

„Pass auf dich auf, Terry", sagte Pete.

„Das ist jetzt eure Aufgabe."

Nachdem Terry das Gespräch beendet hatte, schaltete Pete die Sirenen aus. Er bog in eine ruhige Nebenstraße ein, dann in eine weitere. Die Bucht kam in Sicht und er hielt am Ende der Straße.

„Da ist der Pier." Er zeigte über die Dächer. „Ich bring uns näher ran."

Andy schaute, blieb aber still.

„Willst du immer noch zur Mordkommission?", fragte Pete. Er meinte es nicht besserwisserisch, sah aber aus dem Augenwinkel, wie Andy ihm einen finsteren Blick zuwarf. „Es gibt keinen Glamour, Kumpel. Wir können uns unsere Fälle nicht aussuchen, wenn es einen Notfall gibt. Wir können nicht zurückstehen und warten, bis die richtigen Leute zuerst da sind ... wer auch immer die richtigen Leute sein sollen. Nicht alles ist rosarot, Andy."

„Ja, ich verstehe schon."

„Aber was wir bekommen, überwiegt bei weitem den glorifizierten Mythos, die Eliteeinheit zu sein."

„Und das wäre?"

Pete war so nah herangefahren, wie er es wagte, und glitt in eine Parklücke entlang der Uferpromenade.

„Wir retten Leben. Nicht annähernd oft genug, aber wenn es passiert, dann ist es mehr wert als jeder Ruhm. Und heute werden wir Leben retten."

Andy sah ihm in die Augen und nickte.

„Das werden wir."

FÜNFUNDDREISSIG

Kyle war aus dem Blickfeld verschwunden und Eliza stand am Heck, kicherte und winkte den Möwen zu, die über dem Boot schwebten.

Liz nutzte die Gelegenheit, um auf den Steg zu gelangen, und schaffte es bis zum zweiten Boot, bevor Kyles Stimme über die kurze Distanz schallte. Sie duckte sich, sodass der Rumpf der Yacht sie verbarg.

„Magst du die Vögel, Liselle?"

Das kleine Mädchen antwortete mit herrischer Stimme. „Nicht Liselle, Papa. Eliza Sharney Singleton."

„Ich finde Liselle perfekt. Es bedeutet Gottes Versprechen, und du, Kleine, hast ein ganzes Leben voller Versprechen vor dir."

Oh mein Gott, er ist wahnsinnig.

„Ich hab Hunger."

„Ich auch. Deshalb haben wir angehalten, um all diese Lebensmittel zu kaufen, weil wir uns sehr bald ein schönes Abendessen zubereiten können. Möchtest du mir helfen zu entscheiden, was wir kochen?"

„Ich hätte gerne Pizza."

Kyle gluckste.

Liz kannte diesen Laut. Er pflegte leise zu lachen über ihre Versuche, ihn herumzukommandieren, oder über hundert andere Dinge, die Kinder so tun. Er war geduldig gewesen. Hatte ihr geholfen zu lernen. War ein toller Vater gewesen.

Für mich. Nicht für Anna.

Ihre Finger öffneten den Verschluss ihres Holsters.

Unter ihr waren kleine Lücken zwischen den Holzbrettern. Das Meer ebbte und flutete. Der Steg bewegte sich ganz leicht unter dem Druck des Wassers. Alle Boote schaukelten und stießen gegen die Seiten. Salzige Luft brannte in ihren Augen.

„Also gut, Pizza. Möchtest du deine Kabine sehen?"

„Ich weiß nicht, was das ist."

„Ein Schlafzimmer. Aber auf einem Boot. Genieß eigentlich die Möwen, und ich komme wieder nach oben, wenn ich dein Bett gemacht habe."

„Okie dokie, Papa."

Noch ein Glucksen.

Er mochte Eliza anfangs nicht als seine eigene angenommen haben, aber etwas hatte sich geändert. Jetzt, da er wusste, dass seine echte Tochter für immer außer Reichweite war, hatte er beschlossen, dass Eliza genügen würde?

Liz wartete eine Minute, bevor sie vorsichtig einen Blick auf das Boot warf.

Eliza war nah am Steg und lehnte sich vor, um etwas im Wasser zu betrachten.

Sie brauchte Verstärkung. Jemanden, der Kyle eine Waffe ins Gesicht halten würde, falls er versuchte, sie daran zu hindern, Eliza mitzunehmen. Niemand war in der Nähe. Noch kein Zeichen von Pete. Liz bewegte sich von Boot zu Boot, prüfte und prüfte erneut, ob ihr Vater wieder auftauchte. Es gab eine Lücke von vielleicht fünf Metern zu seinem Boot ohne Deckung.

Eliza zu schnappen und wegzulaufen, würde nicht funktionieren. Das Kind kannte sie nicht. Es würde schreien.

Liz ging in normalem Tempo, bei jedem Knarzen des Holzes zusammenzuckend.

Eliza blickte auf.

„Psst... Ich bin Papas Freundin", flüsterte Liz. „Kannst du für eine Überraschung ganz leise sein?"

Die Augen des Kindes wurden groß und sie nickte.

Noch ein paar Schritte. Sie konnte sie fast erreichen.

„Magst du Verstecken spielen?"

Noch ein Nicken.

Lass es funktionieren.

Liz streckte die Arme aus, als sie die Lücke schloss. „Ich kenne das beste Versteck und Papa wird so viel Spaß haben, uns zu finden."

In den Augen des Kindes lag Zweifel.

„Ich heiße Liz. Und du bist Eliza. Ich kenne deine Mami."

„Mami?" Sie quietschte das Wort.

Es gab ein Poltern von unter Deck.

Liz schlang ihre Arme um Eliza und hob sie vom Boot, hätte sie fast fallen lassen, als Schmerz durch ihre Bauchmuskeln zuckte. „Halt dich an meinem Hals fest", keuchte sie.

„Mein Einhorn."

Es lag auf dem Deck.

„Wir kommen dafür zurück. Halt dich fest, Schätzchen."

„Liselle? Alles in Ordnung?" Schritte polterten die Treppe von unter Deck herauf.

Liz' Herz hämmerte, als sie Eliza vom Boot wegtrug. Sie konnte kaum rennen. Alles, was sie tun konnte, war, das Kind festzuhalten und zu beten, dass sie nicht gleich in den Rücken geschossen würde.

„Halt! Elizabeth, nein. Nein!"

Liz war nur ein Dutzend Schritte vom Boot entfernt und nicht nah genug am nächsten, um es irgendwie als Deckung zu nutzen.

„Ich richte eine Waffe auf dich, Elizabeth. Bleib sofort stehen."

Seine Stimme jagte ihr einen Schauer über den Rücken. Sie enthielt pure Bosheit in ihrer Tiefe, und sie erinnerte sich. Es war der Ton, den er benutzte, kurz bevor er ihrer Mutter wehtat. Und jetzt bedrohte er sie, sein goldenes Kind, nur weil er sich weigerte, ein gestohlenes Mädchen loszulassen.

„Papa ist böse."

Wenn er schoss, könnte die Kugel Eliza treffen.

Liz hielt abrupt an und drehte sich um, um ihm ins Gesicht zu sehen.

Kyle stand auf dem Boot und richtete ein Gewehr auf sie. Seine Augen enthielten solche Wut, dass Liz fürchtete, er würde jegliche Kontrolle verlieren, die er noch hatte, wenn sie einen falschen Zug machte.

„Hi, Dad."

„Bring Liselle zu mir zurück."

Das kleine Mädchen klammerte sich an Liz, den Kopf in ihre Schulter vergraben und die Beine um sie geschlungen.

„Ich kann nicht. Sie gehört dir nicht, Dad. Aber *ich* werde mit dir kommen. Ich werde überall hingehen, wo du willst."

Sein Zielen schwankte nicht, aber die Wut wich aus seinem Gesicht.

„Ich habe so viele Fragen. Wir haben all diese Jahre verloren", sagte sie.

Jemand war hinter ihr. Schritte, vorsichtig gesetzt.

Bitte lass es Pete sein.

„Welche Fragen?"

„Einige sollten besser nicht vor einem Kind gestellt werden. Aber eine brennt in mir. An dem Tag, als du Ellen mitgenommen hast ... wie wusstest du, dass ich mit ihr im Park sein würde ... wie hast du sie weggebracht, ohne gesehen zu werden?"

„Fühlst du dich schuldig, weil du nicht auf sie aufgepasst hast?"

„Ja. Das tue ich immer noch, jeden einzelnen Tag, Dad."

„Gut. Du kennst die Antworten bereits, Elizabeth. Du bist nichts, wenn nicht intelligent und einfallsreich. Wenn Garry Fords Anwesen durchsucht wurde, dann weißt du, dass ich sein Leben nach seiner Tragödie übernommen habe. Es half, dass er zurückgezogen lebte. Seine Geschäfte aus der Ferne führte. Ich verbrachte viel Zeit damit, Leute an Stellen zu platzieren, wo ich sie nutzen konnte, wenn es mir passte. Sogar in der Polizei."

Sie zog scharf die Luft ein.

Seine Lippen kräuselten sich zu einem grausamen Lächeln. „Damit hast du nicht gerechnet, oder? Jetzt wirst du dich für immer umsehen müssen."

„Liz, ich gehe mal kurz raus."

Es war Terry.

Die Kälte kehrte zurück. Terry war dabei gewesen, als Ellen entführt wurde. Nicht als ihr Vorgesetzter oder in der Mordkommission, aber hatte er nicht eine Zeit lang in der Beweismittelabteilung gearbeitet? Terrys Name stand nicht auf der Liste der Kisten mit den Akten. Liz konnte sich nicht sicher sein, weil sie sie nie richtig gelesen hatte. Kyle hatte damals jemanden in der Polizei für sich arbeiten lassen. Sie würde sich umsehen müssen ... Terry stand hinter ihr.

Liz brachte ihren Mund nahe an Elizas Ohr. „Du musst mich weiter fest festhalten. Es könnte etwas Lärm geben, aber ich bringe dich nach Hause zu Mami."

Terry würde niemals diese Person sein.

„Kyle Moorland? Ich bin Kriminalhauptkommissar Terry Hall und ich werde mich neben Liz und Eliza stellen. Das ist alles."

Kyles Körper spannte sich an und er verstärkte seinen Griff um das Gewehr, hielt es aber weiterhin auf Liz gerichtet.

Terry blieb links von Liz stehen, einen Fuß vor ihr. Seine Waffe war auf Kyle gerichtet.

Es gab eine Pause, einen Moment, in dem die Luft stillstand. Elizas Herz raste gegen Liz' Brust.

„Bring sie nach Hause, Lizzie. Du hast es gut gemacht."

Dann trat Terry zwischen Liz, direkt in die Schusslinie.

Liz drehte sich um und rannte.

Es fielen Schüsse. Das Gewehr. Die Pistole.

Ein schwerer Aufprall.

Sie waren schon an den größeren Yachten vorbei. Kyle müsste ihnen folgen, um zu schießen.

„Liz! Komm weiter!"

Pete zog seine Waffe, während er Andy folgte, beide hämmerten mit ihren Füßen auf die Holzplanken.

Dann war Liz vom Pier runter und irgendwie hinter einem Baumstamm, und Eliza schrie.

Mit der Ankunft weiterer Polizisten gelang es Liz, Eliza in die sicheren Arme von Oberkommissarin Annette Benski zu übergeben.

„Es kommen Sanitäter, Liz. Du musst dich setzen."

„Ich komme gleich zurück. Eliza? Annette wird sich um dich kümmern."

„Mami. Ich will zu Mami." Die Schreie hatten sich in Schluchzen verwandelt.

„Wir rufen deine Mami in ein paar Minuten an, Liebes. Komm, lass uns rüber zu meinem Streifenwagen gehen und du kannst einen Blick hineinwerfen, während wir warten. Okay?" Annette zwinkerte Liz zu, sah aber nicht weniger besorgt aus.

Terry.

Nur Minuten waren vergangen, seit sie vom Pier geflohen war.

Es hatte Lärm gegeben, mehr Schüsse und einen Motor.

Jetzt, als Liz den Pier betrat, ergab es Sinn. Das Boot war unter Strom und bereits ein paar hundert Meter entfernt.

Und wo sie Terry zurückgelassen hatte ...

„Nein!"

Pete kauerte neben Terry auf den Planken, der in einer Blutlache lag.

Tränen liefen über Petes Wangen. „Ich war zu spät, Liz."

Sie sank neben Terry nieder und nahm seine Hand in ihre. Es gab keine Reaktion. Kein Zurückdrücken. Nur ein Einschussloch in seiner Stirn und ein weiteres in seinem Bauch. Wie konnte das sein? Terry war ihr Freund. Ihr Chef. Er war gekommen, um ihr zu helfen, Eliza zu retten, und das hatte er getan.

Es war seltsam. Ihr Körper brannte vor Schmerz, aber sie fühlte keine Emotionen.

„Warum ist Kyle entkommen?"

Andy tauchte von wo auch immer er gewesen war auf. Er hockte sich neben Liz. „Alles okay bei dir?"

„Was ist mit meinem Vater passiert?"

„Er hatte die Seile gelöst, während Pete und ich versuchten, Terry zu helfen. Wir waren nur ein paar Sekunden weg, weil ... jedenfalls war Kyle unter Deck gegangen und als wir uns näherten, sprang der Motor an. Konnten nicht schnell genug dort sein."

„Das Boot hat ein paar Kugeln abbekommen." Pete seufzte schwer und stand auf. „Wir hatten die Wasserschutzpolizei schon alarmiert und es kommt ein Hubschrauber. Er wird nicht weit kommen." Er streckte Liz beide Hände entgegen.

Sie ließ Terry los und ließ sich von Pete hochhelfen.

„Der Krankenwagen ist gerade angekommen. Geh und lass dich untersuchen, Liz", sagte Andy, der sich ebenfalls aufrichtete.

„Erst Eliza."

Liz machte sich auf den Weg zum Ende des Piers. Das Boot bewegte sich mit gleichmäßigem Tempo.

„Du hast Eliza gerettet." Pete stellte sich neben Liz.

„Zu welchem Preis?"

Das Geräusch eines Hubschraubers zog ihre Aufmerksamkeit auf sich. Er flog schnell und tief in Richtung des Bootes. Gleichzeitig näherte sich ein Polizeiboot Kyle.

„Schnappt den Bastard", murmelte Pete.

Mit einem roten Blitz und einem donnernden Knall explodierte das Boot.

Pete warf seine Arme um Liz, um sie zu schützen. Aber die herabregnenden Trümmer waren hunderte Meter entfernt und er ließ sie los.

„Was zum Teufel?"

Andy gesellte sich zu ihnen.

Der Hubschrauber und das Polizeiboot waren scharf ausgewichen.

„Sag ihnen, sie sollen ihn finden, Andy. Lass ihn nicht entkommen."

Liz beschattete ihre Augen. Die Sonne stand tief und blendete. Es gab keine Möglichkeit, aus dieser Entfernung etwas zu sehen, aber irgendwo im Wasser zeigte ihr Vater ihnen den Mittelfinger.

SECHSUNDDREISSIG

Terry würde nicht zurückkommen. Liz stand in seinem Büro und erwartete, sein Gesicht zu sehen, seine Stimme zu hören. Beides für immer verschwunden, zusammen mit dem Rest des Mannes, der heute sein Leben für sie riskiert und dabei verloren hatte. Nicht nur ihr Leben, sondern auch Elizas. Und dieses kleine Mädchen verbrachte eine Nacht im Krankenhaus und hatte zweifellos ihre Mutter an ihrer Seite auf einem Stuhl sitzen.

Du hast getan, was du versprochen hast. Du hast Eliza nach Hause gebracht.

Liz kehrte zu ihrem Schreibtisch zurück. Sie sollte eigentlich gar nicht hier sein, aber die Alternative wäre ein Besuch im Krankenhaus gewesen, und im Moment konnte sie es nicht ertragen, unter Menschen zu sein.

„Liz?"

Sie hatte gedacht, sie sei allein.

„Äh, Meg, tut mir leid, ich bin nicht in der Stimmung zum Reden."

Aber sie hätte sich den Atem sparen können.

Meg kam um den Schreibtisch herum und umarmte sie, sanft, aber immer noch genug, um zu schmerzen. Alles tat weh, trotz weiterer Schmerzmittel. Die Erschöpfung half auch nicht, aber wie konnte sie schlafen, wenn sie wusste, dass ihr Vater vielleicht noch da draußen war?

Nachdem sie einen Schritt zurückgetreten war, lächelte Meg. „Ich habe dir etwas zu zeigen."

„Es hat keinen Sinn. Ich weiß von den Haaren und danke dir für alle Fäden, die du gezogen hast."

„Oh, ich habe überall Verbindungen, und DNA-Proben durch bestimmte freundliche Stellen zu beschleunigen, ist nur die Spitze des Eisbergs. Würde es dich ermutigen mitzukommen, wenn ich dir sage, dass Anna auf dich wartet?"

„Warum ist Anna hier? Ich habe schon mit ihr über unseren Vater gesprochen."

„Du wirst es nicht wissen, wenn du dich nicht beeilst."

Versucht, Meg zu sagen, dass sie nicht in der Stimmung für Ratespiele war, erhob sich Liz trotzdem. Es gab noch Dinge, die sie ihrer Schwester sagen musste.

Meg plauderte den ganzen Weg. „Ich habe gehört, du hast eine neue Haustür. Und deine Schlüssel werden immer noch funktionieren, da das Schloss nicht beschädigt wurde. Darryl wird für lange Zeit weggesperrt, weil er jetzt nicht aufhören kann zu reden und Informationen über den Glücksspielring und wer weiß was noch ausspuckt."

Sie näherten sich dem Konferenzraum, was keinen Sinn ergab. Es war nach neun Uhr abends, und abgesehen von den Beamten, die immer noch die Folgen des heutigen Tages aufarbeiteten, war es ruhig.

„Warte kurz", sagte Meg und hielt sie beide vor der Tür an. „Ich bin am Boden zerstört wegen Terry, also kann ich mir nur vorstellen, wie du dich fühlst. Aber du musst wissen, dass er immer nur dein Bestes im Sinn hatte. Und er wusste, dass es ein gutes Ergebnis für dich und Anna geben würde."

„Ich verstehe nicht."

Meg öffnete die Tür.

Anna lief im Zimmer auf und ab, und als sie Liz sah, rannte

sie hinüber und warf sich ihr in die Arme. „Ich dachte, ich hätte dich verloren."

„Aua. Hör auf zu drücken... bitte."

„Tut mir leid." Anna ließ ihre Arme sinken. „Weißt du, warum ich hier bin?"

„Das tue ich nicht."

Pete schlenderte herein. Er hatte geduscht und sich umgezogen, aber die Schatten auf seinem Gesicht verrieten Liz, wie schwer sein Herz war.

„Lasst uns setzen. Es gibt Neuigkeiten."

„Ich ließ nicht von meinem Bauchgefühl bezüglich eures Vaters ab", sagte Pete. „Einiges passte nicht zusammen bezüglich seines angeblichen Todes, besonders wenn ich einige der Informationen aus Brian Bisleys Vernehmung berücksichtigte. Ich nahm es auf mich, in meiner Freizeit ein wenig nachzuforschen."

Pete hatte das Gespräch damit begonnen, dass Terry einen Fehler gemacht hatte, indem er bestimmte Informationen vor Liz geheim gehalten hatte, aber er sei unter Druck gewesen.

„Von Andy?"

„Er war einer, aber es kam auch von höherer Stelle."

Der heutige Tag war ein Albtraum gewesen, der vielleicht nie enden würde. Kaum Schlaf, dann diese Nachrichtensendung, in der sie in einem schlechten Licht dargestellt wurde, der Angriff ihres Vaters im Brimbank Park... und dann Terry und die Explosion des Bootes. Die ganze Zeit über war Liz sicher gewesen, dass ihr etwas Wichtiges vorenthalten wurde.

Es spielt jetzt keine Rolle. Beeilt euch einfach und lasst mich gehen.

„Ich bin gerne bereit, alles durchzugehen, was mich dorthin geführt hat, aber nicht heute Abend." Pete tauschte einen Blick mit Meg. „Ich habe eine junge Frau gefunden."

Die Haare auf Liz' Armen stellten sich auf.

„Sie wuchs in Geelong als Lena Ford auf und-"

„Ford? Der Name, den Kyle annahm?" Annas Augen waren riesig.

„Ja. Sie kannte Garry Ford als ihren Großvater."

Meg schlüpfte aus der Tür.

„Ich wusste von dem Moment an, als ich sie traf... Ich musste einen Beweis haben, Liz. Anna. Ich konnte nicht einfach herausplatzen, dass ich dachte, ich hätte Ellen gefunden", sagte Pete.

Anna hatte beide Hände vor ihrem Mund und ihr ganzer Körper zitterte.

„Meg hat eine DNA-Probe in Eile analysieren lassen. Ich wusste gar nicht, dass man das so schnell machen kann."

„Pete. Ist sie es?"

Ein Lächeln erhellte sein Gesicht. „Ellen lebt und es geht ihr gut."

Mit einem leisen Aufschrei brach Anna in Tränen aus. „Mein... mein kleines Mädchen ist in Sicherheit?"

„Ein paar Dinge, und ich muss, dass du mir zuhörst, Anna. Und Liz. Man hat ihr erzählt, dass ihre Mutter und ihr Vater bei einem Flugzeugabsturz gestorben sind. Die meisten ihrer frühen Erinnerungen sind verschwommen. Das war ein Schock für sie. Candace Carroll hat heute Zeit mit ihr verbracht und sagt, dass Ellen viel Zeit brauchen wird, um ihre Vergangenheit zu verarbeiten."

„Sie glaubt nicht, wer sie ist?", Anna wischte sich immer wieder die Tränen weg, doch es kamen immer neue. „Können wir sie treffen? Wird sie uns lassen?"

Petes Blick wanderte zur Tür und Liz folgte ihm.

Die junge Frau, die gerade im Türrahmen stand, mit Meg an ihrer Seite, war wie ein Spiegelbild von ihr selbst in ihren frühen Zwanzigern. Die gleichen Augen. Gesichtszüge. Die gleiche Größe und Statur.

Annas Stuhl fiel um, so hastig wollte sie aufstehen, aber dann schien sie wie erstarrt.

Ellens Blick wanderte von Anna zu Liz und zurück zu Anna.

Du siehst so erschrocken aus.

„Ellen?", Anna schaffte einen Schritt.

Die junge Frau blickte zu Meg. „Ich kann nicht."

Sie drehte sich um, um zu gehen.

Liz stand auf. „Kein Abschied."

Pete und Meg und Anna sahen Liz an.

„Ellen? Es ist kein Abschied."

Die Antwort war leise. „Nur bis zum nächsten Mal."

Und dann lauter. „Nur bis zum nächsten Mal, Tante Liz." Ellen drehte sich um. „Es ist kein Abschied."

Terrys Beerdigung war vorbei. Der Schmerz in Liz' Herzen ließ nach, aber sie würde den Mann, der furchtlos sein Leben geopfert hatte, um ein Kind zu retten, nie vergessen. Und um sie zu retten.

Während sich Beamte, Freunde und Familie in Gruppen vor der Kirche versammelten, ging Liz weg. Sie ging nicht zu weit, sondern fand eine Bank unter einem Baum. Einigen Polizisten zu nahe zu sein, war schwer. Leute wie Andy. Liz war noch lange nicht damit fertig, dass er wahrscheinlich zur Mordkommission kommen würde, nachdem er Teil des Teams war, das ein Kind nach Hause gebracht und zum Tod ihres Entführers geführt hatte.

Angeblicher Tod.

„Lieber allein, Lizzie?"

„Nur vor den meisten anderen. Nicht vor dir, Vince."

Ihr alter Partner ließ sich auf der Bank nieder und eine Weile saßen sie schweigend da. Die Leute zerstreuten sich langsam. In ein paar Tagen würde sie sein Grab besuchen und richtig mit ihm reden.

„Komm und bleib eine Weile bei uns", sagte Vince. „Melanie würde sich freuen, dich zu haben. Ich auch. Und es gibt viele Orte zum Spazieren und Alleinsein. Ich gehe oft zum Obstgarten, den ich mit Melanies Mutter gepflanzt habe, als sie klein war. Es ist friedlich dort."

„Würdest du dich mit einem Abendessen zufriedengeben? Ich helfe Anna, ihr Haus aufzuräumen, damit Ellen und Parker kommen und bleiben können, wann immer sie wollen."

„Ich kann immer noch nicht fassen, dass du jetzt Großtante bist", lachte er. „Abendessen, Frühstück, alles, jederzeit."

Andy ging zu seinem Auto und zögerte, als er Liz bemerkte. Sie erwiderte seinen Blick und er nickte, bevor er weiterging. Seit Terrys Tod hatten sie nur wenn nötig miteinander gesprochen und Liz hatte das Gefühl, dass er sie in seinen Berichten wahrscheinlich in einem schlechten Licht darstellen würde. Pete noch mehr.

„Wie geht's dem Arschloch?"

Jetzt kannst du meine Gedanken lesen.

„Er ist der Lichtblick in all dem, Vince."

Vince nickte. „Er hat Ellen gefunden."

„Ich kann es manchmal immer noch nicht glauben. Es ist noch ein weiter Weg, bis sie uns völlig vertraut, weil sie ein Leben lang von Kyle belogen wurde, aber jetzt gibt es eine Chance, die wir für immer verloren glaubten."

„Er hat wohl seine Momente," sagte Vince.

„Er verlässt die Polizei."

„Das überrascht mich nicht. Und du?"

Liz drehte sich um, um Vince anzusehen. „Zum ersten Mal in meinem Leben will ich kein Polizist sein. Ich habe noch nie einen Befehl missachtet, und das Ergebnis war die Rettung eines Kindes und der Tod meines Chefs. Er wäre nicht dort gewesen, wenn ich ihn nicht ignoriert hätte."

„Sei nicht so hart zu dir selbst. Das würde Terry sagen."

Das würde er. Aber es würde nichts ändern.

Liz und Pete standen am Ende des Piers bei Sonnenuntergang. Sie hatten gerade Blumen ins Wasser gelegt und zugesehen, wie die Flut sie in die Bucht hinaustrug. Zwanzig einzelne Stiele lila Iris, eine Blume, die Terrys Familie angeblich liebte.

„Ich mag es nicht zu verlieren, Lizzie", sagte Pete.

„Du meinst Kyle?"

„Wir wissen beide, dass er irgendwo lebt. Er hätte einen Notausgang geplant, genau wie bei der Flucht über den Fluss und dem Kreuzfahrtschiff."

„Stimmt."

Sie machten sich auf den Rückweg. Es war einen Monat nach diesem schicksalhaften Tag und Liz hatte sich Urlaub genommen, um sich von der Verletzung zu erholen und Zeit mit Anna, Ellen und dem kleinen Parker zu verbringen.

„Ich soll nächste Woche zurück, Pete."

„Aber du willst nicht gehen."

„Nein. Aber ich weiß nicht, wie ich sonst der Öffentlichkeit dienen oder da sein kann, falls mein Vater wieder auftaucht."

„Was wäre, wenn es einen anderen Weg gäbe?", fragte Pete.

Ein großer Mann stand auf dem Gras, wo der Pier endete. Sein Gesicht kam ihr bekannt vor, aber es dauerte eine Minute, bis Liz ihn erkannte.

„Ben? Bist du das?"

Ben Rossi grinste und beugte sich dann hinunter, um Liz auf die Wange zu küssen.

„Hallo, Liz. Pete."

„Wohnst du nicht irgendwo an der Küste, verhaftest Überzieher am Strand zwischen dem Surfen?"

Liz kannte Ben schon lange und er hatte die Abteilung für vermisste Personen geleitet, bevor Andy es tat.

„Stimmt. Zumindest der erste Teil. Ich bin hier, um dir einen Job anzubieten."

„Okay. Ich kann aber nicht sehr gut surfen."

Das Lächeln verschwand. „Aber du kannst sehr gut Polizeiarbeit machen. Du ermittelst sogar noch besser. Und ich stelle eine neue Einheit zusammen."

„Ich hatte nichts von etwas Neuem gehört."

Pete sah genauso ernst aus. „Du hättest auch von mindestens einer verdeckten Einheit, in der ich war, nie gehört, Liz. Diese hier? Niemand wird davon wissen, es sei denn, sie haben einen besonderen Bedarf oder werden verhaftet."

„Ich dachte, du wolltest in die Privatwirtschaft gehen."

„Das ist es. Irgendwie."

Beide Männer warteten und Liz hatte keine Antwort. Wenn

es einen Weg gab, in der Strafverfolgung zu arbeiten, aber mit mehr Ressourcen und weniger Bürokratie, dann musste sie ihre Zukunft vielleicht nicht überdenken. Die Zukunft ohne Dienstmarke.

„Außerdem kannst du weiter mit mir zusammenarbeiten“, sagte Pete hoffnungsvoll.

Ben schlug sich an die Stirn und verdrehte die Augen. „Pete, halt die Klappe, das ist kein Anreiz.“

Doch, ist es.

Sie konnte Pete vertrauen.

Liz starrte auf die Bucht hinaus. Irgendwo da draußen war ein Mann, der ihr oder Anna oder sogar Ellen noch immer etwas antun wollte. So oder so, Liz war fest entschlossen, ihn zu finden. Und mit einem ganzen Team an ihrer Seite, was konnte sie noch erreichen? Die letzten verblassenden Sonnenstrahlen waren ein Zeichen. Ihr ganzes Leben lang hatte sie im Licht gearbeitet und jede Regel befolgt. Jetzt war es Zeit für einen Spaziergang im Dunkeln.

AUCH IN DER DETECTIVE LIZ MOORLAND-SERIE

Damit Wir Nicht Vergeben

Damit Brücken nicht brennen

Damit die Gezeiten nicht drehen

Damit niemand überlebt

ÜBER DEN AUTOR

Phillipa lebt etwas außerhalb einer wunderschönen Stadt im australischen Victoria. Sie lebt auch in den vielen Welten ihrer Fantasie und hortet Geschichten neben ihrem Laptop.

Sie schreibt aus tiefstem Herzen über Liebe, Träume, Geheimnisse, Entdeckungen, das Meer, die Welt, wie sie sie kennt … oder sich wünscht, sie wäre. Sie liebt Happy Ends, mitreißende Spannung und Charaktere, die einem noch lange nach der letzten Seite in Erinnerung bleiben.

Mit einer Leidenschaft für Musik, das Meer, Tiere, die Natur, Lesen und Schreiben findet man sie oft im Gemüsegarten, wo sie über eine neue Geschichte nachdenkt.

Phillipa's website is www.phillipaclark.com

ENGLISCHSPRACHIGE BÜCHER VON PHILLIPA NEFRI CLARK

Detective Liz Moorland

Lest We Forgive

Lest Bridges Burn

Lest Tides Turn

Lest Nobody Lives

Connected to this series through several characters is

Last Known Contact

Rivers End Romantic Women's Fiction

The Stationmaster's Cottage

Jasmine Sea

The Secrets of Palmerston House

The Christmas Key

Taming the Wind

Temple River Romantic Women's Fiction

The Cottage at Whisper Lake

The Bookstore at Rivers End

The House at Angel's Beach

Charlotte Dean Mysteries

Christmas Crime in Kingfisher Falls

Book Club Murder in Kingfisher Falls

Cold Case Murder in Kingfisher Falls

Plan to Murder in Kingfisher Falls

Festive Felony in Kingfisher Falls

Daphne Jones Mysteries

Daph on the Beach

Time of Daph

Till Daph Do Us Part

The Shadow of Daph

Tales of Life and Daph

Bindarra Creek Rural Fiction

A Perfect Danger

Tangled by Tinsel

Maple Gardens Matchmakers

The Heart Match

The Christmas Match

The Menu Match

The Cookie Match

Doctor Grok's Peculiar Shop Short Story Collection

Simple Words for Troubled Times

(Short non-fiction happiness and comfort book)

———

Prefer Audiobooks?

The Stationmaster's Cottage

Jasmine Sea

The Secrets of Palmerston House

Simple Words for Troubled Times

Till Daph Do Us Part

Lest We Forgive

The Cottage at Whisper Lake